리벤지 헌팅

REVENGE HUNTING 6

초판 1쇄 인쇄일 2015년 9월 22일 | **초판 1쇄 발행일** 2015년 9월 24일

지은이 목마 | **펴낸이** 곽중열 | **담당편집 팀장** 이범수
편집부 신연제 이윤아 김호성 김은경

펴낸곳 (주) 조은세상 | 출판등록 제 2002-23호
주소 경기도 연천군 미산면 청정로 1355
TEL 편집부 02)587-2966 | FAX 02)587-2922
e-mail bukdu@comics21c.co.kr

ISBN 979-11-5832-291-5 | ISBN 979-11-5832-135-2(set) | 값 8,000원

REVENGE HUNTING

리벤지 헌팅

목마 현대 판타지 장편소설

NEO MODERN FANTASY STORY & ADVENTURE

6

CONTENTS

NEO MODERN FANTASY STORY & ADVANTURE

REVENGE HUNTING

REVENGE

1. 공방

HUNTING

NEO MODERN FANTASY STORY & ADVANTURE

REVENGE
HUNTING

1. 공방

유빈투스의 눈이 파들거리며 떨렸다. 살짝 벌어진 입술에서 왈칵거리며 피가 뿜어졌다. 마지막까지 우현은 마음을 놓지 않았다. 그는 검을 뽑는 대신에, 검을 옆으로 그어버렸다. 저항감이 제법 심하게 느껴지기는 했지만 압축시킨 투기를 최대한 불어넣었다. 결국 유빈투스의 가녀린 허리가 반으로 갈라졌다.

"아아악!"

유빈투스가 비명을 질렀다. 그녀는 비틀거리며 뒤로 물러서면서 손을 휘저었다. 어떻게든 쏟아내리는 장기를 붙잡으려 했다. 그렇게 두지 않았다. 우현의 검이 움직였다. 시커먼 검날이 유빈투스의 얇은 팔을 무자비하게 잘라냈다. 그로도 부족해서 다리까지 깔끔히 잘라주었다. 사지를 잃은 유빈투스의 몸이 땅을 뒹굴었다.

"아아… 아아아…."

유빈투스의 입에서 허망한 신음이 새어나왔다. 그런 유빈투스를 내려보는 모습은, 솔직히 말해서 그리 유쾌하지는 않았다. 그녀는 이례적으로 인간과 똑같은 모습을 하고 있는 몬스터였다. 덩치도 작았고, 외견은 아름다운 여자의 모습. 그런 모습을 하고 저리 신음을 흘리고 아파하니, 가지고 있지도 않던 페미니스트의 심정이 깨어나는 기분이었다.

개뿔이.

"다들 조금 더 뒤로."

우현이 말했다. 아까 전, 유빈투스가 몸이 둘로 나누어진 치명상에서도 소생하던 모습을 기억했기 때문이다. 공격대원들이 뒤로 물러서자, 우현은 검을 다시 위로 들어올렸다.

"사… 살려줘."

유빈투스가 내뱉었다. 그 말에 우현의 검이 멈췄다.

"난… 나는, 여기서 죽어서는 안 돼. 앞으로 얼마 남지 않았는데… 조금만 더… 내일이 되면… 내일이 되면! 이 지긋지긋한 저택의 밖으로 나갈 수 있는데…!"

유빈투스가 피를 토하며 외쳤다. 그 말에 우현은 유빈

투스의 머리 위에 있는 카운트를 힐긋 보았다. 그녀가 죽어가는 이 시점에도 카운트는 멈추지 않고 줄어든다. 그녀가 말한대로, 내일이 되면 카운트는 0이 되어 유빈투스는 저택 밖의 현실로 나갈 수 있을 것이다.

"안 돼."

들어줄 가치가 없는 물음이었다.

"대체 왜…? 너, 너희의 목적은 이 다음 던전으로 가는 것이지? 내가… 내가 밖으로 나간다면, 다음 던전의 문은 자연스럽게 열릴 거야. 그러니까…."

유빈투스의 말대로다. 보스 몬스터의 카운트가 0이 되어 밖으로 나가게 된다면, 다음 던전이 개방되고 게이트로 입장이 가능하다. 하지만 그렇다고 해서 유빈투스를 죽이지 않고 살려 보내는 것은 말이 안 된다.

"아무 것도 하지 않을게."

우현의 표정이 조금도 바뀌지 않는 것을 보며 유빈투스가 애원했다. 팔이 남아 있었다면 우현의 다리를 붙잡고 애원했을 것이라 느껴질 정도로, 그녀의 얼굴에는 진심이 가득 담겨 있었다.

"사람을 죽이지 않을게. 사건을 일으키지도 않을게. 그냥, 나는… 이 저택에 나가서… 바, 바깥이라는 곳을 보고 싶을 뿐이야. 나는 인간과 크게 다를 것 없이 생겼으니까… 내가 아무 것도 하지 않는다면, 그 누구도 나를 괴물이라고 생각하지 않을 거야."

"그래서."

우현이 물었다. 유빈투스가 침을 꿀꺽 삼켰다.

"그게… 그게 전부야. 이 저택에 있고 싶지 않아… 이곳에서 죽고 싶지 않아. 그러니까, 제발… 나를 죽이지 마. 나를 내버려 둬… 아무도 죽이지 않을 테니까…!"

유빈투스의 눈에 그렁거리며 눈물이 맺혔다. 급기야 그녀는 훌쩍거리며 울기 시작했다. 우현은 그런 유빈투스에게서 시선을 때었다. 물론 시선을 때었지만, 예리하게 날이 선 감각은 유빈투스의 행동 하나하나를 감시했다.

우현은 다른 사람들을 보았다. 볼 필요도 없었다. 그들은 굳은 얼굴로 유빈투스를 노려보고 있었다. 그들의 표정을 지나, 우현은 땅에 쓰러진 공격대원들의 시체를 보았다. 하나, 둘… 열네 명이 죽었다. 당장 오늘, 이 공격대에서 죽은 것만 해도 열네 명이다.

그 이전에는 얼마나 많은 헌터들이 죽었을까. 이 던전에 유빈투스를 잡기 위해 와서, 그녀와 에르마쉬의 손에 얼마나 많은 헌터들이 죽었을까.

"그렇군."

우현은 시선을 내려 유빈투스를 보았다. 그 중얼거림

에 어떤 희망을 느낀 것일까. 유빈투스의 얼굴이 조금 밝아졌다.

"네가 이 저택에서 나가고 싶어 하건 말건, 그건 내 알 바가 아니야."

우현이 소곤거렸다. 유빈투스의 얼굴이 하얗게 질렸다.

"나, 나는…."

그 말을 끝까지 듣지 않았다. 우현의 검이 유빈투스의 목 위로 올라갔다.

"너는 몬스터잖아."

인간처럼 생겼어도.

"네 손에 많은 사람이 죽었고, 너는 최후의 순간에도 나를 죽이려 했지. 그런 너를 믿을 생각은 없어. 물론, 네 입장에서 불청객은 우리였을 거야. 멀쩡히 잘 지내다가 대뜸 우리와 같은 헌터들이 처들어와서, 너를 죽이려 들었고… 너는 죽고싶지 않았으니까, 우리에게 반격했고. 뭐 그렇게 생각할 수도 있겠지."

"그렇다면…."

"바뀌는 것은 없어."

우현이 머리를 저었다.

"애초에 우리는 너를 죽이기 위해 온 것이고, 그렇게 할 뿐이야."

그 말이 끝이었다. 검이 떨어졌다. 유빈투스가 마지막으로 무어라 말을 하려고 했지만, 그녀의 말이 채 끝나기도 전에 우현의 검이 유빈투스의 머리를 끊어 놓았다. 피가 튀었다. 잘린 머리가 뎅그러니 굴렀다. 우현은 그것을 보지 않았다.

이건 몬스터다.

그렇게 생각했다. 사실이었으니까, 그렇게 생각했을 뿐이다. 우현은 몸을 낮춰 유빈투스의 가슴을 가르고 심장을 갈랐다. 주변에 다른 공격대원들이 다가왔다.

심장을 갈랐다. 심장의 안을 가득 채운 커다란 마석이 보였다. 우현은 마석을 손으로 잡고 들어 올렸다. 그는 유빈투스의 사체를 힐긋 보았다. 목이 없고, 팔이 없고, 없는 시체. 허리가 반쯤 끊어진 시체.

가장 먼저 든 생각은 저 사체를 써서 무언가 가공이 가능할까, 라는 생각이었다. 가능할 것 같지는 않았다. 유빈투스의 몸은 제법 질기기는 했지만, 저 피부로 방어구를 만드는 것은 불가능할 것 같았다. 그렇다면 뼈로? 그것도 영.

'에르마쉬나 라스 프라다의 사체는 가공할 수 있겠군.'

단순 육체적 강함은 그 둘이 유빈투스보다 나았다. 특히 우현이 생각하고 있는 것은 에르마쉬가 쓰던 검이었다. 일단 던전을 나가면 그 검을 마이스터에게 맡겨 개인 장비를 제작하도록 할까. 여태까지 입고 있던 라크로시아의 흉갑도 복구가 불가능할 정도로 손상되었으니, 새로운 갑옷이 필요하다 느꼈다.

"…수고하셨습니다."

우현은 일단 유빈투스의 사체를 아공간 안으로 집어넣었다. 그리고서는 한 숨 돌리며 다른 공격대원들을 돌아보았다. 끝났다. 뒤늦게 모두가 그를 깨달았다. 박광호가 크게 한숨을 내쉬었다.

"끔찍스럽게 강하군."

그는 그렇게 중얼거리며 손으로 얼굴을 감쌌다. 솔직히, 아까 전에 저택 안으로 들어섰을 때. 그는 넘치는 자신을 가지고 있었다. 근 한 달 동안 마석을 흡수하며 힘을 키웠다. 그 뿐만이 아니라 이곳의 공격대원 모두가 그랬다.

그럼에도 고전했다. 열 명이 넘는 희생자가 나왔다. 이렇게 강한 전력을 가진 공격대는 헌터 역사상 없었을 텐데도, 조금이라도 방심한다면 죽을 지도 모른다는 위기감을 느꼈다.

"…앞으로는 저 유빈투스보다 강력한 네임드 몬스터가 더 출현한다는 거겠지."

안토니가 중얼거렸다. 스스로 뱉은 말이었지만 몸이

가늘게 떨렸다. 감당할 수 있을까.

해야만 했다.

"…애초에 유빈투스의 마석은 제가 갖기로 되어 있었죠."

우현은 그렇게 말하며 민아를 힐긋 보았다. 우현과 눈이 마주치자 민아가 활짝 웃으며 엄지 손가락을 들어 보였다. 시헌과 선하에 비해서는 활약이 적기는 했지만, 그녀도 우현이 생각했던 것 이상으로 활약해 주었다.

"일단 협회 측에 보고하겠습니다. 유빈투스를 쓰러트렸다고."

던전의 보스 몬스터를 쓰러트렸다. 이를 보고하면 협회에서 보상금을 준다. 이 정도 공적이면 길드 등급도 몇 단계나 오를 것이다. 우현의 말에 다들 머리를 끄덕거렸다.

"수고하셨습니다."

부상자를 부축하고, 사망자의 시체를 수습하고 난 뒤에 박광호가 머리를 살짝 숙였다.

"우현씨가 없었더라면 실패했을 겁니다."

"여러분이 없었다면 실패했을 겁니다."

우현은 쓰게 웃으며 박광호의 말을 돌려주었다. 그는 땀에 흠뻑 젖은 이마를 손등으로 닦으며 주변을 둘러보았다. 보통의 경우에는 던전의 보스 몬스터를 쓰러트리면, 그곳에 게이트가 나타난다. 하지만 유빈투스를 죽였음에도 게이트는 보이지 않았다. 그렇다면 역시 윗층에 있는 것일까. 애당초 유빈투스가 출현하던 장소는 저택의 3층이다.

우현과 공격대원들은 부서진 계단을 오르고, 우선적으로 2층에 진입했다. 바닥이 박살나 있기는 했지만 모두 다 박살난 것은 아니었기에 탐색하는 것에 무리는 없었다. 2층의 모든 방을 뒤졌지만 게이트는 보이지 않았다.

결국 3층까지 올라갔고, 그곳에서 게이트를 발견했다. 그것을 보고 나서야 드디어 끝났다고 실감이 들었다. 우현은 한숨을 쉬며 게이트를 가리켰다.

"나가죠."

우현이 먼저 게이트를 통과했다. 공기가 바뀌고 풍경이 바뀌었다. 판데모니엄이다. 우현은 뒤를 돌아보았다. 62번 게이트가 보였고,

그 옆에 63번 게이트가 보였다.

"…다음에는 어떻게 할 건가?"

안토니가 물었다. 그 물음에 우현은 안토니를 힐긋 보았다.

"62번 던전은 공략했네. 그렇다면 그 다음 던전은?"

"연합을 파하고 싶으신 겁니까?"

우현의 물음에 안토니가 머리를 흔들었다.

"그럴 리가. 자네와, 또 자네의 길드와 연합하는 것에 카멜롯의 손해는 아무 것도 없어. 오히려 이쪽이 취하는 것이 너무 많지."

"그렇다면 다음 던전에도 함께 하죠."

럭키 카운터는 보이지 않았다. 던전 안에 있는 것일까. 아니면 조금 더 여유를 갖고 휴식하고 있는 것일까. 우현이 럭키 카운터의 연합이 유빈투스 레이드에 실패할 것이라 생각했던 것처럼, 그들도 당연히 제네시스 연합이 유빈투스 레이드에 실패할 것이라 생각하고 있을 것이다.

'한 방 먹였군.'

그것이 조금 후련하다 느꼈다. 김상규의 실실거리는 얼굴이 일그러지는 것을 직접 보지 못한 것이 못내 아쉬울 뿐이다.

"조만간 제가 다시 연락을 드리겠습니다. 그때, 63번 던전에 대해 이야기를 나누도록 하죠."

"그러면, 자네의 연락이 오기 전까지는 카멜롯은 자율적으로 행동하도록 하겠네. 63번 던전을 겉핥기 식으로라도 탐사해보지."

"나래는 어쩌실 겁니까?"

우현이 박광호를 보았다.

"일단, 저희도 자율적으로 행동하겠습니다. 괜찮다면 카멜롯과 함께 63번 던전을 탐사하고 싶습니다만…."

"언제든 환영입니다."

안토니가 대답했다. 우현은 머리를 끄덕거렸다.

"그러면, 조만간 연락을 드리도록 하겠습니다."

공기가 차갑게 얼어붙었다. 다들 아무런 말도 하지 않고 눈치를 살폈다. 김상규 역시 마찬가지였다. 속에 불이 끓는 것은 그 역시 마찬가지였고, 기분이 좆같은 것도 김상규 역시 마찬가지였다. 하지만 그는 자신의 불쾌를 크게 내색할 수 없었다. 그가 할 수 있는 일은, 조용히 담배를 피우는 것뿐이었다.

막시언은 우두커니 서서 텅 빈 저택의 홀을 노려보았다. 1층 홀은 엉망이었다. 벽도, 바닥도. 어느 한 곳 멀쩡한 곳이 없었다. 바닥은 거대한 무언가가 할퀸 것 같은 상처가 깊이 남아있었고, 군데군데 묻어 남은 피는 색이 변해 있었다.

그것 뿐이다. 그 외에는 아무 것도 없다. 이 던전의 마지막 보스 몬스터인 유빈투스의 모습은 보이지 않는다.

"…허."

굳게 다물려져 있던 막시언의 입술을 비집고 낮은 웃음소리가 새어나왔다. 그는 천천히 머리를 저으면서 웃었다.

"잡았단 말이지?"

그것을 막시언은 쉽사리 받아들일 수가 없었다. 유빈투스가 잡혔다. 62번 던전의 보스 몬스터, 유빈투스가 잡혔단 말이다. 그것으로 62번 던전은 완전히 공략되었고, 63번 던전이 열렸다.

그 이야기는 이미 들었다. 놈들의 연합이 협회에 유빈투스 토벌을 보고했다는 것. 그리고 63번 던전이 열렸다는 것. 모두 직접 들었지만, 사실이라고 믿을 수가 없었기에 두 눈으로 확인하기 위해 이곳에 온 것이다.

그리고 이야기에 과장은 없었다. 유빈투스는 토벌되었다. 막시언은 손으로 얼굴을 감쌌다. 그 모습을 힐긋 보면서 김상규는 담배를 뻑뻑 피웠다.

'말이 안 돼.'

김상규가 생각했다. 제네시스, 나래, 카멜롯. 그 세 개 전력으로 유빈투스를 잡을 수 있을까? 불가능하다. 최우석을 잃은 나래는 S급 헌터가 둘 뿐. 최우석 본인도 SS급 헌터였지만, 최우석이 가진 강함과 레이드에서의 오더 능력은 나래를 S급에 준하는 길드로 키웠었다. 그리고 나래는 최우석을 잃음으로서 전성기 때 보유한 전력의 절반도 못 미치게 떨어졌다. 최우석은 그런 존재였다. 나래를 지탱하는 기둥.

카멜롯은? 카멜롯은 S급 길드로, 그곳의 길드 마스터

인 안토니는 SSS급 헌터다. 그 이외에도 SS급 헌터, S급 헌터를 꽤 보유하고 있다.

그리고 제네시스. 이쪽은 말할 것도 없다. A급 둘에 D급 둘. 길드 등급 F, 이 정도 수준의 길드는 차고 넘친다. 그렇게 해서 50명으로 유빈투스를 잡았다? 웃기지 마라. 지난번에 도전했던, 화랑과 럭키 카운터의 연합 공격대가 저쪽 연합보다 규모가 컸을 것이다.

"뭔가 있어."

막시언이 중얼거렸다. 김상규가 했던 생각에 그 역시 공감했다. 제네시스 연합은 유빈투스를 잡아서는 안 된다. 잡을 수 없는 전력이었다. 그런데도 유빈투스가 쓰러졌다. 대체 왜? 그 마녀가 갑자기 약해지기라도 했다는 말인가.

"…그래서, 우리는 어떡해야 하나?"

볼코프가 입을 열었다. 그는 자신의 길드원들을 힐긋 돌아보며 말을 이었다.

"애당초 우리에게 왔던 계약은 유빈투스 공략을 지원하는 것이었는데, 그 유빈투스는 이미 죽어버렸군. 그렇다면 계약 파기인가?"

"연장하지."

막시언이 내뱉었다.

"이대로 63번 던전으로 간다."

◎

63번 던전의 공략을 바로 시작하는 편이 나을지도 모르겠지만, 아직 이쪽의 준비가 다 끝나지 않았다. 유빈투스와 싸우는 도중에 라크로시아의 갑옷이 크게 손상되었다. 우현은 기왕 이렇게 된 것 새로운 갑옷을 구하기로 마음먹었다.

'직접 사는 것도 괜찮겠지만….'

라스 프라다, 에르마쉬, 유빈투스. 62번 던전을 지키는 세 마리의 몬스터를 잡은 것으로 큰 돈을 벌었다. 물론 보상금과 공적은 각 길드가 나눠 가졌지만, 그렇게 나누었어도 어마어마한 돈이다. 이 정도라면 최상급 장비를 풀 세트로 맞출 수 있을 정도였다.

그리고, 던전 공략의 공적치는 제네시스 길드도 크게 성장시켰다. F급 길드가 단번에 A급 길드까지 올랐다. 그것은 62번 던전의 난이도가 끔찍하게 높았던 덕분이었다. 세계 제일이라던 럭키 카운터마저도 몇 번이나 고배를 삼켰던 곳이니까.

인원이 조금만 더 많았다면 S급 길드까지 올랐을 테지만, 우현은 당장 인원을 더 늘릴 생각은 없었다. 제네시스와 나래, 카멜롯은 우현의 비밀을 공유하고 있다. 다른 누군가를 길드원으로 영입하여 그 비밀을 함께 공유할 수 있을, 믿을만한 사람은…

몇 명이 떠오르기는 했다. 강만석, 그리고 정민석. 당장 떠오르는 것은 그 둘 정도였지만, 강만석과 정민석은 협회에 소속된 헌터다.

길드 등급이 오른 것이 전부가 아니었다. 선하와 우현의 등급도 올랐다. 우현은 라스 프라다와 라플라시아, 에르마쉬, 유빈투스. 이렇게 네 마리의 네임드 몬스터를 사냥했다. 그것에 던전 공략의 공적까지 더해져서 A급에서 SS급으로 등급이 올랐다. 선하도 공략 공적으로 S급 헌터가 되었고, 민아와 시헌 역시 A급 헌터가 되었다.

유빈투스의 마석. 우현은 그 마석을 애초의 생각대로 민아에게 넘겼다. 민아가 그 마석을 통해 각성한 능력은 유빈투스가 가지고 있던 단거리 텔레포트의 능력이었다. 불꽃이나 번개 같은 공격적인 능력은 아니었지만, 그 텔레포트 능력은 몸이 빠른 민아에게 잘 어울리는 능력이었다.

63번 던전 공략은 민아가 그 능력에 어느 정도 익숙해지고, 그리고 우현의 준비가 끝날 때까지로 보류되었다. 우현이 움직이지 못하는 대신, 당장에는 카멜롯과 나래 쪽에서 63번 던전을 탐색하여 정보를 전해주고 있었다.

럭키 카운터 쪽 연합이 63번 던전으로 입성했다는 소식은 들었다. 그리 신경 쓰지는 않았다. 우현은 당장에는 63번 던전 공략에 큰 욕심을 갖지 않았다.

그렇다고 해서 넋놓고 있을 생각도 없지만.

판데모니엄 내부의 공방. 우현은 협회의 주선을 받아 검증된 실력의 마이스터의 장인과 만나기로 하였다. 우현은 그에게 에르마쉬의 검과 라스 프라다, 에르마쉬의 사체를 넘겨 그 사체로 장비를 만들 수 있는가를 확인할 생각이었다.

"우현씨."

목소리가 들렸다. 처음보는 남자였다. 우현은 우두커니 서서 자신에게 말을 건 남자를 빤히 보았다. 다부진 근육을 가진 남자였는데, 헌터로는 보여도 장인으로는 보이지 않았다.

"만나서 반갑습니다."

남자가 웃으며 손을 내밀었다. 우현은 그의 손을 맞잡았다.

"직접 오시지는 못했습니다."

남자가 입을 열었다. 아, 하고 우현이 머리를 끄덕거렸다. '마이스터'는 헌터 장비를 다루는 브랜드 중에서도 가장 급이 높은 곳이다. 그들은 주문 제작밖에 받지 않으며, 소속된 장인들과 그들이 만드는 무기들 역시 양

산품과는 비교도 할 수 없을 정도로 정교하고 뛰어난 퀄리티를 갖는다.

그런 장인들 모두가 헌터인 것은 아니다. 헌터는 사람들 중에서도 극소수니까.

"우현씨가 직접 현실의 공방을 찾는 것도 방법이 되기는 하겠지만… 아쉽게도 그건 불가능합니다. 저희로서도 장인들의 안전을 보장해야 하니까요."

남자가 잠깐 말을 멈췄다.

"물론, 우현씨를 의심해서 그러는 것은 아닙니다. 단순히 이것은 마이스터가 만들어지고 나서 쭉 이어오던 규칙이었을 뿐이죠. 최근 들어서 잠잠하기는 했지만, 고스트도 위협적이고 말입니다. 그리고… 아무래도 헌터 관련된 일은 많은 돈이 움직이니까요."

"이해합니다."

우현이 머리를 끄덕거렸다. 일류 헌터는 걸어다니는 기업이라고 할 수 있을 정도로 막대한 부를 축적하고 있다. 그런 헌터에게서 의뢰를 받아 장비를 제작하는 장인은, 장인 스스로도 그만한 가치가 있는 것이기도 하지만 그들이 다루는 몬스터의 사체, 그리고 그들이 만든 장비 또한 큰 값어치를 가진다. 마이스터 쪽에서 장인들을 과잉보호하는 것은 이해할 수 있는 일이다.

"일단 들어가죠. 의뢰 내용과, 사체를 확인해 보고 싶으니까."

공방의 문이 열렸다. 공방이라고 해 봐야 안에는 아무것도 없었다. 다른 브랜드의 공방이라면 판매하기 위한 장비를 진열해 놓았겠지만, 마이스터는 주문제작밖에 다루지 않는다. 당연히 양산품으로, 혹은 단순 판매를 위한 진열품은 존재하지 않는다.

"대검을 쓰신다고 들었습니다만. 볼 수 있겠습니까?"

"아, 그 전에."

우현은 아공간을 열어 파브니르를 꺼냈다. 당장이라도 부서질 듯이 금이 가 있는 검이었지만, 그래도 아직 형태는 유지하고 있다. 우현은 파브니르를 공방의 작업대 위에 올려 놓았다.

"이거, 복구는 가능합니까?"

"어디서 많이 본 검인데."

그러고 보니, 파브니르도 마이스터의 장인을 통해서 만들어졌다고 들었다.

"37번 던전의 보스 몬스터였던 라오레스의 송곳니로 만든 검입니다. 이름이…."

"아, 파브니르."

남자가 이제야 기억났다는 듯이 외쳤다.

"잘 만들어진 검이었지요. 라오레스의 특징도 크게 살

릴 수 있었고. 마이스터의 제작품들 중에서도 손에 꼽히는 퀄리티를 가졌던 무기였습니다. 그런데…."

남자의 시선이 파브니르를 훑었다. 그는 박살나기 직전의 검을 보면서 낮게 헛기침을 했다.

"…뭐, 무기야 언제고 망가질 수 있는 것이니."

"보수는 불가능한 겁니까?"

"라오레스의 송곳니는 여유분이 없습니다. 보수는 불가능할 것 같습니다만… 정 보수를 원하신다면, 파브니르를 써서 새로운 검을 제작해 보도록 하죠."

우현은 머리를 끄덕거렸다. 파브니르는 제법 오래 쓰기도 했고, 개인적으로도 마음에 들던 검이었다. 망가진 것이 아쉬울 정도로.

우현은 아공간을 열어 사체를 꺼냈다. 공방은 충분히 넓었기에 라스 프라다와 에르마쉬의 거구를 내려놓아도 큰 문제는 없었다. 남자는 작은 탄성을 지르며 라스 프라다와 에르마쉬의 사체를 바라보았다.

"인간과 똑같이 생겼군요."

"덩치가 좀 크기는 합니다만."

"잠깐 살펴봐도 되겠습니까?"

장인이라고 할 것은 아니지만, 아무래도 마이스터 소속의 헌터이다 보니 어느 정도의 눈썰미는 가지고 있다. 남자는 라스 프라다의 시체로 다가갔다. 그는 신중한 얼굴로 라스 프라다의 몸을 손으로 쓸어보았다. 피부가 제법 두껍기는 했지만 갑옷으로 가공할 수 있을 정도는 아니었다.

"조금 잘라봐도 됩니까?"

남자가 물었고, 우현이 머리를 끄덕거렸다. 남자가 검을 뽑았다. 그는 조심스레 라스 프라다의 피부를 베어냈다. 피가 조금 흘렀고, 남자의 검이 조금 더 깊숙이 박혔다.

그는 곧바로 에르마쉬의 사체로도 다가갔다. 라스 프라다에게 했던 것과 똑같은 작업이 반복되었고, 그는 머리를 흔들었다.

"이것은 쓸 수 없겠습니다."

피부가 너무 무르다. 뼈 역시 마찬가지다. 가공할라면 가공할 수 있겠지만, 저것을 쓰느니 하위 던전의 네임드 몬스터의 사체를 가공하는 것이 낫다. 남자의 말에 우현은 머리를 끄덕거렸다. 어느 정도 예상했던 일이었다.

"그러면 이건 어떻습니까?"

우현은 에르마쉬와 라스 프라다의 시체를 아공간으로 집어넣었다. 그리고 대신해서 에르마쉬의 대검을 꺼냈다.

"…이건…."

남자가 조금 놀란 얼굴로 중얼거렸다. 그는 조심스레

몸을 낮추고 땅에 내려 놓은 대검을 어루만졌다. 빛을 빨아들이는 칙칙한 검은 색. 손으로 쓸어내는 표면은 매끄럽다. 살짝 주먹을 쥐어 검신을 두들겨 본다.

"잠깐 확인해봐도 되겠습니까?"

그 물음에 우현은 머리를 끄덕거렸다.

"얼마든지."

그 대답에 남자가 검을 들었다. 조금 베어 보았지만 검신에 흠집도 없다. 투기를 불어 넣어 긁어도 마찬가지다. 검 자체의 경도가 엄청났다. 우현은 남자의 표정을 살피며 물었다.

"그 정도면 사용할 수 있겠습니까?"

"충분히. 일단 어떻게 가공하느냐에 따라 달라지겠지만… 이 정도 크기라면 검 하나와 갑옷까지 만들 수 있을 겁니다."

그 말에 우현은 내심 안도의 한숨을 내쉬었다. 라플라시아와 유빈투스의 사체도 가지고는 있었지만, 그 두 몬스터의 사체를 장비로 가공하는 것은 불가능할 것이다. 유빈투스의 사체는 에르마쉬나 라스 프라다의 것보다 약했고, 라플라시아 역시 그와 마찬가지였다.

"그렇다면 검과 갑옷. 이렇게 의뢰하겠습니다."

"검의 형태는 어떻게? 파브니르와 똑같이 하면 되겠습니까?"

남자가 물었다. 그 물음에 우현은 잠시 생각하다가 머리를 흔들었다.

"손잡이와 검신을 조금 더 길게 해주십시오."

애초에 파브리는 양손으로 쓰기 위해 만들어진 검으로, 보통의 검보다 손잡이가 길다. 하지만 우현은 그보다 더 긴 검을 원했다.

"여기서 더 길어지면 전체 길이가 2M는 넘을 텐데요?"

남자가 머리를 갸웃거리며 물었고, 우현은 웃으면서 머리를 끄덕거렸다.

"그렇게 하시면 됩니다."

"…알겠습니다. 갑옷은 어떻게 하시겠습니까?"

신체 사이즈를 측정했다. 갑옷은 너무 크지 않게. 움직임에 방해가 되지 않을 정도를 요했고, 받아들여졌다. 디자인에 대해 묻는 물음에 우현은 잠시 머뭇거렸다.

"…그쪽에 대해서는 맡기겠습니다."

디자인이라니, 그런 것은 애초에 문외한이다. 남자는 우현의 요구사항을 모두 다 받아 적고 나서, 우현을 힐긋 보았다.

"못해도 한 달은 걸릴 겁니다."

그 말에 우현은 머리를 끄덕거렸다. 어차피 금방 될 것이라고는 생각도 하지 않았다.

선금을 지불했다. 장비가 완성되고, 우현이 그를 확인하고 나서 수정 사항이 없다면 장비가 양도되고 잔금을 지불한다. 선금만으로도 어지간한 집안은 풍비박살이 날 정도의 거금이었다.

"그럼, 추후 연락을 드리겠습니다."

남자에게 에르마쉬의 검을 양도한 뒤에 우현은 공방을 나섰다. 한 달, 한 달이라. 당장 쓸 장비가 없는 것은 아니다. 선하의 집에는 강상중이 쓰던 장비가 아직 남아 있었고, 마이스터 측에 지불할 돈을 빼도 상당한 거금이 남아있다.

우현은 일단 판데모니엄을 나갔다. 던전과 던전을 오가던 생활에서 오랜만에 만난 휴식이다. 오늘 하루 정도는 괜찮겠다는 마음으로 시헌과 민아, 선하는 집에 남아 있었다.

"주문은 했어?"

쇼파에 앉아 있던 선하가 물었다.

"응."

우현은 입고 있던 셔츠의 단추를 풀며 말했다. 잠깐 동안 갔다 오는 것이어서, 굳이 갑옷은 입지 않았다.

"뭐래?"

"한 달 정도 걸릴 거래."

우현의 대답에 선하가 살짝 머리를 끄덕거렸다.

"나래 측에서 연락이 왔어."

그녀의 말에 우현은 선하의 맞은편에 가서 앉았다. TV를 보던 시헌과 민아도 선하가 올려 놓은 태블릿 PC 쪽으로 시선을 주었다.

"63번 던전의 이름은 '벨로크의 동굴' 이야."

태블릿 PC의 화면에 몇 장의 사진이 떠올랐다. 던전 내부의 모습을 사진으로 찍어 둔 것이다. 우현은 선하가 확대하는 사진을 신중한 얼굴로 바라보았다.

벨로크의 동굴. 그 던전은, 이름 그대로 거대한 동굴이었다. 나무도, 풀도 없는 황무지에 거대한 동굴만이 불쑥 튀어나와 있다. 주변의 풍경과 전혀 어울리지 않는 그 동굴은, 아가리를 쩍 벌린 지옥의 입구처럼 음산함이 감돌았다.

"주변 탐색은?"

"보다시피 아무 것도 없어. 몬스터도 없다더군. 동굴 주변을 탐색해 보았지만, 얼마 가지 않아 던전의 외벽과 마주쳤다고 해."

던전의 외벽. 투명한 벽과, 그 너머의 희뿌연 세계.

"아예 처음부터 동굴 안으로 들어가라 이거네."

"동굴은 바로 지하로 이어져 있어. 다행히 동굴은 미로 형식은 아니라고 해."

적어도, 나래와 카멜롯의 탐색대가 들어간 곳까지는

일직선이라고 했다. 거기서 더 아래의 던전이 어떻게 되어있는지는 모르지만, 갈림길 없이 일직선이라는 말에 우현은 머리를 끄덕거렸다.

"길을 헤맬 걱정은 없겠군."

드물기는 하지만, 이런 일직선 형태의 던전이 없는 것은 아니다. 굳이 말하자면 운이 좋다고 할 수 있으리라.

"하지만 출현하는 몬스터가 제법 강력하다고 해."

선하가 대답했다. 그녀는 화면을 넘겨 다음 사진을 보여 주었다.

"우와, 되게 못생겼다."

민아가 질색한 얼굴로 중얼거렸다. 그녀의 말 대로였다. 화면을 채운 몬스터의 사체는 그리 보기 좋은 모습을 하고 있지는 않았다. 툭 불거진 눈자위와 길쭉한 주둥이. 높게 들려진 코.

"제법 크네."

원활한 비교를 위해서인지, 찍힌 몬스터는 62번에 출현하는 좀비와 나란히 눕혀져 있었다. 크기만 해도 좀비의 1.5배에 달한다. 우현은 놈의 큼직한 다리를 주의깊게 보았다. 허벅지가 두껍고, 허벅지 아래의 다리가 살짝 꺾여서 기형적으로 길다. 그리고 양 팔. 저것을 팔이라고 해야 할까. 휘어진 갈고리 낫이라 하는 편이 나을 것 같았다.

"폴짝 폴짝 잘 뛰게 생겼네."

"응."

선하가 머리를 끄덕거렸다.

"엄청 귀찮다고 덧붙여져 있어. 눈은 퇴화했기 때문에 앞을 보지 못하지만, 귀가 엄청 민감한 모양이야. 아주 작은 소리만 내도 어디서 우루루 몰려온다고 하니까."

"몰려 온다고?"

"무리 생활을 해. 열 마리 이상이 한꺼번에 나타나는 거야. 게다가 몸놀림도 날래고, 공격도 무겁다는데."

우현은 머리를 끄덕거렸다.

"그래도 다행이야. 예전이라면 귀찮았겠지만, 지금은 어느 정도 대처를 할 수 있을테니까."

헌터들은 강해졌다. 계속 더 강해질 것이다. 게다가 선하와 우현이 가진 능력은 집단을 상대하는 것에 최적화되어 있다. 선하의 독과 우현의 안개. 네임드 몬스터에게 쓴다면 순간 화력이 부족한 능력이지만, 네임드 몬스터가 아닌 일반 몬스터를 상대로 싸운다면 충분히 활용할 수 있다.

"그래서 연합 쪽에서도 우리가 빨리 합류해주기를 원하고 있어."

발이 묶였다. 동굴에서 출현하는 몬스터가 너무 많았

기 때문에, 제대로 전진을 못하고 있는 모양이다. 언제고 몬스터가 튀어나올지 모르니 제대로 휴식도 취하지 못하는 모양이고.

'미로가 아닌 만큼 난이도가 더 높다는 건가.'

"네임드 몬스터와 조우는?"

"아직 없어. 전진 속도가 많이 느리니까, 네임드 몬스터의 확인까지는 못해도 이틀은 걸릴 거야."

"그렇다면 내일 당장 합류하자."

기왕이면 주문한 무기와 장비가 완성될 때까지는 기다리고 싶었지만, 어쩔 수 없는 일이다.

"그리고 나래와 카멜롯에게는 하위 길드원들을 풀어서 최대한 일반 몬스터를 잡아달라고 전해줘."

유빈투스를 상대하면서 느꼈던 것이지만, 앞으로의 네임드 몬스터와 보스 몬스터는 여태까지 싸웠던 몬스터들과는 비교도 할 수 없이 강하다. 한 달 동안 마석을 뽑아내며 공격대원 전원을 성장시켰지만, 그렇게 해도 유빈투스를 상대로 고전을 겪었다. 조금만 마음을 놓았더라면 유빈투스를 쓰러트리지 못했을 것이다.

"라크로시아의 갑옷이 손상 된 덕에 당장 쓸 갑옷이 필요한데. 잠깐 좀 봐도 돼?"

"지금 네가 쓰는 검도 말 한 마디 안하고 멋대로 가져갔으면서. 뭘 이제와서 묻고 그래?"

선하가 입술을 삐죽거리며 투덜거렸다. 그 말에 우현은 멋쩍게 웃었다.

"그때 상황이 급해서 어쩔 수가 없었어."

"…뭐, 상관없어. 어차피 난 쓰지도 않는 것들이니까."

선하가 태블릿 PC를 끄면서 대답했다. 우현은 씩 웃었다.

"고마워."

웃으며 전한 감사에 선하가 낮게 헛기침을 했다. 그녀의 귀가 조금 붉게 물들었다. 아직 2월인데 더워졌다. 선하는 우현의 시선을 피하며 머리를 돌렸다. 그것을 보던 민아와 시헌이 키득거렸다.

"형도 참, 눈치가 없는 건지."

시헌이 놀리듯 중얼거렸다. 선하의 얼굴이 확 달아올랐다. 그녀는 급히 몸을 일으켰다. 그녀는 테이블 위에 두었던 핸드폰을 손으로 잡았다.

"나, 난 나래 쪽이랑 전화할 테니까. 갑옷은 네가 좋을 대로 골라."

"어, 어, 그래."

선하가 후다닥 자신의 방으로 들어갔다.

"형, 진짜 모르는 거에요?"

시헌이 슬쩍 시선을 주며 소곤거렸다. 그 말에 우현은

난감한 표정으로 시헌을 힐긋 보았다.

“내가 몰라서 그러겠냐?”

되묻는 말에 되려 시헌의 눈이 동그래졌다. 옆에 앉은 민아가 몸을 일으켰다. 시헌은 대뜸 일어서는 민아를 보며 당황하여 민아 쪽을 보았다.

“어? 누나는 어디 가요?”

“똥 싸러.”

민아가 입술을 삐죽거리며 쏘아붙였다.

“똥?”

시헌의 입술이 헤- 벌어졌다. 말을 그렇게 한 주제에 민아는 화장실이 아니라 자신의 방으로 들어갔다. 우현과 시헌의 눈이 마주쳤다.

“…내가 뭐 잘못했어요?”

“네가 곁에서 깝죽대는 것이 마음에 안 들었나 보지.”

우현은 그렇게 말하며 장비를 보관한 방으로 향했다. 혹시나, 하는 마음은 무시했다. 이전부터 낌새가 없었던 것은 아니지만. 우현은 문고리를 잡으며 한숨을 쉬었다.

“복 터졌군.”

그는 그렇게 중얼거리며 문을 열었다. 헌터라는 것은 언제 죽어나갈지 모르는 직업이다. 당장 내일의 던전에서 죽어버릴 지도 모른다.

무시하는 것 말고 방법은 없다 느꼈다. 우현에게 있어서 이것이 최선이었다. 우현은 안을 둘러보며 보관된 갑옷을 살폈다. 선하의 아버지가 쓰던 갑옷은 우현의 사이즈로도 입을 수 있다. 그것은 지난번에 라크로시아의 갑옷을 입는 것으로 확인했다.

신중하게 갑옷을 선택했다. 우현이 고른 것은 푸른 색이 감도는 갑옷이었다. 디자인 자체는 그리 화려하지 않은, 기본에 충실하다는 느낌이었다. 중량 자체는 라크로시아의 갑옷보다 무거웠지만, 이쪽도 몸을 강화하였으니 무게는 거의 느껴지지 않았다.

'움직이는 것도 괜찮고.'

성능 자체는 지금으로서는 알 수가 없었다. 품질 보증서, 뭐 그런 것이 없나 찾아봤지만 찾을 수 없었다. 불편함은 없었기에 우현은 그 갑옷을 선택했다. 어차피 한 달 정도 임시로 사용하는 갑옷이다.

'내일부터 다시 던전 생활이군.'

휴식은 결국 오늘까지다. 내일부터는 다시 던전을 떠도는 생활을 해야 한다.

그다지 아쉬움은 느껴지지 않았다.

"거절?"

김상규는 어처구니가 없다는 얼굴로 중얼거렸다. 그는 전화기에서 잠깐 얼굴을 때고, 화면을 노려보았다.

[저쪽의 입장은 지난번에도 밝히지 않았습니까?]

브로커가 김상규의 눈치를 보면서 대답했다. 그 말에 김상규의 미간이 일그러졌다.

"개 헛소리."

그는 짜증섞인 목소리로 내뱉었다.

"일처리를 제대로 못했잖아. 똥을 쌌으면 시발 닦아야지, 그걸 왜 가만히 내버려 둬?"

따지고 보면 그들이 싼 똥은 아닌데. 브로커는 그 말이 목구멍까지 솟구쳤지만, 괜히 그것을 내뱉지는 않았다. 쓸데없는 말을 했다가 김상규와 척을 지고 싶지 않았기 때문이다.

[…어찌되었든. 서커스 쪽은 정우현과 관련된 의뢰를 더 이상 받고 싶지 않다고 합니다.]

"그니까 왜?"

[죽일 자신이 없다는데요.]

그 말에 김상규가 까득 이를 갈았다. 그는 손으로 얼굴을 감쌌다. 서커스는 김상규가 알고 있는 한, 가장 뛰어난 실력을 가진 청부조직이었다. 조직 개개인의 실력도 보통을 넘지만 특히 뛰어난 것은 그곳의 단장인 파블로프 파블로비치 세르게이의 실력이다. 적어도 같은 헌터를 죽이는 것에 그만한 실력자는 없을 것이다.

그런 세르게이가 죽일 자신이 없다고 포기했다. 이것을 어떻게 받아들여야할까. 세르게이가 허접하다고 받아들여야 하나? 아니면 우현이 김상규의 예상을 아득히 넘어설 정도로 강자라는 것인가. 김상규는 뿌득 이를 갈면서 담배를 꺼냈다.

"그러니까, 씨발. 그때 B급 심사에서 죽였어야 하는데."

[다른 고스트를 알아 볼까요?]

"고스트 중에 세르게이 이상의 실력자가 있나?"

[없죠.]

곧바로 대답이 돌아왔다. 그 말에 김상규는 담배에 불을 붙이다 말고 욕설을 내뱉었다.

"그러면 씨발, 어쩌라고?"

[그냥 내버려 두면 안 됩니까?]

브로커가 물었다.

[정우현이라는 놈 말입니다. 그냥 내버려두면 될 텐데. 왜 그렇게 죽이려고 안달이신 겁니까?]

"너는 눈앞에서 좆도 없는 놈이 깝죽거리면 패고 싶다는 생각 안 드냐?"

[…그래서, 그 정우현이 좆도 없는 놈이라고요?]

조금 어이가 없어졌다. 작금 헌터들 중에서 정우현만큼 파격적인 행보를 보인 헌터는 없다. 초기 등급 심사 F급, 이후 네임드 몬스터를 세 마리 연달아 잡아서 B급.

최악의 난이도였던 B급 등급 심사에서는 A급, 거기에 62번 던전 공략의 주역이 되면서 SS급. 그가 부길드장으로 있는 제네시스는 F급 길드에서 A급 길드로 부상했고, 길드원들도 등급을 몇 계단씩 훌쩍 뛰어넘었다. 그뿐인가, S급 길드인 카멜롯과 한국에서 손에 꼽히는 길드인 나래와도 연합하고 있다.

[좆도 없다고 하기에는 너무….]

"처음에는 좆도 없었어. 그때 잡았어야 했는데, 너무 커진 것이고."

김상규가 짜증 섞인 목소리로 대답했다. 순간, 그의 표정이 살짝 굳었다.

"세르게이 그 씹새끼 때문에."

김상규의 얼굴이 일그러졌다. B급 등급 심사에서 세르게이가 우현을 죽였더라면, 일이 이렇게까지 꼬이지는 않았을 것이다. 그때 죽이지 못했다면 적어도 그 다음에는 죽었어야지.

아니, 잠깐. 김상규의 눈썹이 찡그려졌다. 그는 잠시동안 아무런 말도 하지 않고 담배를 피우며 생각을 정리했다.

한 달동안 던전에서 실종되었던 우현은 어떤 여자와 함께 던전을 빠져나왔다고 했다. 그 여자의 이름까지는 알 수 없었지만, 62번 던전의 홀에서 나래가 패퇴하고, 그곳에 남은 것은 최우석과 정우현 뿐.

여자는 없었다. 최우석이 여자로 뿅하고 변신한 것이 아니라면, 그곳에 여자가 있을 이유는 없다. 그렇다면 어떻게 된 거지? 그 여자는 어디서 튀어나온 거야?

"야, 세르게이 그 새끼가 그랬지? 홀에 도착했을 때 놈은 이미 없었다고."

[그랬었죠.]

"그 씨발새끼가 거짓말을 했어."

반쯤 타들어간 담배가 재떨이 위에 떨어졌다.

"그 새끼는 62번 던전에서 정우현을 만났어. 근데 죽이지 않았고. 그게 아니면 말이 안 돼. 하, 그 씨발새끼가… 나한테 엿을 먹여?"

우현에게 돈을 받은 것일까? 선금보다 더 큰 돈을? 어쩌면 그럴지도 모르지. 이중계약이라니, 새끼가. 그래서는 안 되지. 내가 누구인데. 감히 나한테 엿을 먹여? 김상규가 몸을 일으켰다.

"세르게이 불러내."

[네?]

"그 새끼 불러내라고. 56번 던전에 불러내. 적당히 약 팔아서, 거짓말 섞어서 불러 내라고. 계약금도 제법 쓸 테니까."

[불러내서, 뭘 어떻게 하라고요?]

"그 새끼 잡는다."

김상규가 싸늘하게 식은 얼굴로 대답했다.

"그 새끼 현상금도 제법 되지? 꽁돈도 먹고, 나한테 엿 먹인 놈도 좆되게 할 수 있고. 얼마나 좋아?"

[진심으로 하는 말입니까? 세르게이는….]

"B급한테도 털린 새끼야. 개거품이라고."

김상규가 내뱉었다.

"불러내. 돈보다 내가 좆같아서 안 되겠어."

◎

63번 던전, 벨로크의 동굴. 게이트를 지나자마자 커다란 동굴이 보였다. 아무 것도 없는 황무지에 불쑥 솟구쳐서 아가리를 쩍 벌린 동굴. 민아가 오버하면서 몸을 부르르 떨었다.

"음산해라."

민아가 중얼거렸다. 조금 바람이 불었다. 해는 떠있었고, 날씨는 그리 춥지 않았다. 무의미하다. 어차피 동굴 안쪽, 그것도 지하로 이어지는 동굴이라면 일광은 완전히 차단된다. 던전 내부의 온도는 어떨까, 추위에 대해서는 미리 언질이 오지 않았었는데.

"럭키 카운터 쪽은?"

"내부에서 조우하지는 않았다고 해."

길이 하나밖에 없는 곳이다. 엇갈렸을 리는 없고, 서로 거리가 떨어졌거나… 아니면 럭키 카운터 쪽에서 일단 물러났는가.

"일단 우리끼리 들어가 보자."

정식으로 연합과 합류하여 탐색대를 꾸리는 것은 내일이다. 오늘 던전에 들어 온 것은, 던전의 분위기와 몬스터를 살펴보기 위함이었다. 아무 것도 모르는 체로 내일 합류하였다가 망신을 겪을 수는 없으니까.

"너무 깊이 들어가지는 말고, 한 두 시간 정도 탐색하는 것으로. 당연한 말이지만 무리는 하지 말고, 상처는 입지 마. 본방은 내일이니까."

오늘은 어디까지나 약식으로 하는 탐색이다. 우현이 앞장섰다. 동굴의 안으로 들어갔다. 동굴 안으로 들어온 순간 기온이 확 떨어지는 것이 체감되었다.

'춥다고 할 정도는 아니군.'

오히려 활동하기에 딱 좋은 온도다. 우현은 어둡게 변한 주변을 살피면서 뒤를 향해 눈짓을 주었다. 시현이 랜턴을 꺼내 손에 쥐었다.

동굴을 걸었다. 입구부터 시작해서 쭈욱 지하까지 이어져 있는 형태다. 다행히도 동굴은 충분히 넓었고, 경사진 길을 걸을 때마다 천장은 그만큼 더 높아졌다.

'무너진다면 꼼짝없이 몰살이겠군.'

그런 일이 벌어지지 않도록 바랄 뿐이다. 한 10분 정도 동굴을 내려갔지만 몬스터와 마주치지는 않았다. 하지만 그렇다고 해서 긴장을 풀지는 않았다. 언제고 몬스터가 튀어나올지 모르는 곳이고, 던전 생활은 이미 일상이라 해도 될 정도로 익숙하다.

그리고, 작은 소리. 키긱거리는 소리였다. 우현은 걸음을 멈췄다. 우현을 비롯한 모두가 걸음을 멈췄다. 이 던전에서 출현하는 몬스터는 눈이 보이지 않는다고 했다. 대신에 소리에 민감하다고 했던가.

'시헌이의 폭발은 사용할 수 없어.'

폭발은 소리가 너무 크다. 괜히 터트렸다가는 멀리 있는 몬스터까지 끌어들일 지도 모르는 일이다. 그보다 더 최악은, 폭발의 충격으로 동굴이 무너지는 것. 설마 그 정도로 동굴의 벽이 약할 것이라 생각하지는 않는다만. 주의를 요해서 나쁠 것은 없다.

손가락을 들어서 앞으로 까닥거렸다. 미리 정해둔 수신호로, 이동한다는 뜻이었다. 발소리를 죽여 앞으로 걸었다. 이 던전에서 몬스터와 조우하는 것은 처음이다. 신중해서 나쁠 것은 없다.

스륵거리는 소리. 발이 끌리는 소리. 놈들이 움직일만한 소리의 크기를 찾는다. 이 정도로는 괜찮은가. 우현은 손을 들어 주먹을 쥐었다. 멈춰라.

그리고 일부러 헛기침을 토했다. 주변에서 들리는 소리가 조금 커지는 것이 느껴졌다. 끼긱거리는 그 소리가 웅성거리는 듯하다. 우현은 손을 조금 더 높이 들었다. 활짝 펼친 손을 빙글 돌렸다. 시헌이 머리를 끄덕거렸다. 그는 랜턴을 들어 주변을 비추었다.

당장 보이는 것은 없다. 음산한 동굴의 벽만 보일 뿐. 혹시 모르는 상황을 대비하여 우현은 안개를 끌어 올렸다. 붉은 안개가 넓게 퍼지며 일행을 감쌌다. 그리고 다시 전진. 헛기침 정도의 소리로는 놈들이 움직이지 않는다.

발 끝에 작은 돌이 채였다. 우현은 힘을 주어 그것을 걷어찼다. 파각! 발로 걷어 찬 돌이 부서지며 멀찍이 날아 올랐다. 제법 큰 소리였고, 기대했던 대로 놈들이 반응했다.

"끼긱!"

그 소리를 시작으로 멀찍이서 무언가가 튀쳐나왔다. 제법 거리가 멀었음에도 놈들은 단숨에 도약하여 거리를 좁혔다. 폴짝거리며 다가오는 놈들을 보고, 우현은 발을 살짝 뒤로 끌었다.

일단 안개로 대응해본다. 주변에 떠돌던 안개가 우현의 의지에 따라 힘을 품었다. 콰가각! 쏘아진 안개가 선두의 놈을 갈겼다. 일격에 꿰뚫지는 못했다. 힘이 부족했던 모양이다.

그렇다면 조금 더 힘을 실을까. 이어 뻗은 공격에 몬스터의 머리가 박살난다. 하지만 그 놈 하나로 끝이 아니다. 못해도 열 마리는 될법한 놈들이 그 뒤를 따르며 폴짝거리며 뛰어 들어왔다. 안개가 계속해서 움직였다. 투기를 들이 부은 안개는, 투기의 소모가 크기는 하지만 한 번에 많은 적을 원거리에서 요격할 수 있다. 몰려드는 몬스터들은 오래 버티지 못했다. 거리가 완전히 좁혀지기도 전에 놈들의 시체가 동굴 바닥으로 쏟아졌다.

"우와."

등 뒤에서 시헌이 놀란 소리를 냈다. 우현은 잠깐 동안 그 자리에 멈춰서서 기다렸다. 더 이상의 몬스터가 보이지 않자, 우현은 앞으로 나아갔다. 그는 몬스터의 사체를 아공간에 수습한 뒤에 뒤를 힐긋 돌아보았다.

"다음은 선하, 네가 앞에 서 봐."

민아와 시헌의 능력은 다수의 몬스터를 상대하는 것에는 적절하지 않다. 시헌의 능력은 응용하기에 따라 다수를 상대할 수도 있겠지만, 이곳 동굴에서는 무리다.

선하가 앞으로 나섰다. 다시 이동이 시작되었다. 소리 죽인 걸음을 뻗을수록 키긱거리는 몬스터의 소리가 다가왔다. 애초의 목적이 탐색전이니 앞으로 나아가는 것보다는 몬스터와 교전하는 것을 목적이다.

그러니 일부러 소리를 내었다. 몇 번의 확인 결과, 놈들은 작은 말소리 정도에는 반응하지 않았다. 동굴에서 울릴 정도의 소리가 아니라면 습격은 없다.

그렇다면 대체 어디서? 그 해답도 얼마 지나지 않아 찾을 수 있었다. 랜턴을 조금 위로 올렸다. 동굴의 외벽, 그 천장 쪽에 갈고리를 박고서 침묵하는 몬스터들이 보였다. 그 수가 헤아리기 힘들 정도로 많았다. 소리를 내 보니 놈들이 조금씩 갈고리로 벽을 긁으면서 이동하는 것이 보였다.

"으, 징그러."

민아가 중얼거렸다.

던전에 출현하는 몬스터에게 크게 무리를 겪지는 않았다. 소리에 반응한다는 것. 그것은 귀찮은 특성 중 하나였지만, 소리를 크게 죽이고 움직인다면 몬스터의 습격을 피해갈 수 있다는 이점은 있었다. 눈이 퇴화된 놈들은 앞을 볼 수 없다. 실험을 위해 바로 앞에 랜턴을 비추어 보아도 놈들은 미동하지 않았다.

동굴을 내려간 지 한 시간 정도 지났을 때였다. 천장을 비추며 몬스터를 확인하던 도중, 전혀 다르게 생긴 놈이 나타났다. 순간 네임드 몬스터인 줄 알고 움찔 놀랐지만, 네임드 몬스터는 아니었다. 고유한 이름이 보이지 않았으니까.

하지만 네임드 몬스터라고 생각할 수 있을 정도로 커다란 놈이었다. 처음 보고 연상한 것은, 돈벌레였다. 무수히 많은 다리를 써서 동굴의 벽에 매달린 놈은, 그 끔찍한 하반신의 위에 거대한 여성의 몸을 매달고 있었다. 감긴 눈동자가 하나, 둘, 여덟. 자고 있는 것일까? 우현은 아무런 말도 하지 않고 놈을 향해 랜턴을 비춰 보았다. 놈이 눈을 떠서 덤벼들 지도 모르는 일이지만, 카멜롯과 나래의 탐색대에서 저런 몬스터에 대해서는 이야기가 없었다. 확인해 둘 필요가 있었다.

감긴 눈이 움찔거리며 떨렸다. 크륵거리는 소리와 함께 놈의 눈이 떠졌다. 번뜩이는 푸른 눈동자였다. 여덟 개나 되는 놈의 눈이 이쪽을 보았다. 우현이 나지막이 욕설을 터트렸다.

"키에엑!"

놈이 입을 벌려 괴성을 질렀다. 그 외침에 주변의 다른 몬스터들 전부가 반응했다.

"키긱!"

갈고리 발톱이 벽을 긁는 소리와, 돈벌레처럼 생긴 몬스터가 몸을 돌려 바닥으로 떨어졌다.

쿠웅!

묵직한 무게에 바닥이 조금 흔들렸다. 몇 십 마리나 되는 몬스터가 그 뒤를 따라 바닥으로 떨어졌다. 우현은 딱딱하게 굳은 얼굴로 발을 조금 뒤로 끌었다.

"어, 어떡하죠?"

시헌이 불안한 목소리로 물었다. 우현은 손에 쥔 검을 꽉 잡으면서 내뱉었다.

"어쩌긴, 잡아야지."

뒤로 빠지려 한다면 빠질 수도 있겠지만, 기왕 이렇게 된 것 잡는 편이 낫다. 놈이 어떤 몬스터인지 확인도 해 둘 겸. 주변의 몬스터를 살핀다. 대략해서 백 마리 남짓인가. 이쪽을 향해 갈고리를 까딱거리는 몬스터들은 위협감이 대단했다.

하지만 이곳까지 오면서, 저 몬스터들을 상대하는 법은 충분히 익혀 두었다. 다행히도 선하와 우현의 능력은 저 놈들에게 천적이라고 할 수 있었다. 우현은 시헌과 민아를 힐긋 보았다.

"너희들이 저 큰 놈 맡아. 나머지는 나랑 선하랑 할 테니까."

"괜찮겠어요?"

시헌이 걱정스레 말했다. 우현은 웃으며 머리를 끄덕거렸다.

"괜찮아."

그렇게 대답하고서 우현은 먼저 앞으로 나섰다.

선하와는 최대한 거리를 두었다. 모두가 그랬다. 선하

의 능력은 강력하지만 피아를 구별하지 못한다. 어쩔 수 없는 일이었다. 무기에 묻어내지 않는 방법으로 독을 쓴다면 선하조차 통제할 수 없다. 그녀가 할 수 있는 통제라고 해 봐야 뿌린 독을 거두는 것이 고작이다.

선하는 빠르게 몬스터의 무리로 파고들었다. 공격을 대비하면서 충분히 긴장을 유지했다. 늘어난 투기는 그녀의 몸을 더욱 강하게 만들었고, 예리하게 선 감각은 몬스터의 움직임을 놓치지 않았다.

일부러 소리를 냈다. 소리에 반응한 몬스터들이 선하를 덮쳤다. 높이 뛰어 올리며 갈고리를 휘두른다. 선하는 검을 들어 놈들의 공격에 대비하는 동시에, 투기를 독으로 변환했다. 시커먼 독이 그녀의 전신에서 뿜어졌다. 단순히 뿜어내는 것 뿐이다. 세세한 컨트롤은 불가능하다.

하지만 그것만으로 그녀의 존재는 화학무기에 준할 만큼의 위력을 갖는다. 선하를 덮치는 몬스터들이 독에 노출되었다. 독은 곧바로 효력을 보이지 않는다. 몬스터가 구축한 방어벽 때문이다. 하지만 아주 잠깐의 시간이 흐른 순간, 강력한 독은 방어벽을 완전히 박살내고 몬스터의 몸을 침식한다.

'사체를 건질 수는 없지만.'

그것이 단점이라면 단점일 것이다. 접근하는 것들을

모조리 녹여버리는 바람에 몬스터의 사체를 건질 수 없다는 것. 그런 단점과, 피아를 구별할 수 없다는 것을 제외하면 선하의 능력은 다수의 적을 상대하는 것에 절대적인 위력을 보인다. 그녀가 내뿜는 독은 그녀 자신에게는 아무런 해도 없으니까.

가끔, 독을 뚫고 덤벼드는 놈들을 검으로 직접 썰어내는 것이 선하가 할 일의 전부였다.

반면에 우현은 선하와는 조금 다르다. 그는 선하처럼 편하게 독을 풀어내는 것으로 몬스터를 정리할 수는 없다. 그가 다루는 안개는 그가 직접 움직여야만 했다.

안개가 몰아쳤다. 그것은 우현의 앞을 마구잡이로 할퀴면서 뛰어드는 몬스터들을 베어냈다. 그로도 부족해서 우현은 직접 검을 휘둘렀다. 안개가 방어벽을 부수고, 그 뒤에 휘둘러진 검이 몬스터의 목을 베어낸다.

수가 많기는 했지만 정신가속까지 쓸 정도로 버거운 상황도 아니었다. 선하와 우현이 몬스터를 정리하는 동안, 시헌과 민아는 돈벌레처럼 생긴 몬스터에게 다가갔다. 민아는 놈의 그 끔찍스런 생김새를 보며 얼굴을 찡그렸다.

"나, 벌레 되게 싫어해. 알아?"

민아가 시헌을 향해 소곤거렸다.

"바퀴벌레 잘 잡게 생겼는데."

시헌의 대답에 민아의 얼굴이 일그러졌다. 이런 상황만 아니었어도 시헌의 머리를 한 대 쥐어박았을 텐데.

“내가 바퀴벌레 잡는 것 본 적 있어?”

“선하 누나네 집이 워낙 좋아서 바퀴벌레가 나온 적은 없었던 것 같은데요.”

“맞아. 내가 언니네 집 들어가서 살면서 두 번째로 좋은게 그거야.”

“첫 번째는 뭔데요?”

시헌이 민아를 힐긋 보면서 물었다. 그 물음에 민아는 입술을 다물었다. 그녀는 조용히 방패를 들었다. 시헌은 민아의 옆 얼굴을 보면서 한숨을 쉬었다.

“…저기 누나. 나도 눈치가 없는 건 아니라서 알겠는데, 음… 마음 접는 게….”

“너 나 좋아하냐?”

민아가 시헌을 힐긋 보면서 물었다. 그 물음에 시헌은 눈을 동그랗게 뜨고 깜박거렸다.

“제가 왜요?”

되묻는 말에 민아는 입술을 삐죽거리면서 전방의 몬스터를 보았다.

“네 반응 보니까 물어 본 내가 다 민망하네. 됐어.”

민아는 그렇게 말하면서 돈벌레를 향해 다가갔다. 그런 민아의 등 뒤를 보면서 시헌은 머리를 벅벅 긁었다.

"난 누구랑은 다르게, 올라가지 못할 나무는 쳐다보지도 않는 성격이라."

시헌은 그렇게 중얼거리며 민아의 뒤를 따랐다. 어느 정도 거리가 좁혀지고, 돈벌레가 민아를 본 순간이었다. 그녀는 발을 앞으로 뻗었다.

그리고 민아의 모습이 사라졌다. 돈벌레의 머리 위에 나타난 민아는 허리를 비틀면서 검을 휘둘렀다. 쩌엉! 휘두른 일검이 돈벌레의 방어벽과 부딪혔다.

"키기긱!"

놈이 울음을 터트렸다. 다리가 많은 벌레의 하반신 위에는 다른 몬스터처럼 갈고리 팔을 가진 상반신이 있었는데, 덩치와 갈고리의 길이가 다른 몬스터의 몇 배는 되었다. 민아는 휘두르는 갈고리를 피해 다시 능력을 펼쳤다. 그녀의 몸이 사라지고 갈고리가 허무히 허공을 베어냈다.

조금 더 깊숙이 파고든 민아는 방패를 내질러 놈의 배를 갈겼다. 둔탁한 소리가 났다. 덩치가 클 뿐만이 아니라 방어벽도 제법 두꺼운 모양이다. 곧바로 검을 한 번 더 휘둘렀다. 놈의 몸이 비틀거리는 순간 텔레포트 능력을 써서 뒤로 빠진다.

"나도 기왕이면 그런 능력이 좋은데."

시헌이 투덜거리면서 펄션을 들었다. 폭발 능력을 사

용할 수는 없다. 아무리 힘을 죽여도 폭발음을 억누를 수는 없으니까. 하지만 그렇다고 해서 시헌이 무력한 것은 아니었다.

콰득!

내리찍은 검이 방어벽을 박살냈다. 발을 조금 뒤로 빼고, 다시 한 번. 고기를 써는 느낌이 이것과 비슷할까. 한 번 더 내리찍은 검이 돈벌레의 다리를 뜯어냈다. 놈이 몸을 비틀면서 비명을 질렀다. 그 비명에 시헌은 눈살을 찡그렸다.

'그러고 보니 몬스터의 비명에는 다른 몬스터들이 반응하지 않아.'

지금도 그랬다. 죽어가는 몬스터들이 비명을 질러대고 있었지만 다른 몬스터가 더 오지는 않았다. 시헌은 혹시나 하는 마음에 능력을 끌어 올렸다. 옆으로 휘두른 검이 폭발을 일으켰다. 폭발음과 비명이 뒤섞였다.

"뭐하는 거야?"

텔레포트를 써서 시헌의 곁으로 내려 온 민아가 당황하여 물었다. 시헌은 어깨를 으쓱거렸다.

비명소리에 폭발음이 묻힌 것일까. 몬스터의 추가적인 출현은 없었다. 시헌은 보란 듯이 씩 웃었다.

"생각도 할 줄 알았구나?"

"누나는 참, 입만 다물고 있으면 참 좋을 텐데."

시헌이 입술을 삐죽거리며 투덜거렸다. 시헌은 폭발의 위력을 최대한 억제하면서, 몬스터의 비명에 묻힐 정도의 위력을 유지했다. 그는 민아와 같은 기동력이 없다. 그렇기에 시헌이 할 수 있는 것은 징그러운 다리를 최대한 많이 잘라놓는 것이 고작이었다.

그것으로 충분했다. 시헌이 돈벌레의 다리를 묶는 동안 민아가 텔레포트를 펼치며 놈의 상반신을 압박했다. 얼마 지나지 않아 민아의 검이 돈벌레의 목을 베어냈다. 잘려진 목에서 피가 분수처럼 솟구쳤다. 민아는 질색하며 뒤로 물러섰다.

"끝났어?"

조금 뒤에 선하와 우현이 다가왔다. 능력을 제법 많이 펼친 덕에 선하의 얼굴에는 조금의 피로함이 어려 있었다. 민아는 활짝 웃으면서 보란 듯이 등 뒤에 늘어진 돈벌레의 시체를 가리켰다.

"방어벽이 조금 두껍기는 한데, 그렇게 어렵지는 않았어요."

민아가 으스대며 말했다. 단순히 그것은 민아의 능력 때문이다. 보통의 헌터가 저런 대형 몬스터를 잡기 위해서는, 우선 방어벽을 뚫은 뒤에 다리를 모조리 잘라내서 기동력을 빼앗는다. 그리고 다같이 달려들어 저 두꺼운 몸통을 자르고, 머리를 아래로 떨어트리는 수밖에 없다.

하지만 텔레포트 능력을 얻은 민아는 노려야 할 곳이 아무리 높은 곳에 있어도 단 번에 올라갈 수 있다. 즉, 방어벽만 뚫어 놓는다면 머리 위까지 올라가서 머리를 베어낼 수 있다는 것이다.

"어느 정도 수확은 거두었으니, 이만 뒤로 빠지자. 더 깊이 들어갔다가는 지금 우리 전력으로는 위험할 지도 몰라."

현재로서 확인한 출현 몬스터는 두 종류다. 폴짝거리는 갈고리와 돈벌레. 갈고리는 눈이 보이지 않는 대신에 소리에 민감하다. 돈벌레는 갈고리보다 견고하고 크면서, 시력을 가지고 있다. 갈고리는 소리를 죽여 피할 수 있지만 돈벌레는 피할 수 없다. 즉, 어쩔 수 없이 다수의 몬스터와 교전을 벌일 수밖에 없는 것이다.

"일단 던전을 나가서 연합 헌터들과 공격대를 편성해야겠어."

"또 노숙해야겠네요."

민아가 투덜거렸다.

"세이브 포인트를 특정해 내야 하니까 어쩔 수 없지. 네임드 몬스터가 어느 곳에서 출현할 지도 알아둬야 하고."

우현은 쓰게 웃으면서 대답했다. 그는 얼굴이 조금 창백해진 선하를 힐긋 보았다. 우현은 선하에게 다가가 그녀의 어깨를 두들겼다.

"너도 수고했어. 괜찮아?"

"…조금 어지러운 정도야. 이 정도는 견딜 수 있어."

선하가 대답했다.

"부축해줄까?"

우현의 물음에 선하는 조금 놀란 얼굴로 우현을 바라보았다. 시헌은 움찔거리는 민아를 힐긋 보면서 남몰래 한숨을 삼켰다.

"…아직은 괜찮아. 이따가, 정 못 견디겠으면 부탁할게."

선하가 살짝 웃으며 대답했다.

REVENGE

2. 탈로스의 법전

HUNTING

NEO MODERN FANTASY STORY & ADVANTURE

REVENGE HUNTING

2. 탈로스의 법전

56번 던전, '탈로스의 법전.' 이 던전은 산이다. 산의 정상에는 거대한 절이 있는데, 원래 그 절에 보스 몬스터인 탈로스가 있었다. 물론 지금은 없다. 56번 던전은 예전에 공략이 끝난 던전이니까.

"의뢰의 내용은 별 것 없어."

세르게이가 입을 열었다. 연이은 실패로 인해 서커스의 규모는 예전보다 크게 줄어 있었다. 죽은 단원도 많았고, 자발적으로 빠진 단원도 많았다. 실패로 껴안게 된 리스크. 서커스는 신용을 잃었다. 게다가 최근 너무 큰 의뢰를 받은 덕에 서커스는 여러 곳에서 주목을 받게 되었다.

그것에 위협을 느낀 단원들이 몸을 빼는 것도 어쩔 수 없는 일이었다. 세르게이는 그것에 대해 아무런 통제도 하지 않았다. 어차피 서커스는 철저하게 점조직으로 운영하고 있다. 줄이 닿은 브로커는 모두가 신용할 수 있는 녀석이었고, 그들 쪽에서 배신은 없으리라 확신할 수 있다. 설령 단원이 빠진다고 해서 서커스 쪽에 위협은 없다.

그래도, 최근의 연이은 실패에 대해서 세르게이가 염두를 하고 있는 것은 사실이었다. 그래서 의뢰를 받아들였다. 별 볼 일 없으면서도 보수는 짭짤했으니까.

"팔드리아의 갑옷을 가진 놈이 이 던전에서 파티 사냥을 하고 있다는 군. 놈을 죽이고 팔드리아의 갑옷을 뺏는다."

흔한 의뢰다. 장비. 특히 네임드 몬스터, 보스 몬스터의 사체를 써서 만든 장비는 물량이 한정되었기 때문에 구하는 것이 힘들다. 그런 장비를 노리고 의뢰를 넣는 일은 많다. 이런 경우에는 장비를 강탈하고, 그 장비를 브로커에게 넘긴다. 거기서 다시 몇 개의 손을 거쳐서 장비는 경매로 올라가고, 그곳에서 의뢰를 넣은 이에게 낙찰된다.

"등급은?"

발레리아가 물었다. 동원한 단원은 세르게이와 발레

리아를 포함해서 5명.

"A급이야. 파티는 4인이고, 전부다 등급이 A. 쉬운 일이지."

세르게이가 대답했다. A급 4명이라면 세르게이 혼자서도 쓸어버릴 수 있는 인원이다. 그럼에도 다른 단원을 데리고 온 것은 일을 확실히 하기 위해서. 그리고 삐걱거리는 서커스 내부 분위기를 진정시키기 위해서다.

매복 포인트는 브로커 쪽에서 전달을 받았다. 여태까지와 항상 같은 방식이었다. 세르게이는 매복 포인트를 확인했다. 문제는 없다. 평소와 똑같은 일이다.

얼마 지나지 않아 목표 대상인 파티가 보였다. 팔드리아의 갑옷의 사진은 이미 받았다. 팔드리아는 32번 던전의 보스 몬스터로, 그 사체로 만든 갑옷 중 몇 개가 경매에 팔려 다른 헌터의 손으로 들어갔다. 저 놈이 경매에서 팔드리아의 갑옷을 낙찰 받은 놈일 것이다.

'투 핸드 소드가 하나, 롱 소드가 하나, 해머가 둘이군.'

그 중에서 팔드리아의 갑옷을 입은 놈은 투 핸드 소드를 들고 있는 놈이었다. 갑옷을 자랑하듯이 선두에서 걸어오는 모습을 보며 세르게이는 주변을 향해 눈짓을 주었다. 발레리아가 머리를 끄덕거렸다. 은밀한 움직임이 시작되었다.

그리고 덮친다. 세르게이가 먼저 뛰쳐나갔다. 굳이 대화를 할 필요는 없다. 서두를 이유도 없겠지만, 그렇다고 여유를 부릴 이유도 없다. 세르게이는 뛰쳐나감과 동시에 등 뒤에 걸치고 있던 검을 크게 휘둘렀다. 전력은 아니었지만 충분히 힘을 주었다. 일격에 몸을 베리라고 믿어 의심치 않았다.

"어이쿠."

그리고 그런 소리가 났다. 마치 기다리고 있었다는 듯이.

카앙!

검과 검이 부딪혔다. 세르게이는 손아귀에 느껴지는 반발력에 조금 놀랐다. 그는 시선을 들어 자신의 검을 받아 낸 상대를 바라보았다. 투구 덕에 얼굴이 보이지 않는다.

"너, 뭐냐?"

세르게이가 내뱉었다. 그는 검을 뒤로 물리며 거리를 벌렸다. 김상규는 대답하지 않았다. 놀란 것은 그 역시 마찬가지였다. 일검을 나누었다. 미리 대비하고 있었고, 뛰쳐나올 포인트를 알고 있었기에 막을 수는 있었지만.

반응이 조금만 느렸다면 막지 못했을 것이다. 김상규는 내심 입맛을 다시며 발을 조금 뒤로 끌었다. 세르게이는 굳은 얼굴을 숨기고 김상규를 노려 보았다.

"서커스로군."

이미 알고 있지만 말이야. 김상규는 굳이 그렇게 말했다. 그는 세르게이의 왼쪽 가슴에 새겨진 삐에로의 문양을 보면서 빙글 웃었다.

"팔드리아의 갑옷이 욕심나서 온 거냐?"

김상규의 물음에 세르게이는 아무런 말도 하지 않았다.

'A급이라고 들었는데.'

반응 속도만 봐도 A급은 아니야. 그 이상이다. 세르게이의 눈이 가늘어졌다. 정보가 잘못됐나? 아니면 무슨 착오가 있었던가. 어쩌면 등급 심사에서 오르지 못했을 뿐, 실력은 A급 이상이라던가. 뭐, 그것이 아주 불가능한 이야기는 아니다. 당장 우현만 봐도, 세르게이가 처음 우현과 싸웠을 때에 우현의 등급은 B였으니까.

하지만 그 생각은 뒤에서 튀어나오는 다른 헌터들을 보고서 깨끗하게 사라졌다. 한 명, 두 명… 열 명이 넘는 인원이다. 세르게이의 표정이 차갑게 식었다. 옆에서 발레리아가 당황한 소리를 냈다. 그것은 다른 서커스의 단원들도 마찬가지였다.

"…허허."

세르게이는 낮은 웃음을 흘렸다. 그는 머리에 쓰고 있던 투구를 벗었다. 그리고는 굳은 얼굴을 손으로 어루만지며 중얼거렸다.

"새끼가, 나한테 엿을 먹였네."

설마 이렇게 뒤통수를 맞을 줄이야. 이렇게 될 것이라고는 상상도 한 적이 없었다. 그야, 뒤통수를 맞을 이유가 없으니까. 세르게이에게, 그리고 서커스에게 원한을 가진 헌터는 많다. 하지만 그럼에도 불법적인 일을 하는 브로커들은 세르게이를 팔아 넘기려 들지 않았다.

그의 능력이 확실했던 탓이다. 그만한 고스트가 없었고, 서커스와 세르게이는 불법적인 일에 있어서는 해결사와 같은 존재였다. 그런 세르게이가 잘려져 나았다. 뒤통수를 맞았고, 엿을 먹었다.

대체 왜? 최근 몇 번 실패한 덕분에? 납득이 되지 않는다. 고작 몇 번 실패했다고 나를 잘라내? 내가 여태까지 얼마나 많은 의뢰를 성공시켰는데.

"죽여 버린다."

세르게이가 중얼거렸다. 그의 눈동자가 분노와 살의로 들끓었다. 그 시선에 김상규는 과장스레 몸을 떨면서 슬며시 몸을 뒤로 빼냈다.

"뭔 소리인지는 잘 모르겠는데, 죽여 버리겠다니. 아이고 무서워라."

김상규가 너스레를 떨자 세르게이의 뺨이 실룩거렸다. 새끼가, 투구를 쓰고 있으니 얼굴이 보이지 않아. 누구일까? 실력이 제법 좋은 놈이다. 아무리 생각해도 A급이라고는 생각할 수 없을 만큼. 게다가 저 정도 인원이 붙었다. 집단이라고 생각해야할까? 모종의 집단이 세르게이를 자르려고 하고 있다.

개새끼들이.

"너, 목적이 뭐냐?"

세르게이가 얼굴을 쓸던 손을 내리며 물었다. 그 물음에 김상규는 굳이 대답하지 않았다. 화랑과 서커스 사이에 직접적인 줄은 아무 것도 없다. 브로커를 썼고, 서로의 비밀은 보장된다.

하지만 그렇다고 해서 이쪽에서 자기 소개를 할 이유는 없다. 목적은 이곳에서 세르게이를 죽이는 것이다. 세르게이를 죽이고, 그 목을 들고 가서 현상금이나 받을까. 놈들에게 준 의뢰금보다는 적겠지만, 현상금의 양도 제법 된다. 김상규는 마음을 굳히고 주변에 눈짓을 주었다.

'생포할 생각은 아니군.'

세르게이는 슬쩍슬쩍 움직이는 헌터들을 보면서 생각했다. 입은 장비를 확인한다. 제법 질이 좋아보였다. 아무래도 놈들 역시 제법 등급이 높은 헌터들인 듯 했다. 세르게이는 낮게 웃음을 흘렸다.

"씨발, 재수가 없으려니까."

뭘 어쩌겠어. 이렇게 되어버렸는데. 세르게이는 마음을 다잡았다. 그는 주변에 눈짓을 주었다. 지금의 상황을 어찌 타개해야 할지 몰라 하던 다른 단원들에게 준 시선이었다. 도망칠까? 아마 불가능하겠지. 입구 게이트까지는 그리 멀지 않지만, 저 많은 인원을 따돌리는 것은 힘들다.

"…목표는 현상금이냐?"

세르게이가 슬며시 물었다. 그 말에 김상규는 헛웃음을 흘리며 머리를 끄덕거렸다.

"응, 맞아."

대답한 말에 세르게이는 검을 슬쩍 내렸다. 마치 이쪽은 공격의사가 없다고 말하는 듯이.

"내 목에 걸린 현상금의 두 배를 주마. 어때?"

"새끼가, 사람을 뭘로 보고. 내가 돈 때문에 이러는 줄 알아? 너 같은 나쁜 놈은 잡아 죽여야 돼. 뭔 소린지 알겠냐?"

사실은, 그냥 날 엿 먹인 네가 좆같아서 그래. 김상규의 대답에 세르게이가 웃었다.

"멋지군."

그 말이 끝이었다. 세르게이가 땅을 박찼다. 미리 준비하고 있던 김상규는 뒤로 빠지면서 검을 들었다. 까앙! 세르게이가 휘두른 검이 김상규의 검과 부딪혔다.

'씨발, 뭔 공격이….'

김상규는 손아귀가 찢어지는 것 같은 통증을 느끼며 헛바람을 삼켰다. 그래도 S급이라 이거지? 하지만 김상규 역시 SS급 헌터다. 세르게이와 비교해서 크게 부족할 것은 없다. 김상규는 검을 고쳐 잡으며 곧바로 반격에 나섰다. 매섭게 휘두르는 검이 세르게이의 목으로 날아왔다.

거기서 세르게이의 밸런스가 바뀐다. 그는 스텝을 밟으며 김상규의 검을 가볍게 피해냈다. 곧바로 내지른 검이 김상규의 옆구리를 파고들었다. 김상규는 욕설을 뱉으며 몸을 굴렸다.

김상규와 세르게이가 맞붙는 동안 다른 헌터들이 서커스를 덮쳤다. 발레리아는 아랫입술을 뿌득 씹으며 덤비는 헌터에게 저항했다. 실력만 놓고 보면 발레리아는 상대보다 뛰어났지만, 문제는 적이 한 둘이 아니라는 것이었다.

순식간에 사망자가 나왔다. 서커스 쪽의 헌터였다. 뭐라고 유언을 남길 시간도 없는 빠른 죽음이었다. 그것을 보며 발레리아의 눈이 독기를 담았다. 그녀가 휘두른 검에 잘린 목이 둥실 떠올랐다.

'강해.'

칼날과 칼날이 오갔다. 시끄러운 쇳소리에 귀가 먹먹

했다. 세르게이는 굳은 얼굴로 김상규와 검을 맞댔다. 김상규는 세르게이가 생각했던 것보다 훨씬 강했다. 놈을 빠르게 정리하고 다른 쪽을 정리하려는 것이 애초의 생각이었는데.

이렇게 되니 발이 묶인다. 세르게이의 얼굴에 짜증이 실렸다. 지금 그가 이렇게 잡혀 있는 순간에도 서커스의 단원들은 압박을 받고 있다. 벌써 한 놈 죽었고.

솔직히 말해서, 죽은 놈은 그리 신경쓰지 않는다. 세르게이가 신경 쓰는 것은 자신의 여동생인 발레리아 뿐이었다.

발레리아가 죽는다면? 상처를 입는다면? 그런 경우는 상상하고 싶지 않았다. 많은 사람을 죽였다. 돈 때문에. 그런 주제에 제 여동생만 챙기는 것은 끔찍한 모순이 아닌가. 그런 비난도 상관없었다.

그는 그런 인간이었고, 그 뿐이었다.

김상규의 검이 뒤로 조금씩 밀렸다. 김상규의 눈동자가 파르르 떨렸다. 내가 밀린다고? 이 내가? 믿을 수 없었다. 그는 SS급 헌터였다. 한국 제일의 길드인 화랑의 주인이고, 몇 개나 되는 던전을 공략한 주역이다. 그런 내가 밀린다고? 고작해야 고스트, B급 헌터한테 나가 떨어진 놈한테?

감정이 조금 흐트러졌나. 아니, 예정된 일이었다. 김상규의 손에서 검이 날아올랐다. 김상규의 얼굴이 하얗게 질렸다. 세르게이의 눈동자가 번뜩였다. 등 뒤에서 비명이 들렸다. 세르게이는 휘두르던 검의 궤적을 비틀었다. 크게 휘두른 검이 김상규의 머리카락을 조금 스쳤다.

"으아악!"

비명을 지르며 주저앉는 김상규의 목을 향해 세르게이의 손이 뻗어졌다.

콰악!

김상규는 목젖이 눌리는 압박감에 기침을 토했다.

"애들 뒤로 빼."

김상규의 목을 붙잡고서 세르게이가 내뱉었다. 김상규는 하얗게 질린 얼굴로 세르게이를 올려 보았다. 아랫도리가 조금 축축했다.

씨발, 조금 지렸나. 김상규의 얼굴이 일그러졌다.

"자, 잠깐."

김상규는 더듬거리면서 간신히 목소리를 쥐어 짰다. 목을 잡은 악력이 너무 강한 탓에 목소리가 잘 나오지 않았다.

"내 말 못 들었냐?"

세르게이가 얼굴을 일그러트리며 내뱉었다. 세르게이의 얼굴이 가까워졌다. 그는 김상규의 얼굴을 노려보면서 내뱉었다.

"애들 뒤로 빼라고. 뒤지기 전에."

"잠깐… 야, 야! 잠깐. 잠깐만 기다리라고."

목을 죄어오는 압박감에 김상규가 콜록거리며 간신히 말을 뱉었다. 세르게이는 미간을 찡그리면서 김상규의 목을 조른 손에 조금 힘을 풀었다. 물론 그 상태로 둘 생각은 없다. 세르게이는 김상규의 다른 손을 뻗어 김상규의 팔을 꺾어 놈의 등에 바짝 붙였다. 땅에 엎어진 김상규가 욕설을 뱉었다.

"작작해라, 너 이, 씨발놈아."

씨발, 가랑이가 축축하잖아. 김상규는 다리를 배배 꼬면서도 얼굴을 들어 내뱉었다. 세르게이는 땅에 처박히고서도 욕설을 뱉는 김상규를 보면서 헛웃음을 터트렸다.

"새끼가, 진짜 뒈지려고."

세르게이는 김상규의 팔을 더욱 비틀어 위로 올렸다. 그것으로도 부족해서 무릎을 세워 김상규의 등을 내리찍었다.

"너… 이러다가 진짜 뒤진다. 뒤진다고. 너, 내가 누군지 알아?"

"씨발, 내가 너 누군지 어떻게 알아? 그래, 얼굴 보면 알 수도 있겠지. 투구 뒤에 어떤 쌍판이 있나 한 번 볼까?"

세르게이가 이죽거렸다. 그 순간이었다.

"꺄악!"

들리는 비명에 세르게이는 흠칫 놀라 머리를 치켜들었다. 여자의 비명이었다. 세르게이는 빠득 이를 갈았다.

"저 새끼들 뒤로 빼라고!"

세르게이가 고함을 질렀다. 김상규는 눈치가 빠르다. 그는 수완이 좋기로 정평이 나있었고, 그렇게 화랑을 한국 제일로 만들었다. 그런 김상규가 세르게이의 작은 동요를 캐치하지 못할 리가 없었다. 김상규는 간신히 시선을 들었다. 발레리아가 쓰러져 있는 것이 보였다.

"너 저년이랑 무슨 관계냐?"

김상규가 소곤거렸다. 세르게이가 빠득 이를 갈았다. 실수했다. 동요해서는 안됐다. 평정을 가장하며 김상규를 압박했어야 했는데. 발레리아가 쓰러진 것을 보고 순간 정신을 놓았다. 세르게이는 아무런 말도 하지 않고 김상규의 팔을 아예 꺾어 부러트렸다. 뿌득, 하는 소리와 함께 김상규의 팔이 비틀렸다.

"으아아아!"

김상규가 비명을 질렀다.

"씨발, 씨발!"

세르게이는 그런 김상규의 욕설을 들으며, 쓰러진 발레리아와 그 주변에서 어쩔 줄 모르고 서있는 헌터들을 노려 보았다.

"애들 뒤로 빼라."

"개씨발! 이, 이 씨발새끼야! 내 팔! 으아아아!"

김상규가 침을 튀기며 비명을 질렀다. 새끼가, 엄살은. 세르게이는 그렇게 중얼거리면서 축 늘어진 김상규의 팔을 내팽개쳤다. 물에서 막 건진 물고기처럼 김상규의 팔이 땅에 부딪혀 퍼덕거렸다.

"아으으!"

지르는 비명을 무시하며 세르게이는 김상규의 다른 팔을 붙잡았다.

"애들 빼라고."

"씨발! 뭐해, 이 개새끼들아!"

눈이 뒤집힌 김상규가 고함을 질렀다.

"그 씨발년 팔 부러트려!"

"너 미쳤냐?"

세르게이가 내뱉었다. 그 말에 김상규는 세르게이의 말에 맞추듯이 낄낄거리면서 웃었다. 그는 세르게이의 몸 아래에서 몸을 비틀면서 내뱉었다.

"뭐, 씨발놈아. 왜? 네가 아끼는 년 팔 아작날까봐 겁나냐? 저 년이 뭔데? 네 좆집이냐? 이 씨발…."

"아가리 닥쳐라."

세르게이의 목소리가 싸늘어졌다. 우둑! 김상규의 손가락 하나가 부러졌다. 김상규의 비명을 무시하며 세르게이는 발레리아를 붙잡은 다른 헌터들을 노려보았다.

"부러트려!"

김상규가 외쳤다. 그 외침이 끝나자마자 세르게이가 내뱉었다.

"저 여자 입에서 비명 비슷한 것 짧게라도 나오면, 너 죽는다."

"해 봐, 이 씨발놈아! 나 뒤지고 저 년도 뒤질테니까!"

김상규가 고함을 질렀다. 발레리아는 뿌득 입술을 씹으며 몸을 일으키려 했다. 그 순간 다른 헌터들이 발레리아의 몸을 붙잡았다.

"윽!"

발레리아의 입에서 짧은 신음이 새어나왔다. 그 즉시 세르게이는 김상규의 다른 손가락도 꺾어 부러 트렸다.

"씨발! 씨바아알!"

김상규가 연신 욕을 뱉었다.

"너 진짜 죽어."

세르게이가 김상규의 귀에 대고 소곤거렸다. 그 말에 김상규는 숨을 헐떡거리면서 입술을 뿌득 씹었다. 죽는다고? 내가? 이 새끼는 미쳤어. 사람 목숨을 뭐로 보는 거야?

"이 미친놈아! 너 지금 무슨 짓 하는 건 줄 알아? 내가 누군지 아냐고! 씨발, 너 따위 하이에나 새끼가 감히 내 몸에…."

"애들 빼."

세르게이가 소곤거렸다. 세르게이의 손이 김상규의 다른 손가락을 잡았다. 김상규의 몸이 부르르 떨렸다.

"그만, 그만. 그래… 알았어. 야, 우리는 사람이잖아. 그치? 씨발, 우리는 짐승이 아니라고. 그러니까… 대화로 하자. 대화로."

"애들 빼."

세르게이는 똑같은 말을 되풀이했다. 김상규는 본능적으로 느꼈다. 여기서 발레리아를 놓아주면, 그 즉시 자신이 죽을 것임을. 그러니 시간을 끈다. 시간은 그의 편이다. 김상규의 눈이 빠르게 주변을 훑었다. 이럴 경우를 대비하지 않은 것은 아니다. 슬슬 시간이 되었다.

쪽팔려서 하고 싶지 않았지만.

"…먼저 날 놔줘."

김상규가 소곤거렸다.

"내가 애들 빼라는 말 몇 번 반복했는지 아냐?"

세르게이가 물었고, 김상규는 침을 꿀꺽 삼켰다. 붙잡힌 손가락이 천천히 뒤로 젖혀진다. 김상규의 등골에 식은땀이 축축히 차올랐다.

"저 여자 풀어주면 나 죽일 거잖아?"

김상규는 비굴한 웃음을 흘리며 소곤거렸다. 그 말에 세르게이는 대답하지 않았다. 다른 서커스 단원은 모조리 뒈졌다. 이제 남은 것은 세르게이와 발레리아 뿐이다. 이 상황을 어떻게 타개해야 할까. 일단 저 새끼들을 뒤로 뺀다. 그리고 발레리아의 안전이 보장된다면, 곧바로 이 새끼를 죽인다. 그 뒤에 나머지 새끼들을 정리할지, 아니면 발레리아를 데리고 도망칠지.

"그치? 나 죽일 거잖아… 내가… 어? 병신으로 보이냐? 나 죽일 거 뻔히 아는데, 내가 저 새끼들 뒤로 빠지게 둘 것 같아?"

"안 죽인다."

"그러시겠지! 말로는 그렇게 하겠지. 안 빼. 아니, 못 빼. 내 안전이 보장되지 않으면…."

김상규는 최대한 입을 나불거렸다. 시간을 끌기 위해서다. 시간은 그의 편이다. 이곳은 입구 게이트와 그리 멀지 않다. 최대한 시간을 끌어야 돼. 김상규는 숨을 헐떡거리다가 대뜸 머리를 축 늘어트렸다. 기절한 척을 하는 것이다. 세르게이는 그런 김상규를 내려 보면서 다시 손가락을 꺾었다.

"씨바아알!"

김상규가 비명을 질렀다. 세르게이는 그런 김상규를 한심하다는 듯이 내려 보았다. 대체 뭐하는 새끼일까. 세르게이가 김상규의 투구를 향해 손을 뻗는 순간이었다.

"으아아!"

등 뒤에서 고함이 들렸다. 뒤쪽에 포진해 있던 다른 헌터들이 세르게이에게 덤벼 든 것이다. 세르게이는 욕설을 내뱉으며 몸을 일으켰다. 검을 쥘 시간은 없었고, 검을 쥘 필요도 없었다.

콰직!

내지른 주먹이 덤비는 놈의 얼굴을 갈겨 버렸다. 놈의 몸이 뒤로 넘어간 순간 다른 녀석들이 달려들었다. 세르게이는 혀를 차면서 넘어지던 놈이 놓친 검을 공중에서 낚아챘다. 카각! 검과 검이 부딪혔다.

그리 긴 시간을 걸리지 않았다. 세르게이는 자신을 공격한 놈들을 모조리 베어 넘겼고, 숨을 몰아쉬며 몸을 돌렸다. 굼벵이처럼 기어가는 김상규와 발레리아를 붙잡은 헌터들이 보였다.

"이렇게 하지."

세르게이가 중얼거렸다. 그는 김상규의 등 위에 발을 올렸다.

"팔 하나 부러졌고, 손가락 세 개 부러졌나? 네 손가락, 발가락 하나에 저 새끼들 한 명씩이다. 뭔 소리인지 알아?"

발레리아의 주변에는 열 명이 넘는 헌터들이 모여 있었다.

"숟가락질 제대로 하고 싶으면 저 새끼들 뒤로…."

"찾았다!"

고함이 들렸다. 세르게이의 얼굴이 창백하게 질렸다. 그는 낮은 웃음을 흘렸다.

"씨발, 되는 일이 없군."

그는 그렇게 중얼거리며 손아귀에 쥔 검을 빙글 돌렸다.

콰득!

내리찍은 검이 김상규의 허벅지에 찍혔다. 김상규의 눈동자가 뒤로 넘어갔다. 그는 비명도 지르지 못하고 거품을 물고 기절했다.

"파블로프 파블로비치 세르게이!"

어이쿠, 긴 이름을 잘도 외우셨군. 세르게이는 그렇게 이죽거리면서 목소리가 들린 방향을 바라보았다. 많은 사람들이 세르게이를 노려보고 있었다. 협회다. 세르게이는 어렵지 않게 그를 깨달을 수 있었다.

"재수가 없는 날이야."

그것도 아주. 오늘처럼 재수가 없는 날도 드물 텐데. 세르게이는 그렇게 중얼거리면서 천천히 발레리아 쪽으로 다가갔다. 발레리아는 눈을 파들거리며 떨면서 세르게이를 바라보았다.

도망쳐.

발레리아가 입술을 움직여 그렇게 말했다. 그 말에 세르게이는 피식 웃었다.

"어디서 오빠한테 명령질이야?"

그는 그렇게 중얼거리며 발레리아의 주변에 서있는 헌터들을 노려보았다.

"놔 줘."

그 말에 가까운 곳에 있던 헌터가 움찔 몸을 떨었다. 세르게이는 보란 듯이 검을 떨어트렸다. 세르게이의 머리는 그 어느 때보다 냉정히 식어 있었다. 고스트라고는 하지만 협회는 범죄 헌터를 무조건적으로 사형시키지는 않는다. 적어도 목숨은 부지할 수 있다. 여기서 발레리아를 빼낼 수 있을까? 세르게이가 우선적으로 생각하는 것은 그것이었다. 발레리아를 도망치게 할 수 있는가. 은신처에 대해 입을 다물고 있을 자신은 있다.

정 못 견디겠으면 혀 깨물고 죽지.

"놔 주라고. 어차피 끝났잖아, 응? 가서 너희들 보스나 챙겨. 새끼, 오줌 냄새 쩔더만. 팬티나 갈아 입혀 주라고."

"놓치면 안 됩니다!"

협회 소속의 헌터가 외쳤다. 새끼가, 도움이 안 되는군. 세르게이는 그렇게 생각하면서 슬며시 손을 뻗었다.

손에 무기는 없다. 맨 손으로도 충분해. 몇 놈은 제압할 수 있어. 투기가 들끓었다. 세르게이의 손이 헌터를 향해 뻗어지는 순간,

퓩!

세르게이의 몸이 흠칫 떨렸다. 그는 머리를 돌려 뒤를 바라보았다. 이쪽을 겨눈 총구가 보였다. 세르게이는 작게 웃음을 흘렸다.

"맞아. 너희는 몬스터가 아닌 인간이었지."

그리고 나 역시, 몬스터가 아닌 인간이고. 인간을 상대로 총은 아주 위협적인 무기지. 훌륭해. 의식이 흐려지는 것이 느꼈다. 통증은 없다. 다만 몽롱해질 뿐이다. 마취총이군. 총성을 듣고 그를 생각했다.

아주 훌륭해. 세르게이의 몸이 앞으로 고꾸라졌다.

악명 높은 고스트 헌터의 집단, 서커스의 수장인 파블로프 파블로비치 세르게이가 협회의 손에 잡히다.

그 이야기는 헌터들 사이에서 큰 화제가 되었다. 서커스와 세르게이는 SSS급 헌터와 S급 길드까지 몰락시킨 주범이었다. 여태까지 몇 번이나 고스트의 습격이 있었고, B급 등급 심사에서는 서커스의 직접적인 개입까지 있었다. 그 과정에서 서커스의 단원을 생포하기는 했지만, 점조직으로 운영되는 서커스를 토벌할 수는 없었다.

그런데 그 서커스가 붙잡혔다. 그 배경에는 SS급 헌터인 김상규와 화랑이 존재했다. 세르게이와의 일전에서 큰 부상을 입은 김상규는 당분간은 던전에서 활약할 수 없게 되었지만, 협회는 서커스 토벌이라는 큰 공을 세운 김상규를 SSS급 헌터로 격상시켰다.

그리고 생포된 세르게이와 그의 여동생 발레리아는, 온 몸에 위치 추적기를 매달고 구금되었다. 헌터는 헌터법으로 처벌된다. 그들이 웅크리고 있던 판데모니엄 바깥의 근거지 역시 밝혀졌다. 세르게이와 발레리아는 범죄 헌터로서 처벌 될 것이다.

우현 역시 그 소식을 들었다.

그는 협회를 방문했다.

REVENGE

3. 포섭

HUNTING

NEO MODERN FANTASY STORY & ADVANTURE

REVENGE HUNTING

3. 포섭

왜 굳이 협회에 왔는가. 꼭 와야 했을까. 우현은 협회의 건물을 올려 보면서 생각했다. 세르게이와 발레리아가 붙잡혔다. 서커스가 토벌되었다. 발레리아와 한 달간 던전에 갇히면서 쌓은 정 때문인가? 아니면 세르게이에게 한 번 도움을 받았기 때문인가.

어느 쪽이든 이유는 되지 못한다. 결국 발레리아와 세르게이, 그들이 포함되어 있던 서커스는 살인자 집단이다. 돈을 위해서 사람을 죽이고 물건을 빼앗던 범죄 조직이다. 특히 세르게이는 헌터였을 시절 자신의 파티를 몰살시켰고, 그 후에 서커스를 만들어 더욱 많은 피해를 만들어낸 악당이다.

그것에 인정을 들이미는 것은 우습다. 세르게이에게 진 빚? 기브 앤 테이크였을 뿐이다. 발레리아는 우현을 죽이지 않았고, 우현 역시 발레리아를 죽이지 않았다. 그리고 세르게이는 우현이 발레리아를 죽이지 않은 것의 빚으로 우현을 도왔다. 관계는 그것으로 끝. 그럼에도 우현이 협회에 온 것은.

"쯧."

우현은 작게 혀를 찼다. 이 주일이라는 시간이 흘렀다. 63번 던전인 벨로크의 동굴은 공략을 목전에 두고 있었다. 세이브 포인트는 특정되었고 출현하는 네임드 몬스터 세 마리를 쓰러트렸다. 시크릿 던전까지 개방되었다. 두 마리의 네임드 몬스터는 제네시스 연합이 쓰러트렸고, 시크릿 던전의 보스 몬스터는 럭키 카운터 연합에게 쓰러졌다.

덕분에 시크릿 던전의 존재와, 네임드 몬스터의 마석을 먹어 특수한 능력을 얻을 수 있다는 사실이 알려졌다. 우선적으로 럭키 카운터의 길드 마스터인 막시언 밀리베이크가 시크릿 던전의 보스 몬스터, '라퀴나스'의 마석을 흡수하여 능력을 얻었고, 그 뒤에는 벨로크의 던전의 다른 네임드 몬스터를 쓰러트려 볼프의 길드 마스터가 능력을 얻었다.

자연스럽게 두 연합은 서로 경쟁하게 되었다. 제네시

스 연합이 쓰러트린 두 네임드 몬스터의 마석은, 각각 박광호와 안토니에게 돌아갔다.

그리고 던전의 보스 몬스터인 벨로크.

놈에게 가로막힌 것이 벌써 일주일. 처음 도전했을 때, 처참하게 패배했다. 열 명 정도 죽었고 간신히 도망쳤다. 준비가 부족했음을 느꼈고 준비에 몰두했다. 그 사이에 럭키 카운터 연합이 도전했고, 또 패배했다.

세르게이가 협회 측에 붙잡힌 지 열흘. 아직 벨로크의 카운트가 제법 남아있고, 몬스터의 마석을 불리는 것으로 준비를 하고는 있지만, 벨로크의 공략을 앞두고서 우현은 지극히 당연한 문제에 직면해 있었다.

마석을 먹여 투기를 불려도 헌터의 실력을 크게 올릴 수는 없다. 강함과 실력은 다른 것이라고, 확실히 깨닫게 되었다. A급 헌터에게 막무가내로 마석을 먹인다고 해서 S급 이상의 헌터가 되는 것은 아니다.

세르게이를 떠올렸다. 세르게이의 실력은 확실하다. 헌터로서, 아니, 단순한 싸움꾼으로서. 세르게이 이상 가는 실력자는 그리 많지 않을 것이다. 적어도 우현이 아는 헌터 중에서 가장 강한 것은 세르게이였다.

실제로 세르게이와 맞붙었던 김상규는 처참하게 당해버렸다.

"무슨 일로 오셨습니까?"

"이미 만나기로 이야기를 해 두었습니다만."

우현은 정중하게 말했다. 만나기로 한 것은 한국의 협회장인 김태완이다. 물론 그와 만난다고 해서 일이 해결되는 것은 아니다.

하지만 김태완은 그보다 더 높은 곳으로 건너 갈 수 있는 다리로는 쓸 수 있다. 우현이 김태완과의 만남에 대해 전하자, 곧바로 안쪽의 방으로 안내를 받았다.

"갑작스러운 만남에 응해주셔서 감사합니다."

우현은 김태완을 향해 머리를 숙이며 말했다. 그 말에 김태완은 웃으며 머리를 저었다. 그는 맞은편의 자리를 권했고, 우현은 김태완의 앞에 앉았다.

"갑자기 무슨 일인가?"

김태완은 흐뭇한 마음으로 물었다. 62번 던전의 공략의 주역인 제네시스와 나래. 그리고 63번 던전에서 두 마리의 네임드 몬스터를 쓰러트리고, 세이브 포인트와 보스 몬스터인 벨로크의 위치를 특정해 낸 것 역시 그들 연합이다.

덕분에 협회 내에서 김태완의 입지는 상당히 커졌다. 바깥의 시점으로 볼 때 한국은 그리 큰 나라는 아니다. 하지만 헌터의 세계에서는 다르다. 한국의 헌터와, 또 한국의 길드가 최상위 던전에서 큰 공을 세우고 있다.

당연히 한국의 헌터 협회가 큰 힘을 갖게 되는 것이다.

"조금 어려운 부탁을 드리고 싶어서 왔는데."

에둘러 말할 이야기가 아니다. 그러니 곧바로 물었다. 우현의 말에 김태완은 머리를 갸웃거렸다.

"어려운 부탁이라니. 자네가 하는 부탁이라면 뭐라고 해도, 내가 최대한 힘을 써 보지."

립 서비스가 아닌 진심이었다. 작금 헌터들 중에서 우현만큼 비중이 큰 존재는 없다고 해도 과언이 아니다. 비록 완전히 밝혀지지는 않았다지만, 몬스터에게서 마석을 뽑아낼 수 있다는 것과 그가 다른 세계에서 온 존재라는 것. 이미 한 번 멸망을 겪어 본, 다른 세계의 헌터라는 것.

이 사실을 알고 있는 것은 협회의 인물 중에서는 김태완과 영국의 협회장인 듀란 맥버드. 그리고 총 협회장뿐이다.

"서커스의 잔당을 포섭하고 싶습니다."

그 말에 커피를 마시던 김태완이 기침을 토했다. 그는 콜록거리면서 손으로 입을 틀어막았다. 한참을 기침을 하던 김태완은 경악한 눈으로 우현을 바라보았다.

"뭐, 뭐, 뭐라고?"

김태완이 더듬거리며 물었다. 예상했던 반응이다. 서커스의 잔당. 잔당이라고 해 봐야 단장인 세르게이와 그의 여동생인 발레리아 뿐이다.

"드렸던 말 그대로. 서커스의 잔당인 세르게이와, 그 여동생인 발레리아를 포섭하고 싶습니다."

"…자네, 진심으로 하는 말인가?"

김태완이 굳은 얼굴로 물었다. 우현은 천천히 머리를 끄덕거렸다. 그것을 보며 김태완은 이해할 수 없다는 듯 머리를 흔들었다.

"도대체 왜?"

김태완이 물었다.

"그들은 고스트, 그러니까… 범죄자일세. 그런 그들을 왜 포섭하고 싶다는 것인가? 아니, 애초에 포섭이 가능할 리가…."

"총 협회장을 만나게 해주십시오."

우현이 말했다. 그 말에 김태완의 표정이 조금 굳었다.

"나는 지금 불가하다고 말하고 있는 것일세. 그들은 범죄자야."

"범죄자라고 해도 쓸 수 있다면 쓰는 것이 좋지 않습니까?"

우현이 물었다. 김태완은 말없이 우현을 바라보았다. 그는 우현이 포기할 기미를 보이지 않자, 한숨을 쉬면서 손으로 얼굴을 감쌌다.

"이런 부탁일 것이라고는 상상도 하지 못했는데."

"부탁드립니다."

우현이 머리를 숙였다. 어차피 이 일에 대해서 김태완은 결정권을 갖고 있지 않다. 김태완은 머뭇거리다가 다시 한숨을 쉬었다.

"다른 사람이 그 말을 했다면, 헛소리라 하며 밖으로 쫓아냈을 걸세."

우현은 대답하지 않았다. 김태완은 굳은 우현의 얼굴을 보면서 턱을 긁적거렸다.

"총 협회장님은 현재 판데모니엄 안에 안 계시는데…."

"밖으로 나가 연락을 드리면 되지 않습니까."

어차피 세계 어느 곳에 있건, 헌터라면 판데모니엄에 들어올 수 있다. 김태완은 혀를 차면서 머리를 끄덕거렸다.

"총 협회장님과의 만남은 주선해 줄 수 있네만."

김태완이 입을 열었다.

"하지만 그렇다고 해서, 서커스의 잔당을 포섭하겠다는… 그 말도 안 되는 이야기를 총 협회장님께서 귀 기울여 들을 것이라고는 생각하지 말게."

"설득은 제가 하겠습니다."

우현이 대답했다. 그렇게까지 말하자 김태완은 결국

어쩔 수 없이 몸을 일으켰다. 이 문제는 김태완 선에서 해결할 수 없는 일이다. 결국 그가 아무리 안된다고 해봤자 우현을 납득시킬 수는 없다.

"…잠깐만 기다리게."

김태완이 한숨을 쉬며 말했다. 기다리는 것 정도야 얼마든지 할 수 있는 일이었다. 몸을 일으킨 김태완의 모습이 사라졌다. 판데모니엄 바깥으로 나간 것이다.

몇 분이나 흘렀을까. 우현은 시계를 바라보면서 자신의 판단이 옳았는가, 또 글렀는가에 대해 생각했다. 불투명한 확신이었다. 세르게이와 발레리아를 포섭해서 연합 공격대에 소속시키는 것. 벨로크의 힘을 상정한다면 나쁘지 않은 선택이다.

현재 공격대에 부족한 것은 실력 있는 헌터였고, 세르게이가 그에 부합했다. 실력만 놓고 보았을 때 세르게이를 써먹지 않는 것은 아깝다.

생각에 잠기는 동안 시간은 흘렀다. 십 분 정도 흘렀을 때, 벌컥하고 문이 열렸다. 우현은 흠칫 놀라 뒤를 돌아보았다. 부스스한 머리를 한 흑발의 여자가 그곳에 서 있었다. 그녀는 미묘하게 짜증이 실린 얼굴로 방 안을 둘러보다가, 앉아있는 우현을 보고 미간을 팍 찡그러트렸다.

"뭘 우두커니 보고 있는 거야?"

그녀는 그렇게 내뱉으며 성큼거리며 방 안으로 들어왔다. 우현은 얼떨떨한 표정을 지으며 몸을 일으켰다. 여자는 붕 뜬 머리를 벅벅 긁다가 우현의 앞에 털썩 앉았다. 그녀는 자연스럽게 다리를 꼬고 우현을 노려보았다.

"…누구십니까?"

우현이 물었다. 그 물음에 여자가 헛웃음을 흘렸다.

"자기가 만나자고 해놓고서는. 아, 하긴. 날 아는 사람은 꽤 적으니까."

여자는 그렇게 말하면서 쇼파 등받이에 등을 기댔다.

"안젤라 루크. 네가 만나자고 했던 총 협회장이다."

그 말에 우현은 동그랗게 뜬 눈을 깜박거렸다. 협회의 지부장들은 제법 노출이 되어 있지만, 총 협회장에 대해서는 단 한 번도 매스컴에 노출이 된 적이 없다. 막무가내로 몬스터를 잡고 판데모니엄을 드나들던 헌터를 협회라는 틀로 묶은 자. 세계를 상대로 헌터와 평범한 인간의 관계를 조율하며, 헌터법을 만들고 그것으로 모든 헌터를 통제하게 만든 자. 그것이 우현이 아는 총 협회장이었다.

적어도 우현의 머릿속에 존재하는 총 협회장의 모습은, 자신의 앞에 앉은 부스스한 여자의 모습은 아니었다.

"…총 협회장이라고요?"

"무슨 생각을 하는지 알겠군. 왜? 내가 총 협회장이라고 하니까 못 믿겠어?"

안젤라가 피식 웃었다.

"확실히, 나는 총 협회장보다는 그의 비서처럼 생기긴 했지. 많이 듣는 이야기야. 명함이라도 주고 싶은데, 명함도 없고."

그녀는 그렇게 중얼거리면서 턱을 까딱거렸다.

"네가 믿건 안 믿건 나한테 별 중요한 일은 아니야. 이야기는 대충 들었어. 서커스를 빼내고 싶다고?"

"…굳이 말하자면 포섭…."

"그 전에 나를 설득해야지."

안젤라의 눈이 가늘어졌다.

"대뜸 범죄자를 빼달라고 해도 그 말이 먹혀 들어갈 리가 없잖아. 현실에서도 범죄자를 빼내기 위해서는 보석금이 들어가는 법이야. 안 그래? 그리고, 아무리 보석금을 많이 내도 범죄자의 질이 나쁘면 빼낼 수 있을 리가 없지. 세르게이는 살인자야. 알아?"

안젤라가 빠르게 내뱉었다. 우현은 미묘하게 짜증이 어린 그녀의 목소리를 보면서 내심 한숨을 삼켰다.

"알고 있습니다."

"그런데도 빼내고 싶다."

안젤라가 작은 목소리로 중얼거리며 턱을 긁적거렸다.

"너, 미쳤구나?"

피식 웃으면서 하는 말에 우현의 말문이 막혔다.

미쳤구나.

그 말을 부정하지는 않았다. 세르게이를, 서커스를 포섭한다는 것은 그만큼 리스크가 있는 일이다. 세르게이는 범죄자니까.

"지금, 제네시스 연합은 63번 던전 공략에 난항을 겪고 있습니다."

"잘 알고 있어. 제네시스 연합은 벨로크에게 패배했지. 꽤 피해가 있었다지? 열 명 정도 죽었다고."

"예."

"그리고 럭키 카운터 연합도 패배했지. 화랑의 길드 마스터, 김상규가 중상을 입은 탓에 뒤로 빠지기는 했지만 말이야."

김상규가 빠졌어도 화랑의 길드원들은 여전히 럭키 카운터 연합에 소속되어있다. 그들마저 패배한 것은 많은 헌터들을 놀라게 한 큰 사건이었다. 비록 우현이 주목을 받고 있다고 해도, 아직은 인지도 적 면에서 대부분의 헌터들이 막시언 밀리베이크를 최고의 헌터로 꼽는다.

"그래서 그것이랑 서커스의 잔당을 포섭하는 것이 무슨 상관이라는 것이지?"

"마석에 관해서는 알고 계십니까?"

"잘 알아. 네가 다른 세계에서 왔다는 것과, 그 세계가 이미 멸망했다는 것. 데루가 마키나라는 괴물의 존재와, 창조주라는 존재."

신격모독 아니야? 창조주라니. 안젤라가 낮게 웃었다.

"나는 종교인은 아니지만, 창조주라는 말은 조금 거북하군. 그 존재가 정말 창조주라면, 우리는 지금 신과 싸우고 있는 것 아닌가?"

"…신은 아니라고 생각합니다. 만약 그 존재가 정말 신이라면, 판데모니엄을 만들고 몬스터를 강림시키면서 인간을 죽이려 들 이유가 없지 않습니까?"

"이유가 없지는 않지. 여러 신화에서 인간은, 또 이 세계의 존재는 몇 번이나 멸망당했고, 멸망에 준하는 재앙을 겪었어. 신이 인간을 멸절시키고 싶기에 판데모니엄을 만들고 몬스터를 강림시키는 것일지도 모르는 거야. 실제로 네 세계는 멸망당했잖아?"

거북한 이야기다.

"뭐, 그것은 둘째 치고. 네 존재에 대해서는 제법 흥미로워. 아, 혹시 내가 반말해서 기분 나빠?"

"저보다 연상인 것 같으니 상관없습니다."

"정말? 싫다아… 제법 동안이라고 생각하는데. 물론 너보다 연상인 것은 맞아. 다른 세계의 너보다 연상일지는 모르겠고, 그 세계에서의 네 나이와 지금 나이를 더한 것보다는 당연히 어리겠지만."

안젤라는 피식 웃었다.

"그래서, 네 정체를 아는 것과… 서커스를 포섭하겠다는 네 말은 무슨 상관일까?"

"제네시스 연합에는 실력 있는 헌터가 턱없이 부족합니다."

"말도 안 되는 소리."

안젤라의 표정이 변했다.

"너희 연합은 그 어떤 헌터보다 많은 마석을 보유하고 있어. 그리고 그 마석을 계속해서 헌터들에게 공급하고 있지. 그런데도 실력 있는 헌터가 부족하다고?"

"투기의 양이 많다고 해서 꼭 실력 있는 헌터인 것은 아니죠."

"그야 그럴지도 모르지. 하지만 제네시스 연합에 실력 있는 헌터가 부족하다는 말에는 공감을 못하겠어. 나래의 길드 마스터와 카멜롯, 그리고 너. 당장 S급 이상의 헌터도 상당히 많지."

"럭키 카운터 연합과 비교한다면 부족하죠."

"미안한데, 나는 길드의 세력다툼에 끼어들 마음은 없어."

안젤라가 팔짱을 끼며 말했다.

"나로서는 어느 길드든, 또 어느 연합이든 던전을 공략하면 그만이야. 굳이 너희에게 힘을 주어주고 싶은 마음도 없고."

"그렇다면 보석금으로."

우현의 눈이 가늘어졌다.

"총 협회장님…."

"안젤라라고 불러도 상관없어. 정 뭣하면 말을 놓던가."

"그렇다면 안젤라님으로 하죠. 안젤라님도 아시겠지만, 저는 몬스터에게서 마석을 뽑아낼 수 있습니다."

"잘 알지. 협회 측에서 몬스터들의 일부를 너에게 제공한다는 것도 알아. 내 승인이 있었기에 가능한 일이었으니까."

"앞으로 일정량의 마석을 협회에게 넘기겠습니다."

그 말에 안젤라가 낮게 웃었다. 그녀는 미소 띠운 얼굴로 우현을 바라보았다.

"이제야 얘기가 좀 되겠군."

안젤라는 그렇게 말하며 꼬고 있던 다리를 풀었다.

"나는 헌터가 아니야. 헌터가 되기는 했지만, 몬스터

와 직접 싸운 적은 거의 없어. 투기의 개념도 잘 몰라. 그런 내가 왜 협회장을 하고 있는 줄 알아?"

"모르겠습니다."

"내 아버지는 돈이 많거든. 그 많은 돈으로 사회에 기부하고, 또 이런 저런 사업을 벌이고… 재단을 굴리고. 그런식으로 이미지 관리를 하면서 정치계의 데뷔를 노리고 있지. 그런 와중에 시집이나 보내야 할 딸이 헌터가 되었지. 게다가 초기 각성자로 말이야."

신변잡기가 되었군.

"이런 말은 조금 그렇지만, 나는 몬스터와 싸우는 것에 별 재능은 없었거든. 해 보지 않은 것은 아니야. 그런데 괴물과 싸우라니, 당연히 무섭잖아. 거기서 정치계 데뷔만 노리던 아버지가 기가 막힌 아이디어를 냈지."

그렇게 협회가 만들어졌다.

"평범한 사람이 보기에는 헌터나 몬스터나 똑같이 괴물이야. 투기를 다루는 헌터는 사람은 우습게 죽일 수 있지. 올림픽 기록을 심심풀이로 갈아치우고. 몬스터는 카운트가 0이 되지 않는 한 바깥으로 나오지 않지만, 헌터는 언제고 판데모니엄과 현실을 오갈 수 있어. 사실 사람에게 있어서 몬스터보다 헌터가 더 두려운 존재일 수도 있는 거야."

막대한 자금이 들어갔다. 세계를 상대로 거래가 이루어졌다. 아니, 정확히 말하자면 거래가 아닌 투자였다. 몇 대를 걸쳐 모은 막대한 부가 사라졌다. 그로도 부족해서 수많은 투자금이 들어갔다.

"그런 헌터를 통제할 수단이 필요했어. 헌터 협회는 그렇게 탄생되었지. 헌터 법이 만들어지고, 헌터를 위한 기업들이 생겨나고. 헌터 한 명에게 얼마나 많은 돈이 들어가는 줄 알아? 써먹을 곳도 없는 하급 몬스터의 사체를 굳이 돈을 주고 사는 이유가 뭔데? 헌터가 돈을 벌게 하기 위해. 돈이 벌리지 않는다면 몬스터와 싸우지 않을 테니까."

비즈니스다.

"보험, 세금… 그 외의 수많은 돈, 돈. 다행히 협회는 성공적으로 정착했고, 헌터를 통제할 수 있게 되었지. 서커스 같은 고스트는 어쩔 수 없지만. 협회를 굴리기 위해서는 돈이 필요해. 범죄자인 세르게이를 빼기 위해서도 돈이 필요하고. 그리고 마석은 아주 큰 돈이 되지."

마석은 몬스터의 사체보다 더 큰 가치를 갖는다.

"너는 걸어 다니는 기업이야."

안젤라가 쿡쿡 웃었다.

"그럼에도 너에게 마석을 강탈하지 않은 것은, 그를 강제할 이유가 없었거든. 몬스터를 쓰러트리고 던전을 공략하는 것이 더 중요한 일이니까. 하지만 이제야 너를 강제할 수단이 생겼군."

오히려 이쪽이 옭아 죄였는가. 아니, 상관없다. 어차피 마석은 언제고 뽑아낼 수 있다.

"얼마나 많은 마석을 원하는 겁니까?"

"많은 마석은 필요 없어. 마석은 희귀하기에 그 가치가 있는 것이니까. 일주일에 열 개, 어때?"

그 정도는 여유롭다.

"너에게서 뽑아낸 마석은 충분히 시간을 두고서 유통할 거야. 너희와 라이벌 관계인 럭키 카운터 연합이 그 고객이 되겠지. 그래도 상관없겠지?"

"상관없습니다. 그들에게 주어지는 마석보다 우리가 얻는 마석이 더 많으니까."

"좋아. 이야기는 끝났어. 서커스의 잔당을 네게 넘기도록 하지. 단, 이건 확실히 해야 해. 잔당이라고 해 봐야 서커스의 단장인 세르게이와 그 여동생인 발레리아뿐. 둘은 위치 추적기를 벗을 수 없어. 네가 그들을 완전히 통제해. 그들이 헛 짓거리를 하거나, 혹은 그들이 도주했을 경우."

안젤라의 눈이 가늘어졌다.

"협회와 세계는 네게 그 책임을 물 수밖에 없어."

◎

세르게이와 발레리아가 구금된 곳은 협회 뒤쪽의 건물이었다. 현실에 있는 그들의 은거지는 이미 점령된 상태고, 그들의 도주를 막기 위해 판데모니엄 내부에서 다시 격리하고 있는 중이다.

건물의 지하. 감옥이다. 원래부터 쇠창살이 있을 리는 없고, 아마 바깥에서 들고 와 달아버린 것이겠지. 감시자가 있었지만 미리 이야기를 들은 것인지 우현을 가로막지는 않았다.

"어이구."

목소리가 들렸다. 우현은 쇠창살 안 쪽을 바라보았다. 세르게이가 침대에 앉아 있었다. 갑옷은 없다. 그는 조금 초췌한 얼굴이었고, 눈 밑에는 검은 음영이 드리워져 있었다.

'생각보다 작았군.'

갑옷을 벗었기 때문일까. 세르게이는 우현의 이미지보다 작았다. 물론 근육이 없는 것은 아니었다. 바짝 조여진 근육과 번뜩이는 안광은 우리에 갇힌 짐승을 연상시켰다.

"이것 참, 의외의 인물이 왔군."

세르게이가 몸을 일으켰다. 수염을 깎지 못한 덕에 턱수염이 삐죽하게 자라 나 있었다. 세르게이는 쇠창살의 앞으로 와 우현을 노려 보았다.

"네가 왜 여기에 있는 거야? 놀리려고 왔나?"

세르게이의 뒤편에 있던 발레리아가 크게 뜬 눈으로 우현을 바라보았다. 초췌한 것은 발레리아 역시 마찬가지였다. 우현은 그녀에게 잠깐 시선을 준 뒤에 세르게이를 보았다.

"감옥 생활은 할 만 하나?"

"새끼가, 정말 놀리러 왔나보네. 할 만 한 것처럼 보이냐? 네가 들어올래?"

세르게이가 창살을 잡으며 이죽거렸다. 우현은 그의 손목에 채워진 팔찌를 바라보았다. 그것이 전부가 아니었다. 양 팔과 양 다리. 그로도 부족해서 체내에까지 위치 추적기를 쑤셔 박았다고 했다.

"본론만 말하지."

우현이 입을 열었다. 세르게이의 미간이 찡그려졌다.

"널 샀어."

"…뭐?"

세르게이의 표정이 바뀌었다.

"정확히 말하자면, 너와 발레리아를 샀지. 감옥 생활이 별로라고 했지? 잘 됐네. 넌 그 감옥에서 나오게 될 거야. 네가 아끼는 여동생과 함께 말이지."

"…이 새끼가. 지금 무슨 말을 하는 거야?"

"말 그대로야."

우현은 창살에 손을 얹었다.

"너와 발레리아는 이 감옥에서 나온다. 물론 너희는 현실로 나갈 수는 없어. 판데모니엄 내의 건물 하나가 너희의 집이자, 제네시스 길드의 길드 하우스가 될 거야. 너희는 그곳에서 생활한다."

"대체 뭔 개소리야?"

"이건 뭐 짐승이랑 얘기하는 것도 아니고."

우현은 한숨을 쉬면서 감시관에게 잠시 나가달라 부탁했다. 그는 탐탁지 않은 얼굴이었지만, 우현의 말에 결국 방을 나갔다.

긴 설명이었다. 우현은 자신의 정체와, 안젤라와 나눈 이야기에 대해 설명했다.

"우리는 네가 필요해."

우현이 말했다.

"물론 넌 통제 받을 거야. 네가 허튼 짓거리를 한다면 내가 널 죽일 거고. 쉽게 말하자면 너는 용병이 되는 거야. 몬스터와 싸우는 용병."

"미친 놈이었군."

세르게이가 중얼거렸다.

"다른 세계? 멸망? 마석? 씨발, 뭔 헛소리야. 너 약했냐?"

"개소리 하지 마."

우현의 미간이 찡그려졌다.

"이건 네 죄를 사하는 일은 아니야. 네가 필요하니까, 임시로 밖으로 내보내 사용하는 것 뿐이지. 용병, 또 도구로서. 필요가치가 없어진다면 넌 다시 이곳에 돌아와 죗값을 치루겠지."

"나한테 좋은 일은 하나도 없군."

"네가 좋은 일을 하지 않았으니까. 하지만 적어도, 널 필요로 하는 동안에는 최소한의 자유는 누릴 수 있어. 밖에 나갈 수는 없겠지만."

세르게이가 입을 다물었다. 발레리아는 말없이 우현의 얼굴을 바라보았다. 우현은 그녀의 시선을 억지로 무시했다.

"어쩔래?"

우현이 물었다.

"평생 이곳에 썩을래? 아니면 나갈래?"

대답할 가치가 없는 말이었다.

우현이 했던 말이 사실일까. 그가 사실은 다른 세계에서 왔고, 예전에도 헌터였고, 그 세계는 이미 멸망했으며, 또… 또. 63번 던전 벨로크에게 고전을 면치 못하고 있으며, 몬스터에게서 마석을 뽑아 낼 수 있다는 말.

터무니없는 이야기지만 이제 와서 믿지 않을 수도 없다. 사실일 것이라고, 세르게이는 생각했다. 그가 생각하기에도 그 자신과 발레리아는 평생 감옥에 갇혀 썩어 뒈지던가, 아니면 사형 받아 뒈질 운명이었다. 그들은 범죄자였고, 세르게이는 그를 부정하지 않았다.

그런 범죄자를 밖으로 빼내는 것. 필요에 의해서 라고는 하지만, 보통의 경우에는 받아들여질 리가 없는 이야기다. 그것이 받아들여졌다. 그것과 연관지어 결국 납득할 수밖에 없는 것이다. 적어도 우현이 협회를 상대로 협상과 거래를 할 능력은 된다는 뜻이다.

'몬스터에게서 마석을 뽑아낼 수 있다면 당연히 가능하겠지.'

"하나만 물어보자."

세르게이가 입을 열었다. 그는 철창을 잡은 손을 떼고 몇 걸음 뒤로 물러섰다. 부스스한 머리를 벅벅 긁으면서 우현을 노려보았다.

"너, 감당할 자신은 있냐?"

세르게이의 미간이 씰룩거렸다.

"무슨 감당?"

우현은 세르게이의 시선을 마주하며 되물었다. 세르게이가 소리죽여 웃었다.

"나 감당할 수 있겠냐고. 마석 뽑아낼 수 있다며? 그거 나한테도 먹일 것 아냐?"

"먹여야지. 지금의 널 데리고 가봤자 써먹을 수는 없으니까."

실력과 투기의 양은 다른 것이지만, 그렇다고 투기의 양이 적은 세르게이가 활약할 수 있다는 말은 아니다. 적어도 벨로크 전에 세르게이를 투입하기 위해서는 그에게 최소한의 마석은 제공해야만 한다. 당장 연합 공격대 소속 헌터들 중에서 세르게이보다 투기의 양이 적은 이는 한 명도 없다.

그리고 그런 헌터로 이루어진 공격대는 벨로크에게 패배했다.

"그래, 그렇겠지. 그래서 마석 나한테 먹이면서 내 투기를 불리고. 그 뒤에 나 감당할 수 있겠냐고. 네가 원하는 것은 실력 있는 헌터라고 했지? 잘 찾아왔네. 실력 있는 헌터, 그건 딱 나를 말하는 거야."

세르게이가 양 손을 펼치며 말했다. 예전, 자격을 박탈당하기 전에 세르게이의 헌터 등급은 S였다.

"근데 그거 알아? 나, 몬스터도 잘 잡지만 사람은 더 잘 잡아. 사람 잡는 일도 존나 많이 했고, 사람 많이 죽여서 여기 들어오게 된 것이니 말 다했지."

"너, 뭔가 착각하고 있는 것 아니냐?"

우현이 웃음을 터트렸다. 세르게이의 눈썹이 씰룩거렸다. 그는 낮게 웃는 우현을 노려보면서 철창에 얼굴을 들이밀었다.

"뭐가 웃겨서 웃냐?"

"아니, 그렇잖아. 감당할 자신 있냐고? 뭘 그렇게 말을 해? 네가 무슨 대단한 사람이라도 되는 줄 알아?"

우현이 소곤거렸다.

"널 감당할 자신은 언제나 가지고 있었어. 감당할 자신이 있으니까 널 산 것이고. 네가 제법 강하다는 것은 인정하지만, 너는 동등한 조건에서는 절대로 날 이기지 못해. 왜인지 알아?"

내가 너보다 더 잘하니까. 우현이 소곤거리는 말에 세르게이의 얼굴이 일그러졌다. 그는 빠득 이를 갈면서 철창을 강하게 붙잡았다.

"새끼가, 좋을 대로 지껄이는…."

"사실을 말할 뿐이지."

우현의 말에 세르게이의 눈이 부르르 떨렸다. 분노하고는 있었지만 완전히 부정할 수는 없었다. 세르게이는 우현과 두 번 싸웠고, 두 번 패배했다. 우현이 정말로 다른 세계에서도 헌터였다면, 우현이 쌓은 경험치는 세르게이 이상일 것이다.

"어렵게 생각할 것 없어. 그 왜, 교도소에 복역하는 죄수들이 교도소 안에서 노역하고 그러잖아? 그런 것이라고 생각해. 너는 특별한 죄수니 특별한 노역을 하는 것뿐이야."

"…발레리아는."

세르게이가 작은 목소리로 내뱉었다.

"발레리아는 내버려 둬. 발레리아 정도의 실력을 가진 헌터라면 많으니까."

"세르게이!"

뒤편에 있던 발레리아가 그의 이름을 외쳤다. 세르게이는 그 말을 무시하면서 우현의 얼굴을 노려보았다.

"이리 죽으나 저리 죽으나 똑같기는 한데, 기왕 죽을 거면 몬스터한테 찢겨 죽는 것보다 전기의자에 앉는 편이 낫겠지. 그러니까…."

"입 닥쳐, 세르게이."

발레리아가 내뱉었다.

"내가 어떻게 죽을 지는 내가 정해. 왜 네 멋대로 나를…."

"아니, 그건 세르게이가 정하는 것이 아니야."

우현이 입을 열었다.

"정하는 건 나야. 내가 협회와 거래했으니까. 나는 너희를 샀어. 세르게이가 아닌 너희를. 나가는 것은 발레리아와 세르게이, 전부다. 싫다고 해도 소용없어. 정 못 써먹겠다 싶으면 고기 방패로라도 쓸 수 있을 테니까."

우현은 의자를 끌어다가 앉았다. 그는 책상 위에 놓인 재떨이를 무릎 위에 올리고 담배를 물었다.

"그러니까 귀 열고 들어."

불을 붙였다. 연기를 깊이 빨아들이면서 생각을 정리한다. 충동적인 선택, 그리고 그것은 거래로 성사되었다. 자신의 판단이 옳고 그른가에 대해서는 생각하고 싶지 않다. 솔직히 손을 빌릴 수 있다면 세르게이보다 더한 악당의 손도 빌릴 수 있다.

이미 그의 세계는 멸망했고, 이 세계 역시 멸망의 위기를 끌어안고 있다. 지긋지긋해. 연기를 뿜으면서 우현은 쓰게 웃었다. 저쪽에서의 그는 실패했다. 실패했기에 죽었고, 실패했기에 모든 것을 잃었다. 정확히 말하자면 그 실패는 그의 것이 아니라 모든 헌터, 모든 인류의 것이었지만.

그러니 이번에는 실패할 생각은 없다. 저번의 실패로 아무 것도 배우지 못했다면 머저리 등신일 뿐이다. 세르게이는 쓸 수 있다. 그러니 쓴다.

"네 포지션은 탱커다."

우현이 입을 열었다.

"벨로크는 다섯 개의 머리를 가진 뱀이야. 현재 우리 공격대에 속한 주요 탱커는 나를 포함해서 넷 밖에 안 되고."

우현과 민아, 박광호, 안토니. 물론 민아는 우현을 포함한 셋과 비교해서 경험치가 압도적으로 떨어진다. 하지만 그녀의 경우에는 그 부족한 경험치를 텔레포트 능력으로 커버할 수 있다.

"머리 네 개에 탱커 넷이 붙어. 머리 하나가 남지. 처음 녀석을 포착하고, 곧바로 탱커 포지션의 S급 헌터가 머리 하나를 맡도록 했지."

"죽었군."

"맞아. 10분 정도 버텼나. 탱커가 하나 죽고, 머리 하나가 집중적으로 딜러진을 공략했지. 덕분에 우리는 패배했어. 사망자는 정확히 열 셋, 부상자는 그의 두 배는 돼."

"전멸하지 않은 것이 용하군."

세르게이가 낄낄 웃으며 말했다.

"놈의 카운트는 앞으로 일주일. 우선적으로 너에게 네 개의 마석을, 또 발레리아에게는 세 개의 마석을 제공할 거야. 네가 감을 되찾는다면 넌 바로 탱커로 들어가는 것이고."

"내가 죽으면?"

"죽으면 어쩔 수 없는 일이지. 제대로 쓰기도 전에 도구가 망가진 꼴이니까. 네가 죽는다면 곧바로 후퇴한다. 그 뒤에는… 다시 작전을 세워야겠지. 어쩌면 럭키 카운터와 연합할 지도 모르고."

"…발레리아는 어떻게 되지?"

세르게이의 물음에 우현은 한숨을 삼키며 발레리아 쪽을 힐긋 보았다. 발레리아는 아랫입술을 잘근 씹으며 우현을 노려보고 있었다.

"…그녀는 딜러진으로 들어간다. 네가 여동생을 지키고 싶다면, 탱커 역할을 제대로 해야 하겠지."

"인질이로군."

"네가 자격이 박탈당한 원인에 대해서는 알고 있어. 네가 이끄는 파티를 의도적으로 몰살시켰잖아? 널 통제할 아주 작은 안전 장치일 뿐이야."

"넌 쓰레기야."

"네가 할 말은 아니지."

우현은 담배를 지져 껐다. 그는 자물쇠를 향해 다가갔다. 이미 열쇠는 넘겨받았다. 문을 열기만 하면 된다. 우현이 자물쇠를 잡은 순간, 세르게이가 다시 말했다.

"그 문이 열린다면… 나는 아주 기쁠 거야. 제한된 자유라고는 하지만 이 엿같은 작은 방에 있는 것보다는 나을 테니까. 남매라고 해도 다 큰 남자와 여자를 같은 방에 처넣다니. 내가 근친상간에 관심있는 저질이었다면 이곳에서 새 생명이 태어났을 지도 모르는 일이지."

"역겨운 소리 하지 마, 세르게이."

등 뒤에서 발레리아가 내뱉었다. 자물쇠의 구멍에 열쇠가 들어갔다.

"…뭐, 그래서. 기분이 아주 좋아진 나는… 나도 모르게… 내 자신을 통제할 수 없게 될 지도 몰라. 무슨 뜻이냐면, 문이 열렸을 때 말이야. 너무 기뻐서 네 아가리를 후려갈길 지도 모른다는 말이지."

"친절이 풀이해 주셔서 고맙군. 해 봐, 누구 아가리가 날아갈지 내기할까?"

시선이 부딪혔다. 열쇠가 돌아갔다. 철컥하는 소리와 함께 문이 열렸다. 세르게이도, 우현도 아무런 행동도 하지 않았다. 그저 서로를 노려 볼 뿐이었다.

"바보 같아."

발레리아가 중얼거렸다.

이틀 후, 공격대의 정비가 완전히 끝났다. 세르게이와 발레리아의 합류에 대해 나래와 카멜롯에게 전달은 해 놓았지만, 당연히도 그들은 별로 탐탁하게 여기지 않았다.

예상했던 일이다. 당장 선하를 설득하는 것에도 고생했으니까. 나래의 길드 마스터, 박광호의 여동생인 박희연은 우현과 함께 세르게이의 직접적인 습격을 받았었다. 당연히 반발할 수밖에 없었다.

"필요합니다."

그런 반발을 강하게 묵살했다. 실력있는 헌터, 정확히 말하자면 실력있는 탱커의 추가는 벨로크 레이드에 있어서 반드시 필요한 일이었다. 비록 자격이 박탈당했다고는 해도, 세르게이는 순수하게 탱커 포지션만으로 S급 헌터에 올랐던 인물이다. 비록 레이드에서 일 년 넘게 뒤로 물러난 탓에 감이 떨어졌을 지도 모르는 일이나, 그의 탱킹 능력은 제네시스 연합에서 손에 꼽을 수 있을 정도로 높다.

"감은 찾았나?"

길드 하우스의 문을 열었다. 그곳은 판데모니엄에 존재하는 건물 중에서도 상당히 큰 곳으로, 앞으로 판데모니엄 내에서 연합 소속 헌터들과 작전회의를 해야 할 상황이 생길 시 이곳에 모이기로 했다.

"충분히."

그리고 이 길드 하우스는 세르게이와 발레리아의 새로운 감옥이기도 했다. 쇠창살이 없을 뿐, 그들의 위치는 위치 추적기를 사용하여 확실히 감시되고 있다. 판데모니엄 내에 위성 전파를 사용할 수는 없지만, 세르게이와 발레리아의 몸에 심어진 위치 추적기는 그런 상황에서도 사용할 수 있도록 개발 된 물건이다. 물론 그들이 던전 안으로 들어간다면 위치 추적기의 신호는 끊긴다.

하지만 그들이 던전 바깥, 판데모니엄에 있을 때에는

언제고 그들의 위치를 확인할 수 있다. 평생 던전에 나오지 않는다면 또 모를까.

"보스 몬스터 레이드라니. 몇 년 만인지 모르겠군. 1년은 훨씬 전인데."

"보스 몬스터를 레이드한 경험이 있나?"

"자격 박탈당하지 않았을 때. 그래봤자 40번 대였어. 내가 주도했던 것도 아니고."

세르게이가 중얼거렸다. 그는 손목을 주무르면서 몸을 일으켰다.

"거래는 확실히."

세르게이가 입을 열었다.

"받은 만큼은 해 주지. 발레리아를 죽이고 싶지도 않고."

"해 봐. 얼마나 잘하나 볼 테니까."

우현이 대답했고, 세르게이의 입꼬리가 씰룩거렸다. 시헌과 민아는 꿀꺽 침을 삼키면서 조금 떨어진 거리에서 그런 둘을 바라보았다. 여전히 탐탁지 않은 시선으로 우현과 세르게이를 보던 선하는, 한숨을 쉬며 입을 열었다.

"가자."

우현이 뒤를 돌아보았다.

"시간 다 됐어."

REVENGE

4. 벨로크 레이드

HUNTING

NEO MODERN FANTASY STORY & ADVANTURE

REVENGE HUNTING

4. 벨로크 레이드

63번 던전, 벨로크의 동굴.

보스 몬스터, 벨로크.

A급 길드, 제네시스. SS급 헌터 정우현. S급 헌터 강선하. A급 헌터 유민아, 이시헌.

S급 길드, 카멜롯. SSS급 헌터, 안토니 워링턴. 그 외 SS급 헌터 둘, S급 헌터 셋. A급 헌터 스물.

S급 길드, 나래. SS급 헌터, 박광호. 그 외 S급 헌터 다섯. A급 헌터 스물.

전 S급 헌터, 파블로프 파블로비치 세르게이. 전 A급 헌터 파블로프 파블로비치 발레리아.

총 인원 오십 칠.

"생각보다 적군."

세르게이가 입을 열었다. 그는 무리의 선두에서 우현과 함께 길을 뚫고 있었다. 소리는 최대한 죽인다. 소곤거리는 정도의 크기라면 천장에 달라붙은 거머리들을 자극하지 않을 수 있다.

"지난번의 인원은 몇이었지?"

"일흔."

"거기서 더 줄었는데. 이유는?"

우현은 대답 대신에 손을 위로 들어올렸다. 들어 올린 손으로 주먹을 쥐자 전진이 멈췄다.

"첫째. 장소가 제한되어있어."

"둘째는 알겠군. 벨로크는 대형인가?"

"초대형."

그 정도면 충분하다. 동굴이 제법 넓기는 하지만 천장과 양 옆이 가로막혀 있다. 62번 던전에서는 유빈투스가 워낙에 작았던 탓에 큰 무리를 느끼지 않았지만, 이런 제한된 공간 안에서 대형급 이상의 몬스터와 전투한다면 사람이 많아봤자 쓸데없는 피해만 늘 뿐이다.

"서브 탱커는?"

"S급 이상 헌터진으로 구성한다. 하지만 그 중에서 메인 탱커 경험이 있는 헌터는 드물어."

그래서 널 데리고 온 것이고. 우현은 굳이 그에 대해

서는 말하지 않았다. 세르게이는 낮은 웃음을 흘렸다. 그는 허리에 걸어 둔 검을 손으로 어루만졌다.

"너는 날 믿는 모양인데, 네 뒤에 따라오는 녀석들은 나를 믿지 않아."

"아니, 나는 너를 믿지 않아. 네가 허튼 짓 한다면, 내가 가장 먼저 너를 죽일 거야. 네가 공을 세운다고 해서 그 공이 네 면죄부가 되는 것은 아니니까."

"그러시겠지."

세르게이가 낮게 웃었다. 어느 쪽이든 상관없다. 답답한 철창 밖으로 나온 것으로 충분하다. 세르게이는 천장을 올려 보았다. 그는 돈벌레를 닮은 몬스터를 보면서 미간을 찡그렸다.

"역겹게 생겼군."

세르게이가 작은 목소리로 중얼거렸다. 우현은 손을 들어 올렸다. 붉은 안개가 몽실거리며 피어올랐다. 이미 몇 번을 보았기에 그리 놀라지는 않았지만, 몬스터의 마석을 먹어 몬스터의 능력을 얻는다는 것은 세르게이의 이해를 아득히 벗어난 일이었다.

'여섯 명.'

이곳까지 오면서 이들 공격대에 속한 헌터가 가진 특수 능력은 파악했다. 우현의 안개, 선하의 독, 시헌의 폭발, 민아의 텔레포트. 그리고 박광호의 근력 강화와 안토니의 거미줄.

'도망 칠 수도 없겠군.'

만약의 경우 도주 방법을 생각해 보았지만, 무리다. 팔다리에 붙은 위치 추적기는 때넬 수 있어도 체내의 위치추적기는 제거할 수 없다. 물론 외과적 시술을 받는다면 제거할 수는 있겠지. 하지만 이런 몸이어서는 의사는 커녕 사이비 의사도 만날 수 없다.

결국 몬스터와 싸울 수밖에.

"최소 백 마리는 몰려 올 거다."

"문제없어."

스릉거리며 검이 뽑혔다. 양 허리에 롱소드가 하나씩, 두 자루. 우현은 세르게이가 클레이모어를 주 무기로 사용했다고 생각했지만, 사실은 다르다. 클레이모어를 사용한 것은 사람을 죽이는 것에 이쪽이 더 효율적이었기 때문에. 그것이 전부였다. 사람을 죽이는 것에 방어벽을 뚫는 과정은 필요 없다. 그저 일격에 내리 찍으면 될 뿐.

본래 세르게이가 헌터일 때 사용하던 것은 쌍검이었다. 실전에서의 쌍검은 큰 위력을 보일 수 없다고는 하지만, 결국 숙련도의 차이다. 세르게이의 손에 쥐어진 검이 빙글 돌았다.

그리고, 우현이 휘두른 안개가 돈벌레의 몸을 후려 갈겼다. 묵직한 소리와 함께 놈의 눈이 크게 뜨여졌다.

콰앙!

천장에 매달려 있던 놈이 등짝부터 아래로 떨어졌다. 던전에 출현하는 몬스터의 공략법은 이미 특정되었다. 싸우는 것에 무리는 없다. 떨어진 놈이 울부짖었고, 천장에 매달려 있던 갈고리 낫을 가진 몬스터들이 일제히 바닥으로 쏟아졌다.

우현의 역할은 저 거대한 놈을 아래로 떨어트리는 것 뿐. 탱커진의 체력을 최대한 보존하는 것이 이번 작전의 핵심이다.

그만큼 63번 던전의 보스 몬스터인 벨로크를 신중하게 대한다는 뜻이기도 하다. 솔직히 지난번의 레이드는, 도망치는 것이 조금이라도 늦었다면 파티가 전멸했을 것이다.

돈벌레와 갈고리를 정리하는 것에는 오랜 시간이 걸리지 않았다. 세르게이는 단연 두각을 보였다. 그는 두 자루의 검을 능숙하게 사용하며 몬스터를 무자비하게 학살했고, 거대한 돈벌레는 열 명이 넘는 헌터들이 달려들어 순식간에 도살해 버렸다. 교전으로 잠깐 멈춘 공격대가 다시 앞으로 전진했다. 랜턴의 빛은 최대한 줄였지만, 워낙에 대인원이다보니 던전을 밝히고 앞으로 나아가는 것에는 큰 문제가 없었다.

"벨로크 이전에 두 마리의 네임드 몬스터를 잡았다고

들었다. 그들은 어땠지?"

중간에 세이브 포인트에 들러 휴식을 취하고, 다시 던전에 들어왔다. 여기서 조금만 더 나아가면 벨로크의 영역이다. 세르게이가 우현을 힐긋 보며 물었다.

"강했지."

진심을 담아 말했다.

"두크리아, 벨러크네. 상대하기 까다로운 몬스터였어. 하지만 후퇴 없이 잡을 수 있었지."

두크리아는 거대한 사마귀처럼 생긴 몬스터였다. 팔이 네 개 달린 것도 사마귀라고 할 수 있다면 말이다. 그 두크리아는 팔다리가 절단나고 가슴이 박살난 모습으로 죽었다. 집게처럼 예리한 입을 딱딱거리면서 소름끼치던 저주를 흘리면서.

벨러크네는 거대한 거미의 모습을 하고 있었다. 놈은 천장에 매달려 좀처럼 내려오지 않으며 예리한 거미줄을 쏘아냈는데, 어쩔 수 없이 우현이 동굴이 무너질 것을 최악의 상황으로 두고 동굴 천장의 일부를 무너트려 놈을 추락시켰다.

"하지만 벨로크는 차원이 다른 괴물이야."

우현의 얼굴에 뻣뻣한 긴장이 어렸다. 벨로크의 영역이 얼마 남지 않았기 때문이다. 세르게이는 굳은 우현의 얼굴을 바라보면서 피식 웃었다.

"그래봐야 몬스터…."

"그러고 보니, 너는 62번 던전 이후의 네임드 몬스터를 만난 적이 없겠군."

"몬스터가 사람처럼 지껄인다는 것은 알아."

"그것이 최악이지. 벨로크는 수다쟁이야. 다섯 개의 머리가 끊임없이 소곤거리지. 제각각 성격도 달라. 덩치는 두크리아와 벨러크네를 합친 것 정도고."

우현의 말이 잠깐 멈췄다.

"더 이상 설명할 필요도 없겠군. 놈의 영역이다."

공격대가 멈췄다. 세르게이는 천장을 바라보았다. 어느 순간부터 주변에 몬스터는 보이지 않았다. 카각거리는 갈고리의 소리도, 돈벨레의 울음소리도. 천장은 텅 비었다.

'저게 뭐지?'

세르게이의 눈이 가늘어졌다. 천장에 미끈거리는 점액질이 번들거리고 있었다. 아니, 천장 뿐만이 아니다. 세르게이는 랜턴을 조금 더 앞쪽의 땅을 비추어 보았다. 미끈거리는 점액이 흙과 뭉쳐 끈적한 진흙밭을 만들어 놓았다.

"…뭐야 저게?"

"벨로크의 체액."

대답한 것은 선하였다. 세르게이는 선하의 말에 휘익

하고 휘파람을 불었다.

“차가운 아가씨가 드디어 입을 열으셨군.”

“허튼 소리하지 말고 준비해.”

선하가 대답했다. 세르게이는 그 말에 어깨를 으쓱거렸다. 그는 주변의 풍경을 다시 살폈다. 점액은 천장과 양 옆의 벽에도 가득했다.

“…점액에 독성은?”

발레리아가 신중한 얼굴로 물었고, 우현이 머리를 흔들었다.

“없어. 미끈거리는 정도이지만, 그래도 유의해 둬. 진흙 밟아 넘어지지 말고.”

조심스럽게 다시 전진이 시작되었다. 세르게이는 신고 있는 신발의 밑창에 달라 붙는 진흙에 미간을 찡그렸다. 다행히도 진흙의 점성은 그리 강하지 않았다. 하지만 우현이 경고했던 대로 심하게 미끄러운 것은 사실이었다. 이 정도라면 조금만 집중을 흩으려도 미끄러져 낭패를 볼 것이다.

“준비하죠.”

어느 정도 전진이 끝난 뒤에, 우현은 뒤를 힐긋 보며 말했다. 무슨 준비? 세르게이와 발레리아가 머리를 갸웃거렸다. 우현은 그들을 향해 머리에 감을 수 있는 헤드 랜턴을 건네 주었다.

"랜턴 들고 싸울 수는 없으니까."

"이거 위험한데."

세르게이가 중얼거렸다. 헤드 랜턴을 이마에 감고서 불을 켠다. 제법 조명이 강하다.

"정면에서 본다면 순간 시력을 잃을 거야."

"어쩔 수 없어. 저 안쪽은 조명이 없으니까."

경계해야 할 것이 늘었다. 미끈거리는 진흙 밭과 조명. 세르게이는 혀를 차면서 헤어 랜턴의 벨트를 꽉 조였다.

내리막길이 시작되었다. 다들 충분히 경계하고 긴장한 덕에, 경사진 길을 내려가는 중에도 미끄러지는 헌터는 없었다. 지형적인 면도 최악이다. 이 정도의 악조건에서 보스 몬스터를 잡으라는 것은 불가능에 가깝다. 실패한 이유를 알겠군. 세르게이는 주먹을 쥐었다 폈다.

"곧 있으면 경사가 끝나요."

그런 세르게이의 등 뒤에서 민아가 말을 걸었다. 세르게이는 뒤를 힐긋 보았다. 긴장한 얼굴로 선 민아를 보면서, 세르게이의 입 꼬리가 씰룩거렸다.

"친절한 아가씨네. 물어 보지도 않았는데."

"일단은 아저씨도 메인 탱커잖아요?"

민아가 대답했다. 세르게이는 잠시 동안 아저씨라는 호칭에 반응할지, 아니면 무시할지에 대해 고민했다. 세

르게이가 입을 열려는 찰나,

"낄낄낄."

그런 웃음소리가 들렸다. 누군가가 헉하고 숨을 들이삼켰다. 세르게이의 머리가 홱하고 돌아가 앞을 노려 보았다. 우현이 호흡을 골랐다. 그는 검을 꽉 쥐었다.

"왔다, 왔어."

"그때 그 놈들이야."

"머저리, 병신, 천치들! 또 왔어!"

"히히, 히히히, 배고파, 배가 고프다고. 밥… 밥이 왔구나!"

"이곳은 너무 어두워, 그리고 추워, 나는, 나는…."

목소리가 중구난방으로 뒤섞인다. 동굴 안에서 울려 섞이는 그 목소리는 지옥 밑바닥에서 들려오는 악마의 울음처럼 오싹했다.

경사가 끝났다. 이후에 펼쳐진 것은 널찍한 평지였다. 동굴의 끝과, 높은 천장과, 옆으로 탁 트인 공간과.

거대한 괴물. 세르게이는 꿀꺽 침을 삼켰다. 〈벨로크〉 그 이름이 보였다. 세르게이는 자신도 모르게 웃어버렸다.

"…뭐? 뱀?"

다섯 개의 머리를 가진 뱀이라고 들었다.

"저게 뱀이야?"

세르게이가 허탈한 목소리로 내뱉었다.

다섯 개의 머리가 천천히 위로 떠오른다. 세르게이가 벨로크를 보고 처음 떠올린 것은, '손'이었다. 활짝 펼쳐진 다섯 개의 손가락. 그리고 길게 뻗은 팔뚝. 문제는 그 크기다. 각 손가락 끝에 있는 것이 머리라고 친다면, 손가락이 너무 길다.

길게 뻗은 목이 꿈틀거린다. 그 끝에 달린 것은 끔찍한 괴물의 머리였다. 비늘이 없는 뱀. 연상되는 것은 그것이었고, 쫙 찢어진 눈에 번들거리는 소름끼치는 안광과, 크게 벌어진 입.

그런 머리가 다섯 개. 다섯 개의 목은 하나의 몸통으로 이어져 있었는데, 그 부분만은 그나마 뱀이라고 생각할 수 있을 것 같았다. 목과 머리에는 비늘이 없었지만, 몸통은 날카로운 비늘과… 그 끝에는 세 갈래로 갈라진 꼬리가 있었다. 꼬리의 끝은 창날처럼 날카롭다.

크기와 형태, 그 모든 것에서 세르게이는 솔직히 압도되었다.

"기다렸어."

"이번에는 놓치지 않아."

"구역질나는 쓰레기!"

"밥, 밥."

"추워… 어두워…."

다섯 개의 입이 열리고 목소리가 뒤섞인다.

"너는 욕하는 머리를 맡아."

우현이 세르게이를 힐긋 보며 말했다. 세르게이의 손이 가늘게 떨렸다.

"씨발, 그냥 감옥 안에 있을 걸."

세르게이는 진심으로 그렇게 중얼거렸다.

다섯 개의 머리의 구분은 간단했다. 각각 형태가 달랐으니까. 우현이 맡은 머리는 이마에 기다랗게 뿔이 솟구친 놈으로, 다섯 개의 머리의 정 중앙을 차지한 놈이었다.

"또 너구나."

기다란 목이 꿈틀거리며 움직인다. 뿔 달린 머리가 불쑥 다가왔다. 비늘이 죄다 벗겨진 파충류를 닮은 그 머리는 마주보는 것만으로도 속이 역해질 정도로 끔찍하게 생겼고, 뭐라 말할 수 없는 이상한 비린내가 났다. 저런 벨로크의 모습과 62번 던전의 보스였던 유빈투스를 비교하면, 유빈투스가 얼마나 신사적이고 또 아름다운 몬스터였는지를 새삼 절감할 수 있을 정도였다.

"날 기억하나?"

우현이 물었다. 딜러 진들이 움직인다. 거구인 덕에 노릴 포인트는 많다. 지난번에도 그렇게 생각했었고, 결국 후회했지만 말이다.

"기억하지. 신기한 재주를 지닌 인간이었어. 게다가 제법 강하기도 했고."

벨로크가 낄낄거리며 웃었다. 벨로크는 헌터들이 움직이는 것을 보고 있음에도 조금의 움직임도 보이지 않았다. 그는 여유를 부려도 될 위치였다. 이미 지난 번에도 압도적인 승리를 거뒀거니와, 그때보다 오히려 사람이 줄었으니 위협을 느낄 이유가 없는 것이다.

"이번에는 놓치지 않을 거야."

"버러지들, 다 짓뭉개 죽여주마!"

"아냐, 그래서는 안 돼. 살아있는 체로 와득와득 씹어먹어줄 거야. 배, 배가 고파."

"추워… 어두워… 나는 왜 여기에 있는 거야…?"

목소리가 뒤섞인다. 다섯 개의 머리가 움직이기 시작했다. 딜러진이 완전히 펼쳐지기 전이었다. 우현은 자신을 보면서 히죽이죽 웃는 머리를 향해 검을 들어 올렸다.

이미 탱커들은 각자 위치를 잡고 섰다. 박광호는 도끼자루를 움켜잡았다. 지난번의 경험을 떠올린다. 30분도 버티지 못했을 뿐이지만, 이미 겪어 본 것과 겪어보지 못한 것을 상대로 대처하는 것은 마음가짐이 달라진다.

'가능할까?'

박광호의 머릿속에 떠오른 의문은, 이곳에 모인 모든 헌터들이 가진 의문이었다. 안토니는 세르게이 쪽을 힐긋 보았다. 그는 세르게이와 직접적으로 부딪친 적은 없다. 활동하던 영역이 달랐으니까. 하지만 그에 대한 악명은 귀에 딱지가 앉도록 많이 들어왔다. 최악의 고스트. 살인자. 쓰레기.

그 쓰레기에게 큰 임무가 주어졌다. 선하는 세르게이 쪽을 힐긋 보았다. 그에게 좋은 감정은 조금도 갖고 있지 않다. 사람이 죽는 것을 눈 앞에서 봤으니까. 돈을 받았으니까 죽인다고, 그것이 전부라고. 그렇게 웃으면서 말하던 세르게이의 모습은 선하에게 깊은 혐오를 안겨주었다.

하지만 그것을 내색하지는 않는다. 지금 당장 세르게이의 도움이 필요하다는 것은 그녀 역시 잘 알고 있었다.

'…조금 오줌 마려운 것 같은데.'

민아가 멍하니 생각했다.

먼저 움직인 것은 세르게이였다. 한심하게 조금 쫄아버렸나. 이 정도 크기의 초 대형 몬스터와 싸우는 것은 처음이니까, 어쩔 수 없는 일이지. 세르게이의 발이 땅에 닿았다. 우선 경계해야 할 것은 미끈거리는 진흙. 그리고 이쪽을 향하는 조명과, 내가 다른 헌터에게 조명을 쏘아내지 않는 것. 솔직히 후자에 대해서는 그리 신경쓰고 싶지 않다. 다만 다른 조명을 직접 마주하지 않도록 조심할 뿐. 몬스터를 정면에서 상대하는 탱커가 잠깐이라도 시야를 잃는다는 것은 죽음과 똑같은 말이다.

'사각은 없다고 봐야 하나.'

목이 너무 길어. 게다가 크고. 세르게이는 크게 뜬 눈동자를 노려보면서 생각했다. 저 시야에서 벗어나 뒤로 돌아간다는 것도 생각해 보았지만, 그다지 가능성은 없었다. 진흙이라는 것은 어쩔 수 없이 기동성이 떨어질 수밖에 없다.

결국 정면에서 최대한 공격을 피해가며 버티는 것. 동시에 공격을 집어넣으며 놈의 시야를 잡고 있는 것. 그 동안 딜러 쪽에서 방어벽을 부수는 것을 노릴 수밖에 없나.

"최악이군."

결국 버티는 역이야. 죽기 딱 좋은 일이라고. 이럴 줄 알았으면 탱커가 아니라 딜러를 하겠다고 할 것을 그랬어. 세르게이의 손 안에 쥐어진 검이 빙글 돌았다.

"죽을 생각은 없거든."

그 중얼거림이 끝나기 전에, 검이 휘둘러졌다.

쩌엉!

우선 일격, 그 후에 곧바로 발을 움직인다. 조금 뒤로 거리를 벌렸다. 끈적거리는 진흙이 발에 달라 붙는 것이 거북하지만, 이것도 포함해서 익숙해 져야만 했다.

지금 당장에는.

이어 휘두른 연격이 벨로크의 방어벽을 두드린다. 벨로크의 시선이 세르게이를 내려 보았다. 단단해, 세르게이는 손아귀에 감기는 감촉을 확인하면서 입 꼬리를 올렸다.

"버러지가."

벨로크의 입술이 벌어졌다. 놈의 눈동자에 살의가 어렸다. 거대한 뱀이 자신을 내려 보고 있다. 먹어 치우겠다는 살의를 강하게 발하며, 입을 벌리고,

물어뜯는다.

콰드득! 쩍 벌린 입이 세르게이를 물어 뜯었다. 벨로크의 공격보다 세르게이가 조금 더 빨랐다. 아니면 놈의 공격이 단순한 위협일 뿐이었다던가. 세르게이는 진흙을 우적거리며 씹는 벨로크를 보면서 자세를 잡았다. 진흙 낀 이빨을 보이면서 벨로크가 소곤거렸다.

"벌레 새끼, 씹어 먹어주마."

"…씨발, 괴물이 욕질은."

전투가 시작되었다. 진흙이 허공으로 튀어 올랐다. 벨로크에게 특별한 능력 같은 것은 아직 파악되지 않았다. 그저 저 거대한 체구와, 그 체구를 지탱하는 무식한 힘으로 육탄 돌격을 해올 뿐이다.

그 단순한 공격이 오히려 버겁다.

콰드드득!

땅이 크게 뒤흔들렸다. 진흙이 완충제가 되어주고는 있지만 저 정도의 거구가 날뛰는데 동굴이 흔들리지 않을 수가 없었다.

'괜찮아.'

동굴의 내구도에 대해서는 지난번에 확인했다. 벨로크가 온 몸을 내던진 공격이 동굴을 흔들기는 했지만, 천장은 무너지지 않았다. 유빈투스의 경우와 똑같다.

'놈은 이 동굴을 나올 수 없어.'

경사진 곳을 지나서 조금 앞까지. 벨로크가 움직일 수 있는 영역은 거기까지다. 도망쳤을 때에도 그쪽 경사까지는 뒤따라왔지만 그 이후로는 쫓아오지 않았다.

이 공동은 벨로크의 영역이자, 놈을 묶어놓는 봉인인 것이다. 유빈투스가 저택을 부수지 못했듯 놈은 이 동굴을 부술 수 없다. 그러니 매몰될 걱정은 하지 않아도 된다.

매몰되어 짓뭉개지는 것과, 저 거체에 짓뭉개지는 것 중 어느 쪽이 나을 지는 잘 모르겠지만.

대검을 휘두른다. 이런 거구와 정면승부는 벌이고 싶지 않지만, 이 이외의 방법은 없다. 유빈투스 같은 소형 몬스터는 우현이 가진 장점을 완벽하게 살릴 수 있지만, 벨로크 같은 초대형을 상대로는 유빈투스 때와 같은 흐름은 불가능하다.

단순히 버티는 것 뿐. 공격을 피하는 것에 모든 초점을 맞춘다. 공격은 그를 보조할 뿐이다. 공격이 최선의 방어라는 말은 지금 상황에서 그리 신용할 수 없다.

선불리 공격했다가는 죽는다. 쩍 벌린 벨로크의 입이 우현을 덮쳤다. 뒤로 빠져봤자 거리적 이점은 벨로크가 압도적이다. 간신히 몸을 옆으로 빼냈다.

'확실히 유빈투스랑은 달라.'

또 에르마쉬와, 라스 프라다와도 다르다. 놈들도 거구이기는 하지만 벨로크 정도는 아니었다. 근접 거리에서 정신을 가속시킨다면 충분히 피할 수 있었다. 하지만 벨로크를 상대로는 무의미하다. 고속으로 달려드는 전철을 상대로 정신을 가속시켜봤자 피할 수 없는 것과 똑같다.

"죽여주마!"

벨로크가 입을 쩍 벌리며 외쳤다.

푸드득!

진흙이 튀어오르며 벨로크의 몸이 달렸다. 뱀처럼 꿈틀거리며 하는 전진은 머리 전체를 던지는 육탄 돌격이었다. 우현은 당황하지 않고 안개를 움직였다.

콰콰쾅!

쏘아낸 안개가 벨로크의 방어벽과 부딪힌다. 놈을 멈출 생각은 없다. 속도를 죽이는 것 정도로 충분하다.

적당히 거리를 유지하는 것. 민아에게 있어서 그것은

쉬운 일이었다. 그녀가 가진 텔레포트 능력은 탱킹에 있어서 절대적이다. 저 거체가 전력으로 달려든다고 해도 큰 위협은 되지 않는다.

공중으로, 옆으로, 또 뒤로.

"히히, 히히히."

다만 거슬리는 것은 벨로크의 웃음 소리 뿐이다. 민아는 미간을 찡그리면서 검을 쥐었다.

'피한다고는 해도 공격이 통하지 않으니.'

모기가 무는 기분이겠지? 벨로크의 체격에 비해서 인간은 너무 작으니까. 누구보다 우월한 기동성을 얻었지만, 텔레포트로 직접적인 데미지를 줄 수는 없다. 하지만 그 부재는 민아가 아닌 다른쪽에서 메워졌다.

콰아앙!

커다란 충격이 벨로크의 머리를 뒤로 날려 버렸다. 박광호였다. 그는 네임드 몬스터의 마석을 흡수하여 근력 강화의 능력을 얻었다. 그가 얻은 능력은 지극히도 간단했다. 투기를 소모하며 근력을 강화하는 것. 전환하는 투기의 양에 따라 강화의 폭도 넓어진다.

심플하지만 그에게는 가장 잘 맞는 능력이었다. 한 번 더. 박광호는 발을 크게 뻗으며 다시 도끼를 휘둘렀다.

콰드득!

휘두른 도끼가 방어벽을 크게 긁어 내렸다.

"아아아, 아파! 아파!"

벨로크의 머리가 고함을 질렀다. 불평불만만 늘어놓던 놈이다. 놈이 지껄이는 말에 귀를 기울일 생각은 없다. 아프다고 지르는 비명에 마음이 약해지지도 않는다. 도끼를 짧게 쥐었다. 최대한 투기를 불어넣었다. 손실이 크더라도 어쩔 수 없다.

최대한 빠르게 끝내야 한다. 시간을 끄는 사이에 피해가 더 생길지도 모르는 일이니까.

안토니가 얻은 능력은 벨라크네의 것으로, 거미줄을 뽑아내는 것이다. 다행히도 그가 뽑아내는 거미줄은 거미처럼 꽁무니에서 나오는 것은 아니다.

가느다란 실. 그것은 눈으로 보기 힘들 정도로 얇다. 하지만 끊어지지 않는다. 안토니가 얻은 능력은 박광호와 시헌, 우현, 선하처럼 공격에 응용하기는 힘들다. 그렇다고 해서 민아처럼 절대적인 기동성을 얻는 것도 아니다.

검을 휘두르고, 벨로크와 거리를 두고, 달려드는 머리를 피하고. 안토니가 움직일 때마다 풀려나온 실이 벨로크의 몸을 휘감았다. 실이 조금씩 엉킨다. 놈의 움직임에 끌려다니는 것은 사양이니 풀어놓은 실은 목적을 이루었을 때 곧바로 끊어 놓는다.

조금씩 벨로크의 움직임이 둔해지기 시작했다. 놈은 아직 눈치 채지 못했다. 놈을 완전히 압박할 필요는 없다. 움직임을 둔하게, 내가 피할 수 있을 정도의 속도만 유지되어도 된다.

어차피 방어벽을 뚫는 것은 탱커의 몫이 아니다.

딜러의 몫이다.

탱커가 앞을 지탱한다면, 딜러는 그 뒤를 받친다. 그들이 노리는 것은 벨로크의 몸통이었다. 다섯 개의 머리와 이어진 하나의 몸통.

지난 번과는 경우가 다르다. 그때는 탱커 하나가 죽어버리는 탓에, 머리 하나가 집중적으로 이쪽을 공격했다. 덕분에 그때 딜러 쪽에서도 피해가 생길 수밖에 없었다.

하지만 이번에는 탱커 쪽이 단단히 버텨주고 있다. 세르게이는 욕설을 뱉으며 물어 뜯는 머리를 피해냈다. 저 커다란 입이라면 물어 뜯는 것에 그치지 않고 통째로 삼켜지게 될 것이다. 세르게이는 몬스터의 위장을 구경하고 싶은 마음은 조금도 없었다.

'그래도 제법 익숙해졌어.'

처음에는 이 거구를 어떻게 상대해야 생각했는데, 처음의 막막함은 상당히 줄었다. 자신의 몸이 이전과는 다르다는 것을 확실히 알았기 때문이다.

세르게이는 네 개의 마석을 흡수했다. 과거에 비해서 못해도 두 배는 투기의 양이 불어났다는 것이다.

세르게이는 우현이 그랬던 것처럼, 스스로 스위치를 만들어냈다. 별다른 이유는 없었다. 처음에는 단순히 자신의 몸에 최적인 밸런스를 찾기 위한 실험이었고, 그것에 가능성을 느꼈기에 계속 사용하고, 완전히 익숙해지고. 그렇게 오늘까지 왔을 뿐이다.

그렇게 만들어낸 스위치는 오늘까지 살아오는 동안 몇 번이고 세르게이의 목숨을 구해주었다. 그리고 지금도 마찬가지였다. 세르게이는 스위치를 바꾸며 벨로크의 공격을 피해냈다.

'단순히 크기만 클 뿐이야. 그렇게 위협적이지는….'

아니, 그렇게 생각할 수도 없군. 이래서 방심해서는 안 된다니까. 세르게이는 그렇게 생각하면서 몸을 비틀었다. 쏘아진 방향에서 강제로 몸을 틀은 벨로크가 세르게이를 덮쳤다.

"지렁이처럼 꼬물거리기는."

아, 이건 더러워져서 싫은데. 세르게이가 몸을 날렸다. 진흙 위를 뒹군다. 그러고 보니 이 진흙, 저 새끼의 체액이었지. 세르게이의 얼굴이 처참히 일그러졌다.

"쥐새끼가!"

들리는 욕설에 우현은 발을 조금 뒤로 끌었다. 철벅거리는 진흙이 우현의 발아래에서 뭉개졌다. 우현은 호흡을 고르며 벨로크를 바라보았다. 우현을 내려보는 벨로크의 얼굴은 처참히 일그러져 있었다.

"이리저리 도망이나 다니고…!"

"나는 작잖아."

우현은 표정 하나 바꾸지 않고 대답했다. 정면으로 승부해서 승산은 없다. 유빈투스나 에르마쉬 정도의 크기라면 정면에서 공격적으로 탱킹을 할 수 있을 텐데, 벨로크 같은 초대형을 상대로는 무리다.

그러니 도망 다닐 수밖에. 다행스럽게도 원거리 견제수단은 갖추고 있다. 벨로크는 얼굴 가득 짜증을 담고서 우현을 노려보았다.

저 안개가 거슬린다. 붉은 색으로 흔들리는 저것은, 무시하려고 해도 계속해서 이쪽을 덮치며 방해를 해온다. 시야를 가리고, 돌진을 저지하고, 예상하지 못한 방향에서 찔러 들어오고.

'능숙하잖아…!'

아니, 그렇다고 해도 절대적으로 유리한 것은 이쪽이다. 인간이 아무리 공격한다고 해도 위협은 되지 않는다. 그저 귀찮을 뿐이다. 눈 앞에서 날벌레가 날아다니는 정도의 귀찮음일 뿐이다. 마음만 먹는다면 언제고 끝낼 수 있다. 그러니까 초조해할 필요는 없다.

'이 정도면 됐군.'

안토니가 풀어낸 실은 벨로크의 움직임을 조금씩 둔화시키는 것에 성공했다. 여전히 위협적이기는 하지만, 지금 정도의 속도와 힘이라면 피하는 것에 큰 무리는 없다.

그렇다면 그 다음은.

박광호가 뒤로 조금 빠진 순간이었다. 안토니가 그곳으로 불쑥 끼어들었다. 예고 없는 행동이었지만 박광호는 당황하지 않았다. 이미 이에 대한 이야기는 되어 있었기 때문이다. 박광호는 살짝 머리를 끄덕거리며 걸음을 옆으로 뻗었다.

안토니의 능력이 공격에 큰 도움이 되지 않는 것과는 달리, 박광호의 능력은 공격에 밖에 쓸 수가 없다. 그러니 안토니가 보조한다. 안토니가 실을 써서 머리 하나의 움직임을 둔하게 한다면, 그 뒤에는 안토니가 둔화시킨 머리에 다른 탱커가 들어가서 보다 안정적이고 공격적으로 공략하는 것이다.

이 방법에서 가장 위험도가 높은 것은 안토니다. 다른 헌터는 조금이라도 느려진 머리를 상대할 수 있게 되지만, 안토니는 작업이 끝난다면 바로 다른 머리로 가서 똑같은 작업을 반복해야 한다.

벨로크의 다섯 머리는 모두가 성향이 다르다. 어떤 놈은 공격적이고, 어떤 놈은 방어적이다. 공격적인 놈 중에서도 육탄 돌진을 자주 쓰는 놈이 있는 반면, 입을 벌려 통째로 삼키는 것을 선호하는 놈도 있다.

안토니는 익숙해 질 틈도 없이 계속해서 상대를 바꿔야 한다. 당연히 지칠 수밖에 없다. 조금이라도 느슨해졌다가는 곧바로 공격에 노출된다.

하지만 이 작전을 떠올리고 추진한 것은 그 누구도 아닌 안토니였다. 그는 자신이 해야 할 일을 명확하게 알았고, 그것에 망설임을 갖지 않았다. 그는 SSS급 헌터였다. 무엇을 중요하게 여겨야할지 정확히 알고 있었다.

'느려.'

박광호는 확실히 실감했다. 벨로크의 머리의 움직임은 느렸다. 자신이 방금 전까지 상대했던 머리와 비교해서 틀림없이 느렸다. 단순히 그것만으로도 상대하는 것에 여유가 생겼다. 투기로 증폭된 근력이 도끼를 높이 들었다.

내리찍는 것과 동시에 폭발, 폭음. 시헌은 발을 크게 뒤로 끌면서 다시 검을 높이 들었다. 다시 내리 찍는다.

콰아앙!

폭발에 귀가 먹먹해진다. 이래서야 다른 헌터들에게 민폐다.

아니, 그렇지도 않다. 벨로크는 거구였다. 양 쪽에서 압박하며 공격을 휘둘러도, 건너편의 사람의 머리도 보이지 않을 정도로 놈의 몸통은 두껍다. 그러니 폭발의 여파가 다른 헌터들에게 미칠 것은 걱정하지 않아도 된다. 소리는 어쩔 수 없는 일이지만.

"시헌아, 뒤!"

말해주지 않아도 된다니깐. 시헌은 그렇게 생각하면서 발을 움직였다.

퍼억!

내리 꽂힌 꼬리가 진흙밭을 꿰뚫었다. 그래도 조금만 늦었더라면 정수리부터 구멍이 났을 지도 모른다. 시헌은 쓰게 웃으며 말했다.

"고마워요, 희연 누나."

박희연은 대답하지 않고 한쪽 눈을 찡긋거렸다. 처음에는 어색했지만 계속 같은 공격대에서 싸워왔다. 친해지기에는 충분한 시간이었고, 애초에 시헌은 사교성이 좋았다.

반면에, 선하의 경우에는 사교성이 좋은 편은 아니다. 기본적으로 그녀는 과묵하다. 쓸데없는 이야기는 잘 하지 않는다.

하지만 과묵하다고 해서 신뢰를 받지 못하는 것은 아니다. 선하는 선하 나름대로 공격대의 딜러진에 녹아들었다. 아니, 사실상 그녀가 딜러진의 중심이고 리더라 해도 과언이 아니다. 그녀는 사사로운 말이나 농담 따먹기는 하지 않는다.

그저 이 상황에서 자신이 해야 할 일을 알고, 그것을 정확히 할 뿐이다. 선하는 빠르게 주변을 훑었다. 그녀는 딜러 진 전체의 움직임을 보았다. 빈틈이 보였다. 딜러 중 하나가 조금 뒤로 빠지면서 생긴 틈이었다.

선하의 발이 뻗어졌다. 그녀는 튀어오르는 진흙을 무시하고 그곳으로 뛰쳐나갔다. 단순히 틈이 보여서? 아니, 그것만이 전부는 아니다.

뒷덜미가 잡히는 것에 남자가 헉하고 숨을 삼켰다. 그가 뭐라고 외치기도 전에 선하는 그의 몸을 뒤로 당겼다. 그것보다 조금 늦게 꼬리가 휘둘러졌다.

"…윽…!"

남자가 놀란 소리를 냈다. 선하는 그쪽을 보지 않고 발을 뒤로 끌었다.

"이쪽은 너무 가까워요. 조금 더 뒤로."

선하의 말에 나자가 머뭇거리며 머리를 끄덕거렸다.

"…감사합니다."

남자가 뒤로 물러섰다. 선하는 한숨을 삼켰다. 레이드에 있어서 단 한 명의 부상자도 없는 것은 불가능한 일이다. 아무리 능숙한 헌터들로 공격대를 구성해도, 경험 없는 몬스터를 사냥할 때에는 피해가 생길 수밖에 없다.

경상이라면 운이 좋은 것. 중상이라면 목숨은 건진 것. 죽는다면?

그것으로 끝이다. 선하는 그런 것을 보고 싶지 않았다. 적어도, 자신이 속한 공격대에서 누군가가 죽는 것은 보고 싶지 않다. 그러니 선하는 자신이 할 수 있는 일, 해야 할 일을 한다. 선하는 검을 들어 올렸다. 시커먼 독이 그녀의 검신에 어렸다.

지금 그녀가 해야 할 일은 벨로크를 잡는 것.

그리고 그것은 모두가 해야 할 일이었다.

"우드득!"

벨로크의 이빨이 맞물렸다. 레이드가 시작되고서 두 시간이 넘게 흐른 시점이었다. 미묘한 짜증은 확실한 분노가 되어서 벨로크의 이성을 뒤흔들었다.

'대체 어떻게…!'

각각 인격이 다른 머리가 똑같은 생각을 떠올렸다. 이것은 있어서는 안 될 일이다. 두 시간 가까이 전투를 지속하고 있었지만 아직 단 한 놈도 먹어치우지 못했다. 자잘한 부상자는 제법 생겼지만 죽은 놈은 아직 없다.

배가 고프다.

"배고파… 배고파…."

언제나 굶주림을 느끼는 머리가 중얼거렸다. 찌릿하고 위기감이 밀려왔다. 다섯 개의 머리는 각각 인격을 가지고 있다. 그들은 서로에게 간섭하지 않으며 각각 행동한다. 애초에 그를 가두고 있는 이 동굴 안에는 즐길 수 있는 유흥거리도 없지만.

지금은 경우가 다르지 않은가. 바로 앞에 먹어 치울 수 있는 먹잇감이 가득하다. 아무 것도 없기에 굶주림을 느껴도 무언가를 먹을 수 없었다. 하지만 지금은 다르다. 먹을 것이 가득해. 그런데도 먹지를 못하고 있어.

미치게 된다.

"카아아아!"

머리 하나가 울부짖었다. 텔레포트를 써서 공중에 떠 있던 민아는 놈이 지르는 울음에 순간 머리가 굳어버렸다. 벨로크는 그 틈을 놓치지 않는다.

"먹을 거야, 너, 씹어서!"

쩍 벌어진 입이 민아를 덮쳤다. 위험해, 텔레포트를…! 민아는 급히 눈동자를 움직였다. 그녀가 사용하는 텔레포트는 시야에 닿는 위치로 이동하는 능력이다.

하지만 지금 민아의 눈앞에 보이는 것은, 쩍 벌어진 벨로크의 입 안과, 그 안을 가득 채운 날카로운 이빨과, 시커먼 목구멍 뿐이었다.

아, 이건 죽었다. 민아가 그렇게 느꼈다. 갑작스러운 죽음이었다. 유언장이라도 쓸 것을 그랬어. 다가오는 이빨을 보며 그렇게 생각했다.

그 순간이었다.

퍼억!

무언가가 민아의 어깨를 밀쳐냈다.

콰득!

꽉 다문 벨로크의 이빨이 맞물린다. 휘청거리며 날아가던 민아는 급히 텔레포트를 펼쳤다.

"고, 고마워요."

민아가 헐떡거리며 말했다. 가슴의 두근거림이 진정되지 않았다. 방금 전은 정말 죽을 뻔했다. 우현은 안도의 한숨을 내쉬며 안개를 되돌렸다.

"조심해. 공중은 위험하니까 가급적이면 떠오르지 마. 놈은 공중도 노릴 수 있으니까."

"…네."

확실히 위험했어. 민아는 꿀꺽 침을 삼켰다. 딱딱거리는 이빨 소리가 울렸다. 민아를 노렸던 머리가 이빨을 딱딱거리면서 몸을 비틀었다.

"못 먹었어…!"

놈이 울부짖었다.

"배고파! 이렇게, 이렇게 많이 있는데…! 왜 먹지 못하는 거야!"

놈이 고함을 질렀다. 이래서 위험하다니까. 다른 머리들이 생각했다.

"아아, 싫어. 나는… 나는… 이곳이 싫어."

머리 중 하나가 중얼거렸다. 놈의 몸이 움찔거렸다.

공복감.

"…배고픈 건 나도 마찬가지인데."

우현의 앞에 흔들리던 머리가 입을 열었다. 놈의 입이 쩍 벌어졌다.

"나도 배고파."

"배, 배고파."

"씹어… 먹는다…!"

"추워… 춥고… 배고파…."

감정이 전염된다. 끈적거리는 타액이 벌어진 입 사이에서 흘렀다.

"다, 먹어버릴 거야."

벨로크의 몸이 뒤흔들렸다.

딱딱거리며 이빨이 부딪힌다. 다섯 개의 머리 전부가 배고픔에 정신을 맡겼다. 원초적인 본능은 사람을 미치게 만든다. 몬스터라고 해서 다를 것은 없다. 특히나, 이 시커먼 공동에서 긴 시간 웅크리고 있던 벨로크는 더더욱.

이제 멀지 않았다. 곧 있으면 카운트는 0이 될 것이고, 벨로크는 드디어 이 새카만 공동을 빠져나갈 수 있을 것이다. 그곳에는 그를 구속하는 것은 아무 것도 없다.동굴도, 어두움도, 아무 것도 없다. 먹을 것은 넘칠 것이고 배고픔도 없을 것이다.

그러니까.

"제 1진, 뒤로 빠져!"

선하가 고함을 질렀다. 그녀는 딜러의 중심이었다. 이 정도 인원에 다섯 명의 탱커. 명령체계를 꼬이지 않게 하기 위해서 내린 선택이다. 탱커의 오더는 우현이, 딜러의 오더는 선하가 맡는다. 선하의 외침에 벨로크의 몸에 붙어 있던 헌터들이 뒤로 물러섰다.

대형 몬스터, 특히 방어벽을 가진 네임드 몬스터를 상대하는 것의 기본은 로테이션이다. 장시간의 레이드에서 공격에 집중하는 딜러는 지치기 쉽다. 지친 상태에서 공격을 넣어봤자 큰 데미지를 줄 수는 없다.

그러니 로테이션을 돌린다. 열 명의 인원이 뒤로 빠졌다. 로테이션을 돌린다고 해서 후발조가 편히 앉아 쉬는 것은 아니다. 그들도 벨로크의 몸에 붙어서, 공격을 넣는다. 다만 공격의 무게가 다르다. 1진이 전력을 다해 공격한다면, 후발조는 그보다 훨씬 못한 힘을 넣어서 공격한다.

그렇게 체력을 보존하고, 로테이션을 회전한다. 1진이 뒤로 빠졌다. 그 자리를 후발조가 메운다. 선하의 지휘하에 로테이션은 계속해서 회전했다. 공격은 멈추지 않는다.

"하아… 하아…."

발레리아는 제 1진에 속해 있었다. 그녀는 얼얼한

손목을 움켜 잡으면서 까득 이를 갈았다. 그녀는 자신의 부족함을 확실히 절감했다. 네임드 몬스터를 상대하는 것은 상당히 오랜만이었고, 그녀는 원래 A급 헌터였지만 네임드 몬스터의 사냥 경험은 그리 많지 않았다.

게다가 일 년이 넘는 공백을 가지고 있던 중에 몬스터 레이드에 참가하니, 스스로가 한심하게 느껴질 정도로 부족함이 보였다. 체력의 저하, 전투 도중의 밸런스 조절. 초반에 달렸다가는 후반을 버틸 수 없다. 멀리 봐야 해. 체력을 안배해야 상황에 대처할 수 있는데.

'꼴 사나워.'

발레리아는 까득 이를 갈면서 생각했다. 그녀는 선하와 시헌 쪽을 보았다. 딜러 진에서 가장 두각을 보이는 것이라면 단연 그 둘이었다. 시헌 역시 1진 소속이었다. 그는 이마를 타고 흐르는 땀을 떨쳐내며 펄션의 칼자루를 꽉 잡았다.

'뒤지겠네.'

진심으로 그렇게 생각했다. 유빈투스 때보다 더 힘들다. 유빈투스 레이드도 장기전이기는 했지만, 그녀는 소형이었던 탓에 모든 헌터가 매달릴 필요는 없었다. 하지만 벨로크는 다르다. 멈출 시간이 없다. 최대한 투기를 조절하기는 했지만 벌써 바닥을 보이고 있다.

그래도 시헌은 나은 편이었다. 선하는 지휘를 맡은 덕에 뒤로 빠지는 것도 불가능했으니까. 시야가 하얗게 물들었다. 피로가 극에 달했다. 선하는 숨을 몰아쉬면서 아공간에서 마석을 꺼냈다. 마석을 흡수하고, 바닥난 투기를 보충한다. 체력도 어느 정도 보충할 수 있다.

그것은 일종의 포션과 같이 사용되었다. 벨로크 레이드는 장기전이 될 것이다. 당연히 지칠 수밖에 없다.

그렇기에 예비용 마석을 준비했다. 미리 마석을 흡수해서 투기를 불려놓고 싸우는 것보다, 전투 도중에 마석을 흡수하여 체력을 보충하고 바닥난 투기를 보충하는 편이 낫다고 판단했기 때문이다.

특히 뒤로 빠지는 것이 힘든 탱커 쪽은 계속해서 마석을 보충하며 강제로 체력을 채우고 있었다. 서브 탱커를 준비하기는 했지만 그들이 버티는 것은 힘들 것이다. 가장 이상적인 레이드는 메인 탱커가 처음부터 끝까지 버티는 것이다.

"엿 같은 기분이군."

세르게이가 내뱉었다. 마석을 흡수한 덕에 몸의 피로는 제법 가셨다. 떨어진 투기도 어느 정도 보충이 되었다.

하지만 피로라는 것은 몸에만 쌓이는 것은 아니다. 정신에 쌓인 피로는 마석을 먹는다고 해서 사라지지 않는다. 도핑하는 기분, 실제로 그랬다. 눈을 감고 조금만 힘을 풀면 당장이라도 잠에 빠질 수 있을 것 같다.

그래서는 안 되지만.

"커으아아아!"

벌어진 입이 다가온다. 하지만 처음과 같은 위협감은 많이 가셨다. 이미 전투가 시작된 지 3시간이 넘었다. 처음 전투가 1시간을 버티지 못했다는 것을 생각해 보면 장족의 발전이다.

'발전으로는 부족해.'

얼마나 남았지?

콰득!

벨로크의 입이 허공을 씹었다. 놈의 움직임은 처음에 비해서 상당히 느려져 있었다. 이미 안토니는 모든 벨로크의 머리를 감당하여 자신의 실로 놈의 움직임을 구속했다.

조금만 더.

모두가 그런 생각을 했다. 전투가 4시간을 넘었을 때였다. 모든 딜러진이 각각 두 개 이상의 마석을 추가로 흡수했고, 우현도 마찬가지였다. 더 이상 흡수할 예비용 마석은 없다. 뒤가 없다는 말이다. 이렇게 고생을 했는데 벨로크를 잡지 못한다면 수지가 맞지 않는다. 게다가 다들 피로가 쌓였다. 도주한다고 해서 모두가 탈출할 수 있으리라는 보장은 없다.

그래도 다행인 것은, 아직까지 직접적인 사망자가 나오지 않았다는 것. 부상자가 없는 것은 아니지만 모두가 경상에 그쳤다.

콰직!

그런 소리가 났다. 벨로크의 표정이 바뀌었다. 놈의 주둥이가 푸들거리며 떨렸다.

"카아아아!"

벨로크가 비명을 질렀다.

"뚜… 뚫렸다…!"

딜러진 쪽에서 그런 외침이 터져나왔다. 그의 칼은 벨로크의 방어벽을 뚫고, 놈의 비늘 틈사이에 박혀 있었다. 그 외침에 우현의 정신이 확 띄였다.

"몰아 붙여!"

우현이 고함을 질렀다. 방어벽이 뚫렸다. 50이 넘는 인원이 4시간 동안 매달려서 드디어 방어벽을 뚫었다. 하지만 아직 안심하기에는 일렀다. 방어벽이 사라진 몬스터는 상처 입은 맹수처럼 미쳐 날뛰니까. 유빈투스의 때와는 다르다. 유빈투스는 마력을 사용하지 못한다면 그리 위협적이지 않았지만, 벨로크는 저 몸뚱이 자체가 거대한 병기와 같다.

"감히, 감히!"

"죽여!"

"먹어치워!"

"벌레 같은 새끼들!"

"아파, 아파…!"

벨로크의 다섯 머리가 지르는 소리가 뒤섞였다. 놈의 몸이 크게 들썩거렸다. 꿈틀거리는 몸뚱이가 헌터들을 덮쳤다. 하지만 여기까지 와서 작은 실수를 범해 죽고 싶어 하는 이들은 아무도 없었다.

쿠웅!

벨로크의 거체가 진흙 위로 떨어졌다. 그것에 깔린 이들은 아무도 없다.

"비늘 뚫어!"

선하가 외쳤다. 벨로크의 꼬리가 꿈틀거리며 딜러진을 덮쳤다. 선하는 빠득 이를 갈면서 몸을 날렸다. 거대한 꼬리가 주변을 휩쓸었다. 몸을 낮추어 벨로크의 공격을 피한 딜러들이 달라붙었다.

"꼬리 잡아!"

"잡아서 뭐해! 잘라버려!"

"씨발, 비늘이 너무 단단하잖아…!"

외침이 뒤섞였다. 조금만 더 하면 된다. 우현 역시 방어에서 공격으로 태도를 바꾸었다. 다행스럽게도, 머리에는 비늘이 없다. 체액이 번들거리고는 있지만 문제 될 것은 없다.

잘라낸다. 그 생각으로 검을 치켜 들었다. 전력을 다해 내리 찍었고,

콰득, 하는 소리와 함께 검이 가로막혔다.

"뭐야?!"

우현의 입에서 당황스러운 외침이 나왔다. 비늘이 없음에도 벨로크의 머리는 검이 들어갈 수 없을 정도로 단단했다.

"버러지들이…!"

벨로크가 내뱉었다. 놈의 피부가 검은 색으로 물들었다. 검은색으로 변한 피부가 놈의 머리를 완전히 뒤덮었다. 눈동자만이 번들거리며 살의를 발할 뿐이었다.

꽈앙!

전력으로 휘두른 도끼가 버티지 못하고 박살났다. 자루부터 박살난 도끼의 날은 엉망이었다. 회전하는 도끼날이 뒤로 날아가 떨어졌다.

"뭐 이렇게 단단해…?!"

박광호가 당황하여 외쳤다. 그는 급히 새로운 도끼를 꺼냈지만, 다시 휘두른 도끼 역시 벨로크의 피부를 뚫지 못했다. 그것은 다른 탱커들 역시 마찬가지였다. 세르게이가 욕설을 내뱉었다.

"새끼가, 적당히 죽을 것이지…!"

검의 속도가 바뀐다. 스위치가 바뀐다. 두 개의 검이 고속으로 몰아쳤다. 무거운 일격을 넣는 것보다 속도로 압도한다. 금속음이 멈추지 않는다. 숨이 턱 막힐 때까지 검을 휘둘렀다.

하지만 뚫을 수 없다. 되려 입을 벌린 벨로크가 세르게이를 덮쳤다. 세르게이는 얼굴을 일그러트리며 발을 뒤로 빼냈다.

상황을 타개한 것은 민아였다. 텔레포트로 벨로크의 머리 위로 이동한 민아는, 이쪽을 올려보는 벨로크의 눈동자를 향해 검을 내리 찍었다. 콰득, 하는 끔찍한 소리와 함께 커다란 벨로크의 눈동자에 검이 꽂혔다.

"커아아아악!"

벨로크의 입에서 고통스러운 비명이 터져 나왔다.

"눈!"

민아가 외쳤다.

"뚫렸다!"

딜러 쪽에서도 비늘을 뚫는 것에 성공했다. 시헌의 폭발이 비늘을 박살냈고 선하의 독이 비늘을 녹였다. 뚫린 틈 사이로 무자비한 공격이 쏟아졌다. 벨로크가 비명을 지르며 몸을 뒤틀었다.

"아파, 아파!"

머리가 비명을 질렀다. 다섯 쌍의 눈동자 모두가 꿰뚫

렸다. 벨로크의 세상이 시커멓게 물들었다. 그가 끔찍하게 여기던 동굴의 어둠처럼. 우현은 쩍 벌어진 벨로크의 입을 향해 달려들었다.

콰드득!

길게 뻗은 검이 벨로크의 입 안에 쑤셔 박혔다.

"커으억!"

벨로크의 목구멍 안쪽에서 답답한 비명이 새어나왔다.

"죽어!"

갈라진 목소리로 외쳤다. 쑤셔 박은 검을 돌린다. 검날이 벨로크의 입천장을 긁는다. 그 상태에서 그대로 당겼다. 시커먼 피가 튀었다. 입 안에서부터 바깥까지 베어낼 생각이었지만, 놈의 단단한 피부를 뚫을 수는 없었다.

그렇다면 단단하지 않은 쪽을 노리면 될 뿐이다. 피를 뿜는 벨로크의 입 안으로 붉은 안개가 파고들었다. 벨로크의 머리가 미친 듯이 비명을 질렀다. 입 안으로 파고든 우현의 안개는 벨로크의 체내를 마구잡이로 할퀴었다.

체내를 박살내고 비늘을 부수어 공격을 퍼부었음에도, 놈은 그 거구를 휘두르며 계속해서 날뛰었다. 벨로크의 몸이 움직임을 멈춘 것은 놈의 방어벽이 뚫리고 나서 한 시간이 더 지났을 무렵이었다. 우현은 지친 숨을 몰아 쉬면서 검을 땅에 찍어 몸을 지탱했다.

"…끝났다."

박광호가 자리에 주저앉았다. 주변이 더러운 진흙이어도 상관없었다.

"…발레리아."

땀에 흠뻑 젖은 머리카락을 쓸어 올리던 세르게이가 중얼거렸다. 그는 급히 몸을 돌려 딜러진 쪽으로 향했다. 그는 발레리아을 찾았다. 사망자가 발생했다는 이야기는 듣지 못했지만, 그래도 혹시 모르는 일이다.

"…살아있었어?"

진흙 위에 주저앉은 발레리아가 세르게이를 향해 말했다. 세르게이는 크게 한숨을 쉬면서 그 자리에 털썩 앉았다.

"내가 할 말이야."

다행이라고 생각했다. 발레리아가 없었더라면 진즉에 도망쳤을 테니까. 위치 추적기건 뭐건, 저 괴물을 상대할 바에는 차라리 도망치는 것이 낫다고 생각했다.

"…진짜 잡아버렸네."

세르게이는 바로 옆에 있는 벨로크의 시체를 바라보며 중얼거렸다.

REVENGE

5. 접촉

HUNTING

NEO MODERN FANTASY STORY & ADVANTURE

REVENGE HUNTING

5. 접촉

63번 던전, 벨로크의 동굴 공략. 그 사실은 곧바로 전 세계로 퍼져나갔다. 벨로크를 공략한 것이 62번 던전의 모든 네임드 몬스터를 공략한 제네시스 연합이라는 것과, 그 연합에 용병으로 서커스의 단장인 파블로프 파블로비치 세르게이가 포함되었다는 것 역시.

의외로 여론은 크게 반발하지 않았다. 협회 측에서 세르게이를 확실히 통제할 것을 몇 번이고 강조한데다가, 그런 리스크를 끌어안으면서도 63번 던전을 공략했다는 확실한 실적을 올렸기 때문이다.

조심스럽게 퍼지던 목소리가 커졌다. 이전까지 세계 제일의 길드는 미국의 럭키 카운터였고, S급 길드인 볼

프와 화랑이 포함된 그들 연합이었다.

하지만 그것이 바뀌었다. 제왕이 몰락하였노라고, 많은 사람들이 입을 모았다. 비록 소수라고는 해도 최고의 길드는 제네시스고, 최고의 헌터는 정우현이다.

"좋지 않군."

화려한 저택, 넓은 거실. 커다란 TV에 비춰지는 영상을 보면서 막시언이 중얼거렸다. 가운 하나만 걸친 모습이다. 개운하고 기분 좋은 아침부터 불쾌한 뉴스를 봐 버렸다.

"막시언?"

등 뒤에서 목소리가 들렸다. 굳이 뒤를 돌아보지는 않았다. 어차피 골빈 금발이다. 제법 좋은 밤을 보내기는 했지만, 원한다면 얼마든지 취할 수 있는 것이 여자라는 존재다. 막시언이 몸을 일으켰다.

"오늘은 이만 집에 가지."

"응? 하지만 일어나면 같이 쇼핑을…."

목소리를 막는 것은 카드 하나면 충분했다. 히히덕거리며 떠나는 여자를 배웅하지는 않았다. 어차피 돈은 썩어나고 있고, 여자도 마찬가지다. 문제는 지금 느끼고 있는 불쾌감이다. 막시언은 시가를 입에 물었다.

은퇴에 대해서 생각해 보았다. 막시언은 최고의 헌터가 되면서 막대한 부를 축적했다. 그는 이 세계에 헌터라는 직업이 생기고 나서부터 그 시작에 함께했고, 그 후로도 쭉 최고라 불렸다. 그가 만든 길드인 럭키 카운터 역시 마찬가지였다.

은퇴해도 좋다. 정점이었고, 많은 돈을 모았다. 매일매일, 그렇게 평생을 돈을 물 쓰듯이 써도 상관없을 정도의 금액이다. 그 뿐만이 아니다. 그는 몇 개나 되는 세계적인 기업의 대주주이기도 했고, 헌터 짓을 하지 않아도 평생을, 아직 낳지도 않은 자식들과 먼 후손까지 살기에도 충분한 부를 쌓았다.

그러니 더더욱 위험한 헌터 짓은 때려 쳐야 한다. 이렇게 많은 돈을 모았는데 뭐하러 헌터를 하는가. 딱 좋을 때다. 은퇴선언을 하고, 길드 마스터의 자리를 다른 누군가에게 넘기고,

우득, 하고 물고 있던 시가가 부러졌다.

은퇴는 뒤로 미룬다. 막시언은 망설임없이 그것을 선택했다. 돈이 좋고, 그래서 은퇴하겠다고 생각했더라면 이미 예전에 은퇴했을 것이다.

은퇴하지 않은 것은 단순히 지금의 위치가 마음에 들었기 때문이다. 최고라고 칭송받는 것. 세상 그 누구도 그를 부정하지 않는 것. 던전을 공략할 때마다 전 세계가 막시언과 그의 길드인 럭키 카운터를 칭송했다.

그것이 바뀌었다.

"한국에 간다."

막시언은 핸드폰에 대고 그렇게 말했다.

◎

우현은 테이블 위에 올린 마석을 바라보았다. 그것은 벨로크의 심장에서 꺼낸 마석으로, 유빈투스의 것보다 그 크기가 두 배는 더 컸다.

"…자아, 그럼. 이걸 어떻게 하면 좋겠습니까?"

우현은 주변을 돌아보며 물었다. 박광호와 안토니, 선하, 그리고 세르게이와 발레리아. 세르게이와 발레리아가 이곳에 있는 이유는, 이곳이 판데모니엄 내부의 제네시스 길드 하우스이기 때문이다.

그들이 이곳에 모인 이유는 간단했다. 벨로크의 마석을 누가 흡수할 지에 대해 결정되지 않았기 때문이다. 우선적으로 마석을 제공했던 각 길드의 마스터들은 이미 마석을 흡수해버렸다.

"중복 흡수가 되는가, 안 되는가에 대해서는 밝혀지지 않았죠."

박광호가 입을 열었다. 그는 자신의 능력이 썩 마음에 들었다. 안토니 역시 마찬가지였다. 전투에 응용할 수는 없지만, 상대를 제압하고 상황을 유리하게 바꾼다는 것은 충분히 매력적으로 느껴졌다.

"시험해 볼까요?"

"…위험할 지도 모르네."

우현의 말에 안토니가 머리를 흔들며 대답했다. 단순한 마석도 아닌, 네임드 몬스터의 능력을 품은 마석이다. 마석을 중복으로 흡수하였다가 어떤 이상이 발생한다면? 안토니가 모두의 얼굴을 돌아보았다.

"…이런 말은 제 얼굴에 금칠하는 것 같지만. 현 연합에는 우리의 존재가 절대적으로 필요하네. 그런 우리의 몸에 어떤 이상이 생긴다면 감당이 힘들어."

그 말에 우현이 머리를 끄덕거리며 공감했다. 그렇다면 이 마석을 어떻게 해야 할까. 당장 이 안에 어떤 능력이 깃들어 있는지도 아직 밝혀지지 않았다.

"…벨로크의 특징이 뭐였죠?"

"…미끈거리는 체액?"

"다섯 개의 머리…."

아무리 생각해 봐도 좋은 능력일 것 같지는 않다. 마석을 흡수해서 그 미끈거리는 체액을 뿜어봤자 별 도움이 될 것 같지는 않다. 그렇다면 다섯 개의 머리는? 머리가 다섯 개 더 생기는 것일까. 그래서 각각 다른 말을 하고?

"…엄청 쓸데없어 보이는 능력이군."

안토니가 중얼거렸다. 우현은 얼굴을 손으로 감싸다가 문득 생각이 나서 입을 열었다.

"마석을 온전히 흡수하지 않아도 되지 않을까요?"

이것은 시험해 보지 않았다. 보통의 마석은 잘게 쪼개서 나눠서 흡수하는 것이 가능하다. 하지만 능력을 품은 마석은 어떨까. 반으로 잘라서 둘이 나눠 흡수한다면? 둘 모두에게 능력이 깃들까?

"확실히, 그건 어떻게 될지 궁금하네."

선하가 중얼거렸다. 모두가 머리를 끄덕거렸다. 우현은 블랙 코브라를 뽑았다. 이보다 더 좋은 단검으로 얼마든지 바꿀 수 있지만, 처음으로 구입했던 장비인데다가 어차피 보조용으로 사용하는 단검이니 굳이 바꿀 필요는 없다. 우현은 조심스럽게 마석의 일부분을 잘라냈다.

"…아."

우현의 입에서 놀란 소리가 새어나왔다. 마석을 잘라낸 순간, 잘라낸 작은 조각이 순식간에 사라져버렸기 때문이다. 그것을 본 모두가 놀란 표정으로 우현에게 다가왔다.

"뭐지?"

몇 번이가 더 시도했다. 하지만 결과는 똑같았다. 잘

라낸 마석은 흡수할 시간도 없이 공기 중으로 흩어져 사라져 버렸다. 이런 경우는 처음이었다. 혹시나 하는 마음에 일반 몬스터의 마석을 대상으로 실험해 보았지만, 일반 몬스터의 마석은 조각을 나누어도 사라지거나 하지는 않았다.

"결국 누군가가 흡수해야 한다는 것인데."

"딜러 쪽으로 넘길까요? S급 이상의 헌터 위주로…."

"딜러 쪽에서 사용할 만한 능력은 아니야. 아무리 생각해도 말이지."

"일반 마석보다 크기가 크기는 하지만, 투기의 양은 특별하다고 할 수 없어. 네임드 몬스터에게서 뽑아낸 마석의 이점은 능력이지."

"하지만 어떤 능력인지…."

웅성거리는 목소리를 들으며 우현은 잠시 생각에 잠겼다.

"벨로크의 능력 중에 경화도 있었죠."

우현이 입을 열었다. 벨로크의 방어벽이 뚫리고 나서, 비늘에 감싸여지지 않은 놈의 머리는 시커먼 색으로 물들었다. 내부에서 파괴하는 방법으로 쓰러트리기는 했지만, 끝내 놈의 피부를 뚫는 것은 불가능했다.

"그렇다면 마석이 가진 능력은 경화인가?"

"…딜러보다는 탱커 쪽에 맞는 능력인데."

"서브 탱커 쪽으로 넘길까?"

선하가 우현을 힐긋 보며 물었다. 우현은 잠시 동안 대답하지 않았다. 그는 세르게이 쪽을 힐긋 보았다. 그는 주머니에 손을 찔러 넣은 체 의자를 뒤로 기울이고 앉아 있었다.

"세르게이는 어떻습니까?"

우현이 세르게이 쪽을 보면서 말했다. 그 말에 대화가 멈췄다. 발레리아가 놀란 얼굴을 하고서 우현을 바라보았다. 세르게이 역시 조금 굳은 얼굴이었다.

쿵. 뒤로 기울어졌던 의자가 앞으로 내려왔다. 세르게이는 숙였던 머리를 들어 우현을 바라보았다.

"너, 미쳤냐?"

세르게이가 어이가 없다는 얼굴을 하고서 물었다. 모두가 직접 말을 하지는 않았지만 세르게이의 말에 격하게 공감했다. 우현은 어깨를 으쓱거렸다.

"어차피 세르게이의 포지션은 탱커고, 마침 이 마석이 가진 능력이 경화일지도 모르잖습니까. 탱커에게 맞는 능력이라면 탱커가 흡수해야죠."

"하지만 그는 범죄자입니다."

박광호가 경직된 목소리로 말했다. 그 말에 세르게이가 낮게 웃었다.

"맞아, 난 범죄자지. 지금 이곳에 있는 것은 도구로

쓰기 위해서고 말이야. 필요없어지면 버려지는 것이고."

세르게이는 그렇게 말하면서 우현을 바라보았다. 그의 입꼬리가 실룩거렸다.

"혹시 알아? 내가 이 능력을 흡수하고, 나 추격하는 놈들 다 죽여서…."

"그런 일은 불가능해."

우현이 머리를 흔들었다.

"벌써 까먹었군. 네가 이상한 짓을 벌인다면 내가 널 막아."

"내가 능력을 얻고서도 막을 수 있을 것이라 생각하나 보지?"

세르게이가 눈가를 씰룩거리며 물었다. 도발하는 말에 우현은 피식 웃었다.

"응."

빠득, 하고 세르게이의 이가 갈렸다. 공기가 살벌하게 달아올랐다. 박광호와 안토니는 세르게이와 우현을 바라보면서 낮은 한숨을 쉬었다.

"…뭐… 통제가 확실히 된다면… 저는 반대하지 않겠습니다."

"나 역시. 현 공격대에 세르게이가 필요하다는 것은 인정하니까."

벨로크 레이드를 했을 때, 세르게이는 처음부터 끝까지 자신의 포지션을 지켰다. 그 자리에 다른 헌터가 탱커를 맡았더라면?

"그럼 결정되었군요."

우현은 세르게이 쪽으로 마석을 밀어냈다. 세르게이는 차갑게 식은 얼굴로 우현을 노려보았다.

"왜? 겁 나나?"

우현이 이죽거렸다. 그 물음에 세르게이는 혀를 차면서 손을 뻗어 마석을 쥐었다.

"나중에 후회하지 마라."

"전혀."

우현이 웃으며 대답했다.

세르게이가 각성한 능력은 벨로크의 경화 능력이었다. 능력을 사용할 때에 피부가 검게 물드는 것이 단점이라면 단점이었지만, 얇은 갑옷을 선호하는 세르게이에게는 최악의 경우 목숨을 건질 수단이 되었다.

64번 던전의 공략은 순조롭게 진행 되었다. 럭키 카운터가 던전 공략에 모습을 보이지 않았기 때문에, 사실상 제네시스 연합의 독주가 되었다. 세이브 포인트를 특정해내고 네임드 몬스터 중 한 마리를 쓰러트렸다. 아직 보스 몬스터와는 마주치지 않았고, 시크릿 던전을 찾아내지는 못했지만 이런 속도라면 얼마 가지 않아 발견할 수 있을 것이다.

그 즈음이었다.

럭키 카운터의 길드 마스터인 막시언 밀리베이크가 한국을 방문했다. 미리 예고되지 않은 갑작스러운 방문이었기에 여론이 크게 움직였다. 입국 심사대를 지난 막시언을 반긴 것은 수많은 카메라와 기자진들의 마이크였다.

"갑작스레 한국에 방문한 이유가 무엇입니까?"

"한국의 길드인 제네시스에 대한 견제입니까?"

"화랑의 길드 마스터인 김상규씨가 아직 복귀하지 못한 것으로 아는데, 그에 대한 위로의 방문입니까?"

퍼붓는 질문의 내용은 대부분이 그것이었다.

"김상규의 일은 안타깝게 생각합니다."

선글라스를 위로 올리며 막시언이 대답했다.

"제네시스는 훌륭한 길드라고 생각합니다. 견제의 목적은 조금도 없습니다."

대답이 이어졌다.

"견제와는 전혀 다른 이야기로, 한국에 방문한 것은 제네시스와 관련이 있는 것이 맞습니다."

막시언은 카메라를 빤히 바라보면서 대답했다.

"한국에 온 것은 제네시스와의 연합을 제의하기 위해서입니다."

뉴스를 보았다. 웃으며 말하는 막시언의 말을 듣고서 순간 말문이 막혔다. 제네시스와 연합하기 위해 럭키 카운터의 길드 마스터가 직접 찾아왔다. 예고도 없는 방문이었고, 연합에 대한 이야기도 들은 적이 없다. 막무가내로 찾아와서는 연합을 하자고 말하는 꼴이다.

"…갑자기 무슨."

선하가 멍한 얼굴로 중얼거렸다. 당황한 것은 그녀 역시 마찬가지였다. 럭키 카운터 쪽 연합이 최근 잠잠한 것에 수상함을 느끼고는 있었지만, 설마 그들의 수장이 직접 찾아올 것이라고는 생각하지 못했던 탓이다.

우현은 말없이 리모컨을 잡았다. 채널을 돌린다. 어느 채널을 틀어도 똑같았다. 막시언이 한국에 방문한 것과, 제네시스와의 연합 의사를 밝힌 것을 알리고 있었다. 전문가라는 사람들이 나와서는 왜 막시언이 그런 선택을 했는가, 왜 그가 이리도 갑작스레 움직였는가에 떠들었지만, 그다지 관심이 가는 이야기는 아니었다.

"제멋대로군."

우현이 입을 연 것과 동시에 TV가 꺼졌다. 우현은 몸을 일으켰다. 지금, 김포 공항에 막시언이 도착해 있다. 그의 일정이 어떻게 되어 있는지는 모르겠지만, 조만간 이쪽에도 연락이 올 것이다.

"어떻게 할래?"

발코니 쪽에서 담배를 피던 중에 등 뒤에서 목소리가 들렸다. 선하의 목소리였다. 우현은 피던 담배를 입에서 떼어냈다. 절 반 정도 타 있었지만, 별다른 고민없이 담배를 지져 껐다. 선하에 대한 배려였다.

"네가 선택해야지."

우현은 뒤를 힐긋 보면서 말했다. 그 말에 선하는 한숨을 쉬면서 베란다의 창문을 닫았다. 2월이었고, 아직은 추웠다. 담배연기와 숨결이 섞여 하얀 연기가 되었다.

"길드 마스터는 너야."

우현은 무덤덤한 얼굴로 말했다. 그 말에 선하는 한숨을 쉬면서 머리를 벅벅 긁었다.

"그리고 너는 부 길드장이지."

"네 선택에 대한 조언 정도라면 해 줄 수 있어."

우현은 창틀에 몸을 기댔다.

"럭키 카운터와 연합해서 우리가 얻을 것과, 또 잃을 것이 무엇인가. 럭키 카운터는 세계 제일이라고 불렸던 길드지. 소속된 헌터들도 뛰어난 편이고, 막시언 스스로도 뛰어난 헌터야. 하지만…."

"굳이 우리가 취할 필요는 없다고 보는데."

"잘 아는군."

우현이 피식 웃었다.

"예전의 연합이라면 럭키 카운터와 연합하는 쪽이 이득이었겠지만, 지금은 아니야. 우리가 굳이 럭키 카운터와 함께 할 필요는 없어. 놈이 몸이 달았기에 온 것이고, 우리는 그들이 별로 필요하지 않아."

"그렇다면 거절해야겠네."

"하지만 그건 전력 쪽의 이야기고."

우현이 선하의 말을 끊었다.

"전력 면으로 도움이 되지는 않지만, 럭키 카운터가 가진 타이틀은 확실히 도움이 되지. 최근에는 우리한테 밀렸다고는 하지만, 럭키 카운터는 대부분의 던전을 공략한 길드야. 그들과 연합한다면 이름값은 확실히 올릴 수 있어. 매스컴 쪽으로도 주목 받을 수 있고."

선하는 우현의 얼굴을 물끄러미 바라보았다. 서로의 시선이 엮였다. 잠시 동안 입술을 다물고 있던 선하가 입을 열었다.

"괜히 떠보지 마."

선하의 미간이 찡그려졌다.

"이름값이라든지, 매스컴이라든지. 그다지 상관없는 일이잖아. 럭키 카운터의 이름값이 정점이었다는 것도 몇 달 전의 일이야. 최근에는…."

"맞아."

우현의 입꼬리가 올라갔다.

"타이틀의 가치는 우리가 역전했지. 앞으로도 그럴 것이고. 우리가 럭키 카운터와 연합해서 얻을 수 있는 것은 아무 것도 없어. 그들의 제안을 받아들일 필요는 없지."

"그렇다면 거절하겠어."

"그래도 일단 이야기는 들어 봐."

우현의 웃음에 선하가 머리를 갸웃거렸다.

"굳이 그럴 필요 있어? 괜히 시간만 낭비할 거야."

선하가 냉정하게 말했지만, 우현은 그녀의 말에 머리를 저었다.

"만날 필요는 있어."

"왜?"

눈을 가늘게 뜨고 묻는 질문에 우현은 곧바로 대답하지 않았다. 서로의 침묵이 섞였다. 묻는 즉시 선하는 우현이 말하지 않은 '필요'가 무엇인지 알았다. 선하가 한숨을 쉬었다.

"…넌 가끔, 배려가 과하다고 생각해."

"너를 위한 것이라고 생각하는데."

"그래서 내가 너에게 화를 내지 못하는 거야."

선하가 시선을 피했다. 그녀는 옆머리를 손으로 만지작거리면서 입술을 잘근 씹었다.

"두려운 거야?"

"아니, 두렵지 않아."

선하가 대답했다. 그녀는 시선을 들어 하늘을 보았다. 구름 낀 회색 하늘이었고, 햇빛이 옅었다.

"더럽다고 생각할 뿐이야."

"그러면 치워야지."

우현은 창틀에서 몸을 떼었다.

"너무 오래 둬서 냄새가 나기 시작했어."

우현의 대답은 선하의 귀를 파고들었고, 그녀의 머리를 울렸다. 선하는 숙였던 시선을 들어 우현을 바라보았다. 조금 붕 뜬 기분이었다. 언젠가부터 그랬다. 이렇게 마주서서, 단 둘이 이야기를 할 적이면.

얼굴을 마주보는 것이 힘들다. 쓸데없는 것이 신경이 쓰인다. 눈이 깜박거리는 것과, 입술이 움직이는 것과, 머리카락이 흔들리는 것. 그런 사사로운 것부터 해서 우현이 짓는 표정과, 그의 목소리와.

"…고마워."

내가 작아지는 기분이야. 작아져서, 네 안에 들어가는 기분. 선하의 입술이 움직였다. 그녀의 눈동자가 살짝 휘어졌다. 선하는 웃었다.

"그거 알아?"

선하가 말을 이었다. 발이 뻗어졌다. 선하는 우현의 곁에 섰다. 그녀는 창틀 위에 손을 올렸다. 담뱃재가 조금 쌓인 창틀은 서리에 얼어붙은 것처럼 보였다.

"뭘?"

우현은 곁에 선 선하를 바라보면서 물었다. 선하는 말없이 시선을 들어 우현을 올려 보았다.

"…쭉, 나는 네 배려심이 고맙다고 느꼈어."

아버지가 죽고 나서 쭉 무리를 해왔다. 자기 자신이 할 수 있는 일은 고작 이런 것이었고, 불투명한 복수를 바라면서 그것에 매달렸다. 할 수 있을 것이라는 생각은 없었다. 그녀 스스로도 잘 알고 있는 일이었다. 그럼에도 하려 했던 것은, 단순하게 그것이 선하의 전부였기 때문이었다. 그 전부가 그녀를 지탱하는 모든 것이었다.

"바바론가 레이드 때부터."

서로의 위치가 바뀌는 시작은 바바론가를 레이드 했을 때. 선하가 자신의 진심을 말했을 때. 꾹 숨겨 두고 있던 자신의 부족함을 고백했을 때.

"그 이후로 계속."

김상규를 만났을 때. 그녀가 혐오와 두려움에 질렸을 때, 우현은 선하의 손을 잡아 주었다.

"…네게 느낀 감사는 다른 감정이 되었어."

부끄러운 말이야. 또, 충동적이고. 어쩌면 후회할 지도 몰라. 방에 들어가서 이불을 뒤집어쓰고, 그것을 걷어 찰지도 몰라.

그래도 말하고 싶었다.

"그게 뭔지 알아?"

"…알아."

우현이 대답했다. 시선을 피하고 싶었지만, 선하의 눈을 마주보고 있으니 그럴 수가 없었다. 그녀는 진심이었다.

"…난 널 좋아해."

갑작스러운 고백이었다. 어린 아이가 하는 것처럼 불필요한 미사여구는 들어가지 않았다. 자신이 느끼고 품었던 감정을 담담히 말했고, 그것이 전부였다. 우현은 순간 말문이 막혔다. 곧바로 대답이 나오지 않았다.

"…나는 그렇게 멋진 놈이 아닌데."

간신히 그렇게 대답했다. 선하의 감정이 무엇인지는 예전부터 느꼈다. 그것을 무시했을 뿐이다. 그는 헌터였고, 헌터는 언제 죽어 나갈지 모르는 일이다. 사치라고 생각했다. 몬스터는 점점 강해지고 있고 그 괴물들이 강해질 때마다 우현이 죽을 확률은 높아진다.

선하 역시.

"네 얼굴 보고 고백하는 것이 아니잖아."

선하가 웃으며 중얼거렸다. 우현은 한숨을 쉬면서 손으로 얼굴을 감쌌다. 솔직히 말하자면, 선하의 고백은 기뻤다. 만약 둘이 단순히 그 나이대의 남자와 여자였다면 이보다 더 좋게 반응할 수 있었을 지도 모른다.

보통의 남자와 여자라면 그랬겠지. 문제는 둘이, 특히나 우현이 보통의 남자가 아니라는 것이었고.

"…난 나이가 많아."

우현이 중얼거렸다.

"이 몸과, 또 기록상 나이를 보면 너와 동갑이지만… 그러니까… 알맹이가 말이야."

"가끔 느끼곤 해. 네가 아저씨처럼 구는 것."

"그런데도?"

"상관없어."

선하가 대답했다. 누군가가 등을 밀어주는 기분이었다. 그간의 침묵과 감정을 숨겼던 것이 이제 와서 용기가 된 것일까. 아니면 단순히 충동일까. 어느 쪽이어도 상관은 없었다.

"…얼굴도 그리 잘생긴 편은 아니고."

"얼굴 보고 고백하는 것 아니라고도 말했어."

"…그리고 또… 언제 죽을지 모르는 몸이고."

"너, 이미 한 번 죽었다며?"

선하가 물었다. 그 물음에 말문이 막혔다. 뭐라고 대답은 하고 싶었지만 대답할 말이 떠오르지 않았다. 구체적으로 말하자면 두 번 죽었지. 다른 세계에서, 그리고 이 세계에서 라스 프라다에게.

"…너도 죽을 지도 모르고."

그다지 하고 싶지 않은 말이었다. 우현의 중얼거림에 선하가 눈을 깜박거렸다. 그녀의 손이 뻗어졌다. 다가온 손이 우현의 손을 맞잡았다.

"안 죽을 거야."

선하가 대답했다.

"멀쩡한 사람한테 죽을 지도 모른다는, 그런 재수없는 말 하지 마. 나는 여기에 살아 있으니까. 그리고 너도 마찬가지잖아."

선하가 숨을 크게 삼켰다.

"당장 죽는 것도 아닌데, 언젠가 죽을 지도 모른다고 해서… 그런 이유로 밀어내지 마."

그 말에 우현은 한숨을 쉬었다. 그는 머리를 벅벅 긁으면서 선하에게 잡힌 손을 바라보았다.

"…후회하지 마."

조금의 침묵 뒤에 우현이 대답했다.

"내 생각에는, 지금 후회할 짓을 하는 건 너야."

선하가 웃었다.

"나는 지금, 굉장히 용기를 내고 있는 것이니까. 네가 이상한 이유를 붙여서 거절한다면… 엄청 부끄러워질 거야. 그리고 당분간 네 얼굴도 제대로 보지 못할 것이고, 말도 안 걸 거야. 그렇게 되면 공격대를 운영하는 것에 큰 차질이 생길 테고."

"…협박으로 바꾼 거야?"

"협박이 아니라 사실을 말하는 거야. 그래서, 대답은 어떻게 할 거야?"

"대답은 이미 했잖아."

선하의 눈이 동그랗게 떠졌다.

"…후회하지 말라고."

우현이 다시 중얼거렸다. 그가 내뱉은 말에 선하가 입술을 벌렸다. 잠시 입술을 빼끔거리던 그녀는 맞닿은 우현의 손을 바라보았다. 우현은 슬며시 손가락을 움직여 선하의 손을 잡았다.

"…풋!"

작은 웃음소리가 터져나왔다.

"뭐야 그게? 그게 좋다고 한 거야? 나이 많다고 했으면서."

"…나이랑 로맨스랑은 별 상관없잖아. 난 예전부터 무드 잡는 것은 더럽게 못했어."

"여자 많았나 봐?"

슬며시 묻는 질문에 우현은 입을 다물었다.

"아니, 없었어."

솔직하게 말해서 좋을 것이 없는 이야기였다. 선하는 미간을 찡그리며 우현을 노려보았지만, 더 이상 캐

묻지는 않았다.

"…뭐, 나도 구질구질하게 과거 따지고 싶은 마음은 없어."

선하는 그렇게 말하며 우현의 손을 놓았다. 그녀는 몇 걸음 뒤로 물러서서 후련하다는 듯이 쭉 기지개를 폈다.

"그래도 다행이야."

선하는 닫힌 베란다 창문에 손을 올리며 말했다.

"전할 수도 있었고, 거절을 듣지도 않아서."

"넌 예쁘니까."

"얼굴 보고 받은 거야?"

선하가 뒤를 돌아보았다. 흘겨보는 시선에 우현은 정색하며 대답했다.

"아니, 그건 아니지."

애초에 호감은 이쪽도 가지고 있었으니까.

미묘하게 공기가 변한 것. 서로의 태도가 달라진 것.

민아는 굳이 내색하지 않았다. 묻지도 않았고, 스스로 알려고 하지도 않았다. 그녀가 취한 스탠스는 무시였다. 그것이 스스로 상처입지 않는 유일한 방법이라고 여겼다.

괜찮다고, 몇 번이고 스스로에게 소곤거렸다. 잘 된 일이라고 비참한 자축도 몇 번인가 해 보았다. 그 대부분은 그녀의 방 안에서, 이불을 뒤집어쓰고 잠 들기 전에 이루어졌다.

그리고 언제나 조금 울면서 끝났고.

"괜찮은 것 같은데요?"

굳이 내색하지 않는다. 그렇게 하기로 마음먹었다. 무시하는 것으로 충분하다고, 그것이 정답이라고 스스로 여겼다. 민아는 웃으며 말했다. 그녀의 앞에는 정장을 입은 우현이 서있었다.

"그래?"

우현은 거울에 비춰지는 자신의 모습을 보면서 영 못 미덥다는 투였다. 맞춤 정장이었지만 영 어색했다. 이렇게까지 힘을 준 옷을 입은 것이 오랜만이어서 그렇겠지. 그는 다 채운 셔츠의 단추를 풀면서 한숨을 쉬었다.

"격식 따지는 자리는 힘들어."

우현이 중얼거렸다. 실제로 만나서 격식은 그리 따지고 싶지는 않지만, 일단 준비는 그에 맞춰야 하니까. 그 말에 민아가 피식 웃었다.

"오늘 오빠 얼굴 TV에 나오는 거예요?"

"내가 가는 길에 교통사고라도 당하지 않는 한은 그렇겠지."

우현이 대답했다. 그 말에 민아는 목구멍까지 솟구친

말을 삼켰다. 선하 언니랑 둘이서 가는 거죠? 별 것 아닌 질문이겠지만 그 말을 직접 뱉을 수가 없었다. 결국 그녀가 선택한 것은 침묵이었다. 우현은 거울에 비춰지는, 입술을 다물고 있는 민아의 얼굴을 힐긋 보면서 입을 열었다.

"…무슨 일 있어?"

"네?"

민아가 화들짝 놀랐다. 우현은 눈을 동그랗게 뜬 민아의 얼굴을 돌아보았다.

"기분이 안 좋아 보이길래."

"…음, 배가 고파서요. 아까 먹은 음식이 조금 부족했나 봐."

민아가 배시시 웃으며 대답했다. 그 말에 우현은 잠시 민아를 보다가 피식 웃었다.

"그렇게 막 먹다가는 살 찔 걸."

"그런 말, 여자한테는 엄청 실례인 것 알아요? 그리고 살이 찌긴 뭘 쪄요, 내 운동량이 몇인데. 솔직히 운동 안 하고 숨만 쉬어도 살 빠지겠다."

민아가 입술을 삐죽거리면서 투덜거렸다. 최근 며칠은 던전에 들어가지 않았다. 오늘, 곧 있을 일 때문이었다.

물론 그것은 우현과 선하에게만 해당되는 이야기였

다. 그 둘을 제외한 다른 공격대는 계속해서 64번 던전을 공략하고 있었다.

"하긴 그렇지."

남들이랑은 몸이 다르고 운동량이 다르다. 남들이 기겁할 정도로 먹어야 생활을 유지할 수 있을 정도다. 그만큼 몬스터와 싸운다는 것은 체력 소모가 큰일이다. 우현도 만만찮게 먹으면서 보충제까지 꼬박꼬박 챙겨 먹지만, 몸무게를 잴 때마다 체중이 줄 정도였다.

"…언제 들어올 거예요?"

"아마 오늘 중에는. 회담이라고 해 봐야 말 몇 마디 주고받는 것이 고작이고, 이쪽의 입장이 확실하니까."

우현은 손목시계를 내려 보았다. 보통 시계는 잘 차고 다니지 않지만, 격식을 위해 구입한 시계였다. 벨트를 느슨하게 풀어두기는 했지만, 손목에 무언가가 감겨 있다는 것은 갑갑하게 느껴질 뿐이었다.

"…거절하는 거죠?"

"응."

민아가 물었고, 우현이 대답했다. 오늘은 럭키 카운터의 길드 마스터인 막시언과 만남이 있는 날이다. 판데모니엄에서 만나도 될 일이지만, 매스컴은 오늘의 만남을 세계적으로 기념하고 싶은 모양이었다. 그도 그럴 것이 상대는 '전' 세계 제일의 길드와 세계 제일의 헌터고, 이쪽은 '현' 세계 제일의 길드와 세계 제일의 헌터다. 확실히 상품 가치는 높다. 전 세계에서도 주목할 것이고.

'똥을 치우기에는 무대가 과하군.'

아니, 딱 좋나. 우현은 피식 웃었다. 큰 이슈가 되겠지만 이미 그에 대해서는 선하가 각오를 다졌다. 문제는 없다.

저지르면 될 뿐이다.

"준비 다 했어?"

선하의 목소리가 들렸다. 민아가 흠칫 놀라 몇 걸음 뒤로 물러섰다. 쇼파에 앉아 TV 쪽에 시선을 주던 시헌이 그쪽을 힐긋 보았다. 시헌은 한숨을 쉬면서 머리를 벅벅 긁었다.

"우와, 누나 엄청 예쁘네요."

시헌이 웃으며 말했다. 적당한 때에 환기를 시켜 줄 생각으로 뱉은 말이지만, 아차. 진짜로 예쁘잖아. 시헌은 조금 놀란 얼굴로 선하를 바라보았다. 깔끔한 정장을 입은 모습이었지만, 평소에 보던 모습과 다르다는 것만으로 가슴이 조금 놀란다.

욱씬, 하고 가슴이 아플 정도로. 민아는 어떻게든 웃음을 만들었다.

"언니 너무 힘 준 것 아니에요?"

웃으며 하는 질문은 거짓말이었다. 들키지 않을 것이라 생각할 뿐.

"…일단은 방송에 나오니까."

선하가 낮게 헛기침을 하며 말했다. 어느 정도 신경을 썼을 뿐이라고, 그렇게 덧붙였다.

"나는 준비 다 됐어."

우현은 선하를 보며 말했다. 그 대답에 선하가 가느다란 미소를 지었다.

"그러면 가자."

오늘 오후 6시, 공중파 생방송. 럭키 카운터의 길드 마스터인 막시언 밀리베이크와, 62, 63번 던전 공략의 주역인 제네시스의 길드 마스터와 그 부 길드 장이 회담을 갖는다. 은밀한 만남이 아닌 모두에게 보이는 생방송. 그것을 희망한 것은 막시언 쪽이었고, 제네시스 측 역시 그것을 받아 들였다.

그 결과가 어찌 되는지와 상관없이, 이 만남은 전 세계에서 주목하는 '쇼'였다. 최근 들어서 현실에 몬스터가 나타난 적은 없다. 상위 던전이 빠르게 공략되었기 때문이다. 하지만 그와는 다르게 불안감이 팽배하다는 것 역시 사실이었다.

네임드 몬스터의 수준이 달라진 것과, 헌터가 네임드 몬스터의 마석을 취해 다시 각성하는 것. 헐리우드 영화에서나 나올 법한 이야기다. 아니, 그건 말도 안되는 비현실은 4년 전에 판데모니엄이 세상에 나타났을 때부터 현실이 되어 있었다.

"제네시스의 길드 마스터를 맡고 있는 강선하라고 합니다."

선하가 마이크를 잡고 입을 열었다. 대본은 없다. 진행자는 없다. 의제는 확실히 정해져 있다. 막시언 쪽은 제네시스와의 연합을 희망한다.

이 회담은, 제네시스 측의 대답을 듣기 위해. 만약에 거절이 있다면 막시언 측에서 그를 설득하는 자리일 뿐이다. 그 단순한 대화를 전 세계의 사람들이 보고 있다.

그만큼 이슈가 되었다.

"제네시스의 부 길드장을 맡고 있는 정우현이라고 합니다."

우현이 말했다. 서로에 대한 간단한 소개. 이곳에 있는 이들 중 서로를 모르는 이는 아무도 없지만, 그럼에도 해야 하는 일이다. 우현의 소개가 끝나자 막시언이 입을 열었다.

"만나서 반갑습니다. 럭키 카운터의 길드 마스터인 막시언 밀리베이크라고 합니다."

이곳은 판데모니엄이 아니다. 당연히, 서로가 사용하

는 언어는 다르다. 서로에게 통역이 붙었다. 막시언은 영어로 말했고, 그것이 곧바로 우현과 선하에게 전달 되었다.

“던전 바깥에서 만나는 것은 처음이군요. 최근의 활약에 대해서는 많이 들었습니다.”

예의를 차리는 군. 통역으로 전달되는 말을 들으면서 우현은 내심 생각했다. 막시언과 처음 만난 것은 62번 던전에서였다. 그리 유쾌한 만남은 아니었다.

“제네시스의 활약은 응원하고 있습니다. 최근 들어서 큰 실적을 올리고 있는 길드니까요.”

“62, 63번 던전 공략의 주역이 제네시스가 된 것에 대해, 럭키 카운터의 길드 마스터로서 어떻게 생각하십니까?”

질문이 들어왔다. 우현이나 선하가 한 질문은 아니다. 막시언은 마이크를 잡은 남자를 힐긋 보면서 대답했다.

“물론, 경쟁심은 가지고 있습니다. 럭키 카운터는 여태까지 몇 번이나 던전을 공략한 길드였고, 그 길드의 수장으로서 자각심은 가지고 있으니까요. 하지만 던전 공략은 개인과 집단의 영달이 아닌 세계를 위한 일입니다.”

예의를 갖춘 대답이었다.

"저는 제네시스를 존중하고 있습니다. 경쟁심과 더불어 존경도 가지고 있다는 말입니다. 62번 던전의 보스 몬스터인 유빈투스와, 63번 던전의 벨로크는 끔찍한 괴물들이었습니다. 그들이 현실에 나타났다면 커다란 피해가 생겼을 겁니다. 그들의 카운트가 다 되기 전에 사냥에 성공한 제네시스는 그 희생을 막은 주역이라 생각합니다."

막시언은 잠시 말을 멈추었다.

"그래서, 제가 직접 이 나라에 온 것입니다. 저와 저의 길드, 그리고 제 길드가 속한 연합은 제네시스와 우호적인 관계를 맺는 것을 희망합니다."

막시언의 눈이 우현과 선하를 향했다.

"그에 대한 대답을 듣기 위해, 이 자리에 모인 것입니다."

직구가 날아왔다. 우현은 선하를 힐긋 보았다. 선하는 천천히 호흡하고 있었다. 우현은 선하의 굳은 얼굴을 보면서 테이블 밑으로 손을 내렸다.

우현의 손이 선하의 손을 잡았다. 선하의 어깨가 흠칫 떨렸다. 이쪽을 올려보는 시선에 우현은 굳이 화답하지 않았다. 다만 그녀의 손을 조금 더 강하게 잡아 주었다.

"…연합이라는 것은, 제네시스가 럭키 카운터에게 합병되는 것입니까?"

선하가 입을 열었다. 통역으로 그 말이 전달된 즉시 막시언은 머리를 흔들었다.

"그렇지 않습니다. 제네시스 역시 연합에 속해 있는 것으로 압니다. 한국의 나래와 영국의 카멜롯, 모두가 다 S급의 길드지요. 합병이 아닌 공동 연합이라고 생각해 주십시오. 우리는 공통된 적을 상대로 맞설 것입니다."

막시언이 대답했다. 이 말을 직접 전하기 위해서 막시언은 한국으로 왔다. 어떤 형태든 상관없다. 그는 세계 제일이어야 했고, 그것을 희망했다. 경쟁자를 품에 끌어안는 것 정도는 얼마든지 커버할 수 있는 일이다.

정 감당할 수 없게 된다면 잘라내면 될 뿐이다.

"공통된 적이라는 것은?"

"몬스터 이외에 누가 있겠습니까?"

막시언이 빙글 웃었다.

"헌터의 적은 몬스터. 몬스터는 동시에 인류의 적이기도 합니다. 이상적인 형태라고 생각하지 않으십니까? 헌터끼리 경쟁할 필요는 그 어디에도 없습니다. 저희와 함께 몬스터와 맞서 싸웁시다. 그들을 쓰러트리며 언젠가의 평화를 확실히 손에 쥐는 겁니다."

"그것은."

우현이 입을 열었다.

"굳이 럭키 카운터와 연합하지 않아도 가능한 일입니다."

모두의 시선이 우현에게 향했다.

"제네시스 연합은 지금으로도 충분합니다."

우현의 말은 멈추지 않았다.

"럭키 카운터는 저희에게 있어서 방해입니다."

뱉은 것은 명백한 도발이다.

"…그 말은…."

잠깐의 침묵, 공기가 얼어붙었다. 간신히 목소리를 꺼낸 것은 막시언이 아닌 다른 사람이었다. 우현은 입을 여는 사람을 힐긋 보았다.

"…럭키 카운터와의 연합을 거절… 한다는 뜻입니까?"

"설명이 필요할 정도로 어려운 말을 했다고는 생각하지 않습니다."

우현이 차분한 목소리로 말했다. 막시언은 주먹을 꽉 쥐고서 우현을 바라보았다. 표정을 가다듬었지만 뺨은 경련이라도 일어난 것처럼 씰룩거렸고 눈가가 일그러졌다.

"도움이 되지 않는다는 것이 정확히 무슨 뜻입니까?"

곧바로 다른 질문이 날아왔다. 우현은 막시언의 표정을 한 번 살폈다. 냉정을 가장하고는 있었지만 잘 되지 않는 모양이었다. 당연히 그렇겠지.

대놓고 망신을 주고 있었으니까.

"실제로 62번 던전의 경우, 럭키 카운터 연합은 던전 공략에 아무런 기여도 하지 못했습니다."

우현은 막시언의 얼굴에서 시선을 떼고 카메라를 보았다. 웅성거리는 소리가 났다. 참관인들이 내는 소리였다. 설마 이런 식으로 강하게 디스를 할 것이라고는 그들 역시 상상하지 못했을 테니까. 우현은 곧바로 말을 전달하지 않은 통역에게 눈짓을 주었다.

"62번 던전의 네임드 몬스터였던 라스 프라다와 에르마쉬, 보스 몬스터인 유빈투스는 순수하게 제네시스 연합의 힘으로만 쓰러트렸고."

잠시 말을 끊었다.

"63번 던전 역시. 럭키 카운터 연합이 활약했음을 부정하지는 않겠습니다만, 제네시스 연합은 네임드 몬스터 두 마리와 보스 몬스터인 벨로크를 쓰러트리면서 63번 던전을 정복했습니다. 럭키 카운터의 도움 없이."

"하지만 그것은 여태까지의 경우가 아닙니까? 앞으로를 생각할 때…."

"앞으로의 경우를 생각해서도 럭키 카운터와 연합할 이유는 없다고 봅니다."

우현은 냉정하게 선을 그었다.

"지금의 제네시스 연합은 그 자체로 완성되어 있다고 생각합니다. 포지션도 고정되었고 공격대원끼리의 소통에도 문제가 없습니다. 럭키 카운터가 훌륭한 길드고, 그에 소속된 연합 구성 길드가 수준이 높다는 것은 부정하지 않겠습니다만, 그들이 합류한다고 해서 제네시스 연합의 질이 높아진다거나, 던전 공략의 속도가 오를 것이라고는 생각하지 않습니다."

굳이 도발로 하는 말이 아닌 사실이었다. 현재 제네시스 연합의 공격대 구성은 그 자체로 완성되어 있다. 탱커 진은 흔들리지 않고 딜러진이 그를 확실히 받치고 있다. 각자가 자신의 역할을 확실히 수행하고 있으며 인원에 부족함을 느낀 적은 없다. 굳이 말하자면 탱커진의 부재를 느끼고는 있지만, 괜히 다른 길드에서 탱커를 끌어들였다가는 오히려 이전만의 효율이 나오지 않을 것이다.

"해서, 연합 제의는 받아들일 생각이 없습니다."

"하나의 울타리로 감싸는 것도 나쁘지 않다고 봅니다만."

막시언이 간신히 입을 열었다. 그의 목소리는 조금 떨리고 있었다. 분노 때문이다. 통역이 조심스레 그의 말을 전달했다.

"단순히 소속될 뿐이라면 연합의 존재 의의가 없다고

봅니다. 공동체만 구성하고 그 안에서 서로 다르게 행동하면 무슨 의미가 있습니까?"

"서로를 견제하고 경쟁할 이유가 없어지겠지요."

"그 말은 럭키 카운터 연합이 평소 제네시스 연합을 견제하고 있다는 것으로 받아들여도 되겠습니까?"

막시언의 말문이 막혔다. 우현은 놓치지 않고 몰아붙였다.

"당신은 아까 전 직접 말하지 않았습니까. 던전 공략은 개인과 집단의 영달을 위한 것이 아닌, 세계 평화를 위한 것이라고. 그 말에는 격하게 공감하는 바입니다. 일정 시간이 지난 뒤에 현실에 나타나는 몬스터는, 현대 병기로 제압이 불가능한 불가해의 괴물입니다."

우현의 입꼬리가 올라갔다.

"하기에 헌터는 몬스터를 잡아야 합니다. 던전을 공략하며 일반 시민들을 안심시켜야 합니다. 굳이 말하자면 평화를 수호하는 것이지요. 그런데 방금 전, 당신은 견제와 경쟁에 대해 말하셨는데… 경쟁이야 뭐 그렇다 치겠습니다만, 함께 세계 평화를 위해 싸우는 헌터인데, 왜 견제가 필요한 겁니까?"

"말이 그렇다는 겁니다."

막시언이 턱을 당기며 대답했다. 우현은 혀를 차며 머리를 흔들었다.

"저희는 럭키 카운터를 견제하겠다고 생각한 적이 없습니다. 단순히 던전이 있고, 저희가 헌터였기에. 그래서 던전을 공략했을 뿐입니다. 그러기에 함께 연합할 필요를 그리 느끼지 못한다는 것입니다. 연합을 하건 하지 않건 변화가 없는데, 무엇하러 연합을 한단 말입니까?"

"일반 시민들을 안심시키기 위해…."

"그것은 지금도 가능한 일입니다."

우현은 막시언의 말을 끊었다.

"그리고, 솔직히 말해서. 저희 제네시스 연합은 럭키 카운터를 그리 신뢰하지 않습니다."

잽은 충분히 날렸다. 그렇다면 이제 다음 단계로 넘어갈 차례다. 주먹을 쥐었다. 스트레이트를 준비한다.

"과거, 럭키 카운터는 몇 개의 길드와 임시 공격대를 구성하였고, 그 과정에서 몇 개의 길드가 전멸하는 일이 있었습니다. 기억하고 계십니까?"

막시언의 얼굴이 경직되었다. 웅성거림이 커진다. 그 목소리가 막시언의 머릿속에서 울린다. 무엇을 말하는 것인지, 막시언은 확실히 깨달았다.

설마 여기서 그것을 물고 늘어질 줄은 몰랐을 뿐이다.

"저희 제네시스 길드는 총 인원 넷의 소형 길드입니다만, 저희 이전에 똑같이 제네시스라는 이름을 사용했던 길드가 있었습니다. 이곳에 있는 분들 중에서도 과거의 제네시스 길드를 기억하고 계시는 분들이 있을 겁니다."

"…3년 전, 아니. 햇수로는 4년 전에 있었던 길드군요. 그리고 2년 전에 사라진…."

"그 제네시스의 길드 마스터인 강상중 씨가 현 제네시스 길드 마스터인 강선하 씨의 부친으로 알고 있습니다만, 연합 제의의 거절과 관계가 있습니까?"

누군가가 물었다.

"과거의 제네시스는 럭키 카운터와 연합하여 43번 던전을 공략했고, 그곳의 보스 몬스터인 고쿤 모르쟈에게 몰살당했습니다. 제네시스 뿐만이 아닙니다. 애드버드, 하나비. 이렇게 두 개의 길드가 제네시스와 함께 럭키 카운터와 공격대를 만들었고, 그 두 길드 역시 공격대에 참가했던 헌터를 잃었습니다."

제네시스는 소형 길드였다. 총 인원이 열 명 남짓이었던 길드였다. 그들 모두가 공격대에 참가했고, 거기서 전멸했다. 애드버드와 하나비 역시 마찬가지다. 그 두 길드는 길드의 중심격인 상위 헌터들을 레이드에 참가시켰고, 그들은 살아 돌아오지 못했다.

"…애드버드와 하나비라면… 43번 레이드에서 메인 헌터를 잃고 세력이 약화된 길드로군요."

"그건 단순한 사고였습니다."

막시언이 입을 열었다. 그는 눈에 힘을 주고 우현을 노려보았다.

"던전은 위험한 곳입니다. 어떤 위기가 생길지도 모르는 곳이지요. 특히나 보스 몬스터의 레이드는 그런 위기와 변수가 많은 곳입니다. 42번 던전의 보스 레이드도 그랬습니다. 고쿤 모르쟈는 강한 몬스터였고, 단순히 사고가 벌어졌을 뿐입니다."

우현은 굳이 대답하지는 않았다. 목구멍으로 무언가가 끓어 오르는 기분이었지만, 그를 토해내지는 않았다. 곁에 앉은 선하가 우현의 손을 잡았다.

"제네시스와 애드버드, 하나비의 소속 헌터들은 모두가 뛰어난 헌터였습니다만, 개개인이 뛰어나다고 해서 공격대가 효율적으로 움직일 수 있는 것은 아닙니다. 당연히 실수와 변수가…."

"예, 그렇습니다."

우현이 막시언의 말을 끊었다.

"그것이 제네시스 연합이 럭키 카운터의 제의를 거절하는 이유입니다. 뛰어난 헌터가 모여봤자 뛰어난 집단이 될 수 있는 것은 아닙니다. 특히나 몬스터와 싸우는, 목숨을 걸고 하는 그 위험한 일에 있어서 변수는 최대한 줄여두는 편이 좋겠지요."

아차.

막시언의 얼굴이 차갑게 식었다. 자신이 했던 말에 그대로 옭아 죄인다.

"확실하게 말하겠습니다. 제네시스는 럭키 카운터와 연합하지 않습니다. 이것은 단순히 럭키 카운터를 신용하지 않기 때문입니다. 또 그들의 힘을 필요로 하지 않다 느끼기 때문입니다."

"이전 제네시스의 전멸이 럭키 카운터의 책임이라고 생각하는 것입니까?"

누군가가 물었다. 우현은 잠시 입을 다물었다. 그는 선하를 힐긋 보았다. 이 문제에 관해서 대답해야 할 것은 우현이 아닌 선하였기 때문이다.

"…책임이 없다고 느끼지는 않습니다."

선하가 입을 열었다. 그녀는 막시언의 얼굴을 똑바로 바라보았다. 막시언은 시선을 피하지 않고 선하의 얼굴을 마주 보았다. 설마 이런 식으로 흐름이 만들어 질 것이라고는 생각하지 않았다. 막시언에게 있어서 럭키 카운터 연합은 세계 제일이었고, 제네시스 연합은 그보다 못했다. 당연히 그들은 연합을 받아들일 것이라 생각했다. 여태까지 모든 길드가 그러했다.

'가끔 보면, 당신은 다른 것을 원하는 것 같아.'

막시언의 머릿속에 누군가의 목소리가 울렸다.

'집착에 가까운 감정이라고 생각해. 헌터가 몬스터와 싸우는 이유는 여러 가지가 있지. 정말 단순하고 도덕적인, 세계 평화. 하지만 대부분의 이유는 돈이지. 몬스터의 사체는 큰 돈이 되니까. 그런데, 당신의 경우에는 전혀 다른 것을 원해.'

생각났다.

'그것은 명예야. 공명심, 혹은 영웅심. 당신은 누구보다 뛰어나길 원하고, 그것에 집착하고 있어.'

강상중이었다. 그와 몇 번 레이드를 했을 때. 서로 몇 잔 술을 마셨을 때.

'명예를 바라는 것이 나쁘다고는 생각하지 않지만, 당신은 그에 너무 집착하고 있어. 영웅은 역경 속에서 태어난다고는 하지만… 그를 바라여 너무 무리하는 것 아닌가?'

마음에 들지 않았다. 자신을 꿰뚫린 것 같은 기분이었다. 사사로운 감정이었다. 또는 충동적. 아니, 그 이전부터 그런 감정은 가지고 있었다. 처음 강상중과 함께 몬스터를 레이드했을 때부터.

놈은 뛰어났다. 막시언보다 더.

"하지만 럭키 카운터 측이 그를 단순한 사고라 말한다면, 더 이상 그 문제에 대해 집착하고 싶은 마음은 없습니다. 다만 신용할 수 없을 뿐입니다. 43번 던전의 경우를 제외하고서도 럭키 카운터는 몬스터 레이드에서 몇 번이나 큰 피해자를 낸 전적이 있는 길드입니다."

우루루 몰려가서 한 마리 잡는 것이야 누구나 할 수 있는 일이다.

최고는 그리 해서는 안 된다.

"그런 길드와 연합하는 것에 제네시스는 아무런 득을 취할 수 없습니다. 그러니 거절합니다. 이 결정에 번복은 없습니다. 제네시스 연합은 제네시스 연합대로, 럭키 카운터 연합은 럭키 카운터 연합대로 행동할 것입니다."

조금 가슴이 후련해졌다. 이 자리에서 막시언을 완전히 몰아 세우고 그를 몰락시킬 수는 없다. 증거는 없으니까. 있는 것은 심증, 그리고 원한 뿐이다. 이곳에서 괜히 억지를 부리며 막시언을 몰아 세워 봤자 얻을 이득은 없다. 오히려 막시언이 억울함을 말하며 피해자 흉내를 낸다면 이쪽의 입장이 난감해진다.

그러니 이것으로 그친다. 공개적인 자리에서의 도발과 모욕. 일그러진 막시언의 표정을 보는 것은 조금 유쾌했다.

'이 정도면 충분해.'

우현은 막시언을 바라보며 생각했다. 그를 완전히 몰락시키고 싶었지만 이곳에서는 불가능하다. 하지만 이쪽의 입장은 확실히 전달했다. 연합 제의는 거절, 그리고 과거의 일을 다시 수면 위로 이끈다. 그 이전에는 럭키 카운터만한 길드가 없었기 때문에 문제가 되지 않았던 사건들.

하지만 지금은 다르다. 제네시스는, 그들 연합은 럭키 카운터를 넘어 섰다. 막시언이 어떤 행동을 취할까? 어쩌면 그는 신중하게 아무런 행동도 취하지 않을 지도 모른다.

상관없다. 막시언이 아니더라도 다른 녀석이 움직일 것이다. 우현은 김상규를 떠올렸다. 이 역시 심증일 뿐이지만, 김상규는 서커스에 의뢰를 넣어 직접 우현을 죽이려 했었다.

그리고 그는 몇 번의 실패 후에 직접 세르게이를 배제하려 들었고.

'이쪽이 거슬리겠지. 치우거나, 내버려두거나. 어느 쪽이든 상관없어.'

내버려 둔다면 럭키 카운터는 완전히 뒤로 밀려날 뿐이다.

치우려 든다면, 이쪽이 역으로 공격하면 되는 것이고.

몰리는 기자 진을 물리고서 간신히 빠져나왔다. 그들은 적극적으로 추가 인터뷰를 요청했지만, 우현은 그들의 말에 '더 이상 할 말은 없다.' 라는 말을 되풀이하며 모두 거절했다.

"…다리가 떨려."

선하가 중얼거렸다. 그녀는 셔츠의 단추를 몇 개 풀면서 벽에 등을 기댔다. 우현은 그런 선하의 곁에 서서 주머니에 손을 넣었다.

"잘 했어."

우현은 웃으며 말했다. 진심으로 하는 말이었다. 솔직히 말해서, 선하가 실수하지 않을까. 혹은 해야 할 말을 제대로 전달하지 못 하지 않을까.

하지만 그런 생각과는 달리 선하는 자신이 해야 할 말을 정확히 전했다. 결국 제네시스의 길드 마스터는 우현이 아니라 선하다. 결정을 내리는 것은 선하다. 럭키 카운터에게 직접적인 원한을 가진 것 역시 선하다.

"앞으로 어떻게 될 것 같아?"

선하는 우현을 힐긋 보면서 물었다. 담배를 꺼내던 우현은 멈칫하여 선하 쪽을 보았다. 선하는 어깨를 으쓱거리며 몇 걸음 뒤로 물러섰다.

"변하는 것은 그다지 없겠지."

불을 붙였다.

"단순히 우리는 거절했을 뿐이야. 그리고 상냥하게 디스를 전했을 뿐. 매스컴이 뭐라고 떠들어대고 이슈화 시키기는 했지만, 우리가 무엇을 해야 하는가가 변하는 것은 아니야. 우리는 헌터고, 길드고, 연합이고… 이전과 똑같아. 몬스터 잡고, 던전 공략하고.”

일단 이쪽이 취해야 할 스탠스는 그것이다. 럭키 카운터 연합이 어떤 대응을 하는가에 따라서 이쪽이 취해야 할 스탠스도 달라질 것이다. 놈들이 공격적으로 나온다면 이쪽도 공격할 뿐. 전면전이 되지 않을까? 던전 내에서 치고 박고 싸우는 것을 상상해보았지만, 잘 연상이 되지 않았다.

“몇 시야?”

선하가 물었다. 우현은 손목에 채우고 있던 시계를 힐긋 보았다. 낮이 짧아 어느덧 밤이었다.

“저녁 7시.”

우현이 대답했다. 회담은 짧게 끝났다. 애초에 거절하기로 마음먹고 있었으니까.

“…밥 먹고 가야겠네.”

선하가 중얼거렸다. 그 말에 우현은 잠시 멀뚱거리는 눈으로 선하를 보다가 피식 웃었다.

“그래, 먹고 가야지.”

그는 물고 있던 담배를 지져 껐다. 그리고는 바로 입을 열어 구취 제거제를 뿌렸다. 민아의 지적 이후로 항상 챙기고 다니게 되었다. 선하는 그런 우현을 한심하다는 눈으로 바라보았다.

"그럴 것이면 아예 끊지 그래?"

"…아직은 안 될 걸. 담배 피울 일이 많아서."

우현은 쓰게 웃으며 대답했다. 이럴 줄 알았으면 애초에 피우지 말 것을 그랬나. 처음 담배를 피우게 된 이유를 떠올렸고, 기분이 조금 불쾌해졌다.

"반 년이네."

선하가 중얼거렸다. 입 안에 남은 찝찝함을 우물거리던 우현이 선하 쪽을 힐긋 보았다. 선하는 멍한 눈으로 하늘을 올려 보고 있었다.

"…뭐가?"

"너랑 처음 만난 것 말이야. 벌써 2월이고, 널 처음 만난 것이… 작년 8월의 초기 등급 심사였지."

선하가 낮게 웃었다.

"이렇게 될 것이라고는 상상도 하지 못했어. 아빠의 길드를 다시 만들고, 어떻게든 원수를 갚자고. 그렇게 생각만 했고… 어떻게 해야 할지, 구체적인 계획은 아무것도 없었는데."

그때의 선하에게 있어서, 복수라는 것은 단순히 선하를 지탱하는 전부였다. '해야 한다' 라는 강박감이 없었더라면 옛적에 망가졌거나 주저앉았을 것이다.

"너한테는 고맙게 생각해."

선하는 우현을 바라보며 말했다.

"널 만나고서, 애매하던 것이 전부 확실하게 되었어. 복수도, 나도."

그것은 우현도 마찬가지였다. 선하와 만나지 않았다면 어떻게 되었을까. 시헌과, 민아와 만나지 않았다면 어떻게 되었을까. 우현이 폭발적으로 성장할 수 있었던 것은 선하의 도움 때문이었다. 그녀가 가진 네임드 몬스터의 정보가 아니었다면, 등급을 이렇게 빠르게 올릴 수는 없었을 것이다.

"…너한테 고마움을 느끼는 건 나 역시 마찬가지야."

우현은 낮게 헛기침을 뱉었다. 직접 말하려니 조금 부끄러웠다. 그 말에 선하는 풋 웃었다.

곧, 그녀의 웃음이 경직되었다.

"한 방 먹었군."

낮은 목소리였고, 영어였다. 우현은 선하의 뒤쪽에서 다가오는 막시언을 보고서 표정이 굳었다. 그는 개인 수행원을 대동하고 있었는데, 다행히도 다른 기자들은 데리고 오지 않았다.

"거절 정도야 예상하기는 했는데, 설마 그런 쓸데없는 말을 할 것이라고는 생각하지 못했어."

막시언은 무덤덤한 얼굴로 그렇게 말했다. 회담장에서의 모욕은 이미 후련하게 털어냈다는 투였다. 막시언은 곁에 붙은 수행원에게 힐긋 눈짓을 주었다. 곧바로 통역이 전달되었다.

"뭐 볼 일이 남았습니까?"

우현은 선하의 곁에 서며 물었다. 그 질문에 막시언은 어깨를 으쓱거렸다. 그의 입꼬리가 조금 올라갔다. 억지로 짓는 미소라는 느낌이 강했다.

"한 대 피우려는 것 뿐."

막시언이 대답했다. 우현은 담배를 피우는 막시언을 바라보면서 선하의 손을 잡았다.

"그렇다면 우리는 가도 되겠군요."

"후회하지 않겠나?"

불쑥, 막시언이 물었다. 우현은 미간을 씰룩거리며 막시언의 얼굴을 바라보았다.

"연합 제의를 거절한 것. 그리고 나에게 모욕을 준 것. 후회하지 않겠나?"

"뭔가 착각을 하는 모양인데."

우현이 입을 열었다.

"당신이 그렇게 하는 말은, 무섭다거나… 위협적으로 느껴지지는 않습니다. 쓸데없이 무게잡으며 그렇게 하는 말이 오히려 우습게 느껴져."

우현의 대답에 통역이 막시언의 표정을 살폈다. 전달해. 막시언이 우현의 얼굴을 노려보며 생각했다. 언어가 통하지 않아도 상대의 표정이나 말투 따위로 내용쯤은

짐작할 수 있다.

통역을 들은 막시언이 낮은 웃음을 흘렸다.

"터프하군."

막시언은 손뼉을 치며 말했다.

"아니면 단순한 허세이던가. 최근 럭키 카운터가 밀렸다는 것은 인정하는 바이지만, 그렇다고 해서 너무 허세를 부리는 것 같다고는 생각하지 않나?"

"허세인지 아닌지는 직접 겪어 보시고."

우현은 웃으며 대답했다. 막시언은 우현에 대해 모른다. 그가 어떤 존재이고, 어떤 능력을 가지고 있는지. 그것을 모르는 이상 럭키 카운터는 평생 제네시스를 뛰어넘을 수 없다. 지금은 많이 쳐줘서 비슷하다고 해도, 시간이 흐를수록 격차는 벌려진다.

안다고 해서 뭔가를 바꿀 수 있는 것은 아니겠지만.

"저희는 가보겠습니다. 기껏 한국까지 왔는데, 이런 대답을 드려서 안타깝군요. 좋은 여행 되시길."

우현은 일방적으로 대화를 끝냈다. 그는 선하의 손을 잡고 몸을 돌렸다. 등 뒤에서 막시언의 목소리가 들렸다.

"강상중."

그 이름에 선하의 걸음이 멈췄다. 그녀는 차갑게 굳은 얼굴로 막시언을 돌아보았다. 연기를 혀 위에 굴리던 막시언이 미소를 지었다.

“좋은 헌터였지. 죽은 것이 안타까울 정도로. 그의 장례식에는 가지 못했지만, 안타깝게 생각해. 친구가 죽은 것이니까.”

“…친구?”

선하가 중얼거렸다. 그녀는 허탈한 웃음을 흘렸다. 선하는 통역을 노려보며 말했다.

“이 말 좀 전해주시겠어요?”

선하가 내뱉었다.

“지랄 좀 하지 말라고.”

그 말을 끝으로 선하는 몸을 돌렸다. 그녀는 우현의 손을 잡아끌며 성큼 앞으로 나아갔다. 통역은 어쩔 줄 몰라 하면서 막시언의 눈치를 살폈다.

“뭐라 한 거야?”

막시언이 물었다.

“…아, 알았답니다.”

통역은 간신히 그렇게 말했다.

“역겨운 놈.”

선하가 내뱉었다. 그녀는 야구 방망이를 꽉 쥐었다. 근처의 배팅 연습장이다. 어디로 가는가 했더니, 선하가 우현을 데리고 온 곳이다.

“짜증나는 놈.”

까앙!

날아오는 공이 선하의 배트에 부딪혔다. 튀어오른 공이 크게 포물선을 그렸다.

"개같은 놈."

욕설이 멈추지 않았다. 우현은 선하의 외투를 받아들고 서서 난감한 얼굴로 선하의 등을 바라보았다. 선하는 씨근거리며 다시 배트를 휘둘렀다.

"…나쁜 놈."

까앙!

다시 공이 배트에 얻어 맞는다. 우현은 한숨을 쉬면서 머리를 흔들었다.

"조금 후련해 졌어?"

배트를 제 자리에 돌려놓고 내려 온 선하는 입술을 꾹 다물고 있었다. 몇 번이나 배트를 풀 스윙으로 휘둘렀지만, 조금도 지치지 않은 모습이다.

"아직!"

선하가 내뱉었다. 그녀는 머리를 털어내면서 미간을 찡그렸다.

"마음 같아서는 하루 종일 휘두르고 싶은데, 그러면 네가 싫어할 것 아냐."

"…네가 정 그러고 싶다면 말리지는 않겠는데. 밥 먹자는 것 아니었어?"

우현이 물었다. 그 물음에 선하는 흥하고 코웃음을 치면서 우현의 손에 들린 외투를 빼앗았다.

"배 많이 고픈가 봐?"

코트에 손을 집어넣으며 선하가 우현을 돌아보았다. 우현은 손을 들어 자신의 배를 어루만졌다. 솔직히 조금 공복감이 있기는 했다.

"나름대로 첫 데이트인데, 조금 분위기를 잡고 싶을 뿐이야."

우현의 대답에 선하의 입술이 뻐끔거리며 열렸다. 첫 데이트. 별 의식하지 않았지만, 그러고 보니… 선하의 얼굴이 조금 붉게 달아올랐다.

"…뭘 부끄러운 말을 하는 거야."

"아니면 일찍 돌아갈까? 지금 시간이라면 시현이랑 민아도 아직 밥 안 먹었을 텐데."

"…지금 돌아가봤자 늦을 거야."

"그러면?"

우현이 웃으며 묻자, 선하는 눈에 짜증을 담아 우현을 노려보았다. 그 시선에 우현은 찔끔하여 슬쩍 미소를 지웠다.

"밥 먹으러 가자."

우현이 그렇게 말하고 나서야 선하는 표정을 풀었다. 적당히 근처의 맛 집이라는 것을 검색해 보았다. 다행히도 서로 음식 취향은 비슷했기에, 가게를 고르는 것은 어렵지 않았다.

"슬슬 김상규도 복귀할 텐데."

음식을 먹던 도중 우현이 중얼거렸다. 나이프를 쥐고 고기를 썰던 선하가 시선을 올려 우현을 바라보았다.

"밥 먹는 중에 역겨운 얘기는 왜 하는 거야?"

"…아니, 그냥 생각나서."

김상규가 세르게이에게 부상을 입은 것이 몇 주일 전이다. 팔 하나가 부러지고, 손가락 몇 개가 꺾이고, 다리에 칼이 꽂히고. 거품을 물고 기절했을 정도의 중상이지만, 헌터의 회복 속도는 평범한 인간을 아득히 상회한다.

"김상규가 합류해서 변하는 것이 있다고 봐?"

"없겠지."

세르게이에게 부상을 입은 것으로 김상규는 전선에서 뒤로 밀려났다. 화랑의 길드원들이 연합에 속해 있기는 하지만, 김상규의 위치는 상당히 떨어지게 되었다. 연합에서 배제되지는 않겠지만, 김상규가 부상으로 빠진 사이에 63번 던전이 공략되었다.

연합 내에서 충분히 책임을 물을 수 있는 상황이다. 어쩌면 희생양이 될 지도 모르지.

'혹은 히트맨으로.'

김상규는 궁지에 몰려 있다. 뒤늦게 합류한 러시아의

볼프가 럭키 카운터와 함께 연합의 중심이 되었다. 애초에 세력 면에서 화랑은 볼프나 럭키 카운터에게 밀려 있었다. 그 와중에 길드를 책임져야 할 길드 마스터가, 사사로운 다툼에 의해 전선에서 빠져 버렸으니.

"궁지에 몰린 쥐는 고양이를 문다고 하던데."

우현은 선하의 잔에 와인을 채워주었다.

"기왕이면 물려고 덤볐으면 좋겠어."

잡아 죽여 버리게.

REVENGE

6. 발할라

HUNTING

NEO MODERN FANTASY STORY & ADVANTURE

REVENGE HUNTING

6. 발할라

마치 멋대로 날뛰라고 묻는 것처럼. 럭키 카운터는 64번 던전 공략에 소홀했다. 그것은 순수하게 '던전 공략'을 놓고 보았을 때의 이야기였다. 보스 룸이 특정되었음에도 그들은 64번 던전의 보스에게 도전하지 않았다.

대신에 그들이 노린 것은 시크릿 던전이었다. 64번 던전의 네임드 몬스터 두 마리가 제네시스 연합에게 쓰러졌을 때, 럭키 카운터는 64번 던전의 시크릿 던전을 공략하는 것에 성공했다. 당분간은 잠자코 상황을 보겠다는 것일까. 그들이 무엇을 노리는 것인지는 모르겠지만, 럭키 카운터 연합의 침묵은 제네시스 연합에게는 기회가 되었다.

3주일 후. 64번 던전의 보스 몬스터가 공략되었다. 제네시스 연합은 62번 던전부터 시작하여 64번 던전까지, 총 세 개의 던전을 공략하는 주역이 되었다. 보스인 아벨크리드를 레이드할 때에 세 명의 사망자가 나오기는 했지만, 그 정도의 피해를 감당하며 던전을 공략했으니 성공적인 레이드라고 할 수 있으리라.

"난 이해가 안 됩니다."

김상규가 내뱉었다.

"왜 가만히 있는 겁니까? 벌써 세 개 던전을 빼앗겼습니다. 이대로 가다가는…."

"이대로 가다가는, 뭐?"

막시언은 김상규를 힐긋 보면서 물었다. 그 삭막한 시선에 김상규의 입술이 움찔 떨렸다. 그는 이번에 시크릿 던전의 마석을 막시언에게서 건네받았다. 럭키 카운터와 화랑이 연합을 이루고는 있다지만, 그 연합에 화랑의 비중은 그리 크지 않다.

볼프가 합류하고, 던전의 난이도가 갑자기 오르면서 상황은 그렇게 변했다. 화랑은 뛰어난 길드였지만, 난이도가 급격히 오른 던전의 몬스터를 레이드할 정도의 질 좋은 헌터들을 다수 보유하고 있는 것은 아니었다. 구색을 맞추고 머릿수를 채우는 것 뿐.

그런 상황에서 길드 마스터인 김상규가 부상을 입어

몇 주 동안이나 후방에 빠져 있었다. 상처를 회복하고 돌아왔을 때, 공격대에 김상규의 자리는 남아 있지 않았다. 공격대 소속의 화랑 길드원들은 사실상 럭키 카운터의 소속 길드원이라 해도 좋을 정도가 되었고, 김상규의 통솔력은 떨어졌다.

화랑의 길드 마스터가 서커스의 단장과 맞붙었고, 처참하게 패배했다.

비명을 지르고 오줌을 쌌다.

'씨팔.'

어떤 개새끼가 입을 놀린 거야? 김상규의 주먹이 부들거리며 떨렸다. 그런 소문과 부상, 그리고 상황. 애당초 인망이 많지 않은 인물이었기에 배제되는 것 역시 빨랐다.

그런 상황에서도 막시언은 김상규에게 마석을 주었다. 마치 자비를 베푸는 것처럼. 솔직히 그런 막시언의 선택에 감사를 느낀 것은,

니미.

'새끼가, 아가리를 막겠다는 거지.'

김상규는 입술을 뿌득 씹었다. 그는 2년 전의 전말을 알고 있다. 42번 던전, 고쿤 모르자를 레이드했을 때. 럭키 카운터를 제외한 모든 길드가 전멸당했을 때.

김상규는 오랫동안 강상중과 알고 지냈다. 강상중 뿐만이 아니라, 그때 제네시스 길드의 모든 길드원들과도 친밀히 지내고 있었다. 그들과 몇 번이나 던전을 드나들며 사냥을 하기도 했다. 그러니까, 확실히 알고 있었다. 강상중의 버릇. 제네시스 길드원들의 버릇. 포메이션의 빈틈, 로테이션을 돌릴 때의 취약점.

'나 밖에 모르는 일이야.'

3주일 전의 회담은 병원에 누워서 직접 보았다. 막시언의 얼굴이 일그러지는 것, 콘크리트처럼 굳는 것. 전 제네시스의 이야기와 그에 대한 의심. 한 번 터진 의심은 봇물 터지듯이 흘러 넘쳤다. 당장 포털 사이트에 막시언을 검색하면 그와 얽힌 음모론들이 넘친다.

입을 막기 위해 마석을 처먹인다. 죽이지 않는 것이 다행인가. 아직 필요하다는 것이지? 씨발, 개같은 새끼. 김상규는 막시언을 노려보았다. 막시언은 물고 있던 담배를 재떨이에 지져 껐다.

"세계 평화."

막시언이 입을 열었다. 그 말에 김상규의 눈썹이 씰룩거렸다. 좆같은 위선자 새끼. 넌 악당이야, 새끼야. 김상규는 막시언의 면전에 그렇게 쏘아주고 싶었지만,

"러브 앤 피스."

대충 입을 열어 그렇게 화답했다. 그 말에 막시언이

아니꼽다는 표정으로 김상규를 보았고, 김상규는 어색한 웃음을 흘렸다.

"…당장은 견제나 경쟁보다는 한 걸음 뒤로 물러 서 있는 편이 나아. 던전 하나 공략되면 어차피 세상은 잠잠해지니까."

그래서 그 뒤에는 어쩌시게? 한 번 뒤로 밀리면 끝이야. 잡을 수 있을 때 잡아야 한다고.

"기왕이면 다음 던전의 보스 몬스터가 아주 강한 놈이면 좋겠어."

막시언이 중얼거렸다.

"불행한 사고가 일어나도록 말이야. 세계 평화에는 안타까운 일이지만."

65번 던전.

발할라.

우현은 던전의 게이트를 바라보았다. 이틀 전, 64번 던전을 완전히 공략했다. 그곳에서 획득한 세 개의 마석은 공격대 소속 상위권 헌터들에게 돌아갔다. 네임드 몬스터의 마석을 추가로 흡수하고, 일반 몬스터에게서 지속적으로 마석을 뽑아낸다.

제네시스 연합은 그렇게 계속 강해지고 있었다. 64번 던전의 보스였던 아벨크리드는 벨로크와 비교해서도 강한 몬스터였지만, 오히려 벨로크의 레이드보다 쉽다고 느껴질 정도였다.

'세 명이 죽기는 했지만.'

자기 자신에 대한 과신. 강해지고 있다는 오만. 그것이 틈을 만들었고, 그것이 꿰뚫렸을 뿐이다. 반성은 하고 있다. 피해자는 딜러 쪽에서 생겼다. 딜러를 관리하는 선하도, 딜러 쪽에 피해를 만든 탱커도. 모두가 반성했다.

이번에는 그런 실수는 하지 않는다.

"가죠."

공격대 전원이 모였다. 유빈투스에서 벨로크, 그리고 아벨크리드. 세 마리의 보스 몬스터를 쓰러트린 공격대다. 65번 던전이 어떤 형태고, 어떤 몬스터와 일반 몬스터, 네임드 몬스터가 출현한다고 해도 그리 두렵지는 않다.

부딪혀 볼 뿐이다. 그렇게 생각했다. 우현은 등 뒤를 돌아보았다. 모두가 결의에 찬 얼굴로 우현을 바라보고 있었다.

신뢰가 느껴졌다. 어깨를 짓누르는 압력. 불쾌하지는 않았다. 타인이 자신을 믿어준다는 것. 다수가 나를 의지하고 있다는 것. 어쩌면, 하찮은 영웅심일지도 몰라.

우현은 그렇게 생각하며 머리를 돌렸다.

럭키 카운터와의 회담은 전 세계로 퍼져나갔고, 우현은 일약에 스타가 되었다. 연합 내에서의 목소리가 높아졌다. 연합 뿐만이 아니라 다른 길드들, 또 매스컴과 일반 시민들. 우현은 발을 앞으로 뻗었다.

그는 한 번 죽었다. 죽고서, 이 세계로 왔다. 자신의 세계가 멸망해버렸기에, 이 세계는 멸망하게 두고 싶지 않았다. 처음에는 단순히 데루가 마키나에게 복수하고 싶어서.

지금은 지키고 싶은 것이 있어서.

영웅심이 생길만도 해. 특별하기는 하잖아. 이 세상에서 유일하게, 나만이 마석을 뽑아내는 능력을 가지고 있다. 나만이 멸망을 보고 왔다.

그러니 더더욱.

'할 수 있어.'

그런 확신.

'피해를 최소한으로. 공략은 빠르게.'

결의.

'던전을 공략하고, 마지막까지 가서….'

그 다음은? 마지막 던전에 도착했을 때 어떤 일이 벌어질까. 창조신이라는 존재를 만나게 되는 것일까. 그 이후에도 판데모니엄은 존재할까? 헌터는?

한 번 죽은 나는?

만약, 평화롭게 끝난다면.

우현의 발이 게이트를 통과했다. 의식이 순간 붕 떠올랐다. 익숙한 감각이다. 몇 번이나 겪었던 감각. 우현의 발이 땅에 닿았다.

"…응?"

조금 놀란 소리를 냈다. 생각했던 것과는 전혀 다른 모습이었기 때문이다. 양 옆에는 천장 없이 기둥만 높이 솟아 있고, 그런 길이 앞으로 쭉 이어져 있다. 얼마 지나지 않아 공격대 전원이 게이트를 통과해 던전에 입장했다. 그들 역시 당황한 얼굴로 주변을 돌아 보았다.

"…이건 좀 특이한데."

안토니가 중얼거렸다. 그러고 보니 이 던전, 이름부턴가 평소의 던전과는 다르다. 여태까지의 던전은 모두가 보스의 이름이 붙어있었다. 벨로크의 동굴. 유빈투스의 성. 아벨크리드의 늪.

하지만 이 던전은 다르다. '발할라.' 보스의 이름이 붙어있지 않다. 우현은 오싹한 한기를 느꼈다. 설마, 설마. 말도 안 된다는 생각이 머릿속을 달렸다.

어쩌면 이 던전이 마지막인가?

이전 세계에서의 판데모니엄 마지막 던전의 이름은

'판도라.' 그리고 이 던전의 이름은 '발할라.' 비록 이름은 다르다고 해도, 보스 몬스터의 이름을 따지 않았다는 것은 같다. 벌써 마지막이라고? 아무런 대비도 안 되어 있는데?

"…앞으로."

우현은 간신히 목소리를 쥐어짜냈다. 아니, 침착해라. 이 던전이 마지막 던전이라는 보장은 어디에도 없다. 일단 앞으로 나아간다. 그리고 확인한다.

만약 마지막 던전이라면.

그때는 어떻게 해야 할까.

우현의 경직과 함께 공기가 경직되었다. 모두가 긴장한 얼굴로 우현을 따랐다. 우현은 검을 움켜잡았다. '나겔링.' 에르마쉬의 검을 사용해 만든 검으로, 안쪽에 화룡의 불주머니를 박아 넣었기에 투기와 반응하여 고열을 내뿜는다. 마이스터의 장인이 제작한 이 검은 우현이 여태까지 쥐었던 검들 중에서 단연 으뜸이라고 할 위력을 가지고 있었다.

그리고 갑옷. '멜시아'라는 이름이 붙었다. 마찬가지로 에르마쉬의 검을 써서 만든 갑옷이다. 장비의 준비는 확실하다. 체력도 충분히 있다. 공격대원 역시 마찬가지다.

하지만 긴장은 사라지지 않는다. 그럴 리가 없다는 현

실 부정만이 이어진다. 일직선의 길을 걷는 동안 단 한 번도 몬스터는 나타나지 않았다. 그저, 기둥이 앞으로 길게 이어졌을 뿐이다.

그리고 돌연.

그것이 보였다. 길의 끝, 원형의 공터. 그 한 가운데에 그것은 조용히 앉아 있었다. 우현의 걸음이 멈추었다. 그는 꿀꺽 침을 삼키며 그것을 바라보았다.

삐걱거리는 쇳소리가 났다. 그것이 몸을 일으켰다. 거리는 상당히 벌려져있다. 몇 백 미터는 될 것이다. 하지만 헌터의 시각은 그것의 모습을 확실하게 담는다. 그것은 시커먼 갑옷으로 전신을 감싸고 있었다. 입은 갑옷은 날렵했고, 갑옷의 이음새는 조금도 마모되지 않아 있었다.

"…저게 뭐지?"

누군가가 그런 소리를 냈다. 우현은 딱딱하게 경직된 얼굴로 그것을 바라보았다.

〈흑기사〉

놈의 머리 위에는 그런 이름이 적혀 있었다. 카운트는 보이지 않는다. 일반 몬스터인 것일까? 하지만 이름이 보이잖아. 저게 대체 뭐지?

타악. 하는 소리가 순간 정신을 끊었다. 우현의 입술이 벌어졌다. 얼굴 전체를 가리고 있는 검은 투구, 정수리 끝에 매달린 붉은 끈이 살랑 흔들린다.

"…뭐?"

당황. 그것이 입술을 비집고 튀어나왔다. 거리가 순식간에 0이 되었다. 그리고 우현은 그것을 제대로 보지도 못했다.

"우와!"

"당황하지 마! 거리 벌려!"

"뒤로!"

순식간에 외침이 터져 나왔다. 공격대 전원이 뒤로 물러서는 동안, 우현은 자신의 코앞에 선 흑기사를 바라보았다. 안면 가리개 안 쪽에서 푸른 안광이 흘러나왔다.

"…너… 뭐냐?"

우현이 간신히 입을 열어 그렇게 물었다. 흑기사의 시선이 우현에게 향했다.

대답은 없었다. 놈은 그저 앞으로 한 걸음 걸었다.

철컥하는 쇳소리가 났다.

무시당했다. 말을 할 수 없는 것일까? 우현은 자신을 지나치는 흑기사의 뒤통수를 노려보았다. 체격은 그리 크지 않다. 고작해야 우현과 비슷할 것이다. 모두가 긴장한 얼굴로 흑기사를 바라보았다. 그 세르게이조차 딱딱하게 굳은 얼굴로 흑기사를 노려보았다.

이 던전이 뭔가가 다르다는 것, 그것은 모두가 확실히 느끼고 있었다. 던전의 이름은 '발할라.' 몬스터의 출현은 없었다. 숲도, 산도, 동굴도, 늪도, 평원도. 아무 것도 없다. 하늘은 당장이라도 저물 듯이 붉게 젖어있었고, 이 황량한 대지에는 길게 늘어진 기둥의 길밖에 없다.

그리고 다시 쇳소리. 흑기사는 계속해서 걸었다. 그는 자신을 경계하며 선 헌터들의 사이로 계속해서 걸었다. 대체 뭐하자는 것일까. 아니, 저것은 몬스터인가? 네임드 몬스터가 맞는 것일까?

이런 식으로 반응하는 네임드 몬스터는 처음 본다. 애초에 카운트가 없는 네임드 몬스터도 처음 만나고. 어쩌면, 이곳이 정말로 마지막 던전인 것일까.

"예순셋."

그리고 목소리가 들렸다. 그 목소리는 깊은 동굴에서 흘러나오는 것처럼 가라앉아 울렸다. 흑기사가 몸을 돌렸다. 그는 모든 헌터의 뒤에 있었고, 모든 헌터를 보았다.

"예순셋."

숫자. 무엇을 말하는 것인지, 처음에는 이해하지 못했다. 잠깐 동안은. 곧 이해했다. 예순셋이라는 숫자는 이곳에 있는 헌터의 숫자다.

"…너, 뭐냐?"

우현이 다시 물었다. 흑기사는 대답하지 않았다. 대신 그는 손을 옆으로 뻗었다. 끼긱거리는 금속의 소리가 났다. 흑기사의 손이 쥐어졌을 때, 그의 손에는 길쭉한 검이 쥐어져 있었다.

"예순셋."

흑기사가 다시 중얼거렸다. 흑기사의 무릎이 조금 굽혀졌다. 우현은 빠득 이를 갈면서 발을 뻗었다. 엔진이 순식간에 가열되었다.

손목이 으스러지는 것 같은 통증을 느꼈다. 자신도 모르게 검을 놓칠 뻔 했다. 그 정도로 무거운 일격이었다. 준비는 충분히 했다. 조금도 지치지 않았다. 긴장은 충분했다. 엔진을 돌리고, 스위치를 올렸다.

그럼에도 놓쳤다. 발이 뒤로 밀려났다. 숨이 턱 막혔다. 흑기사의 검이 뒤로 움직인다. 놈은 검을 한 손으로 잡고 있었다. 우현은 양 손으로 검을 잡았다. 흑기사의 검이 다시 움직였다.

검과 검이 부딪혔다. 나겔링이 고열을 내뿜었다. 이 시커먼 검은 현재 제작된 그 어떤 헌터 무기를 압도하는 위력을 가지고 있다. 그 나겔링이 삐걱거리며 울렸다. 전력을 다해 내리찍지만 흑기사의 검은 미동도 하지 않는다.

"큭!"

검이 미쳐 날뛰었다. 시커먼 폭풍이 몰아쳤다. 하지만 끝까지는 닿지 않는다. 번번이 가로막힌다. 우현은 숨을 삼키며 발을 크게 뻗었다. 전력을 다해 검을 휘둘렀고,

꽈아앙!

우현의 몸이 붕 떠올랐다. 순간 정신을 잃었다. 꼴사납게도.

콰당탕!

우현의 몸이 땅을 뒹굴었다.

"…윽…."

처참한 신음이 새어나왔다. 흑기사는 검을 휘두른 자세 그대로 발을 앞으로 뻗었다. 빠득 이를 갈면서 세르게이가 달렸다. 허리에 꽂힌 두 개의 검이 순식간에 뽑혔다.

베어낸다. 그런 생각을 했다. 스위치가 도중에 몇 번은 바뀌었다. 오른손을 휘두를 때, 왼손을 휘두를 때. 검격이 교차했다.

카가각!

힘을 주어 내리 찍었으나 흑기사의 검은 조금도 움직이지 않는다. 오히려 통증을 느낀 것은 세르게이였다.

"…미친."

이건 좀 심하잖아. 스읍. 호흡을 삼킨다. 다리를 튕기며 허리를 비틀었다. 크게 휘두른 두 개의 검이 흑기사의 몸뚱이로 날아갔다. 흑기사의 오른 손에 쥐어져 있던

검이 왼 손으로 날아갔다.

까앙!

공격이 막혔다.

스읍. 호흡을 조금 더 깊이 삼켰다. 쿵쿵거리며 가슴이 뛰었다. 몇 번을 더 검을 휘두른다. 스스로 생각하기에도 깔끔한 공격이었다. 하지만 먹히지 않는다. 흑기사의 검이 조금씩 움직이며 세르게이의 검을 막아냈다.

'이 새끼.'

몇 번을 검을 나누고 나서야, 세르게이는 깨달았다. 흑기사가 여태까지 싸워 온 그 어떤 몬스터와 다르다는 것. 단순히 강함을 말하는 것이 아니다. 육체적인 우월함, 방어벽, 괴물의 근력. 그런 것을 논하는 것이 아니다.

단순히 말하자면 검술.

"크윽!"

휘두른 검을 간신히 막아냈다. 페이스를 빼앗겨서는 안 된다. 다시 속검, 하지만 검을 휘두른 즉시 아주 작은 틈새로 흑기사의 검이 쏘아졌다. 세르게이는 급히 능력을 펼쳤다. 그의 피부가 시커먼 색으로 물들었다.

콰직!

세르게이의 몸이 붕 떠올랐다. 64번 던전 보스의 공격도 버텨낸 능력인데. 흑기사의 일검을 버텨내지 못했다. 세르게이의 몸이 땅을 뒹굴었다. 흉갑이 박살났다.

경화시킨 피부 너머로 충격이 전해져 내장이 뒤흔들렸다.

"으아아!"

딜러들이 달려들었다.

"자, 잠깐!"

선하가 급히 외쳤다. 메인 탱커 둘이 쓰러졌다. 세르게이와 우현은 이 공격대에서도 능히 최고라 꼽히는 실력자다. 그 둘이 제대로 된 공격조차 하지 못하고 쓰러진 것이다.

"예순셋."

흑기사가 중얼거렸다.

"아직은."

세르게이와 우현은 죽지 않았다. 우현은 통증을 누르며 몸을 일으켰다. 세르게이 역시 마찬가지였다.

그리고 흑기사는 그 둘을 무시했다. 눈앞에 걸리적거리는 것이 덤벼왔기 때문이다. 64번 던전에서 능력을 얻은 딜러다. 분명 능력이…

사용하지도 못했다. 흑기사의 손 안에서 검이 빙글 돌았다. 휘두른 검이 딜러의 목을 베어냈다. 깔끔한 일격이었다. 잘린 머리가 상황을 인지하지 못해 고함을 지르려 했고, 목소리는 나오지 않았다. 흑기사는 머리를 잃은 몸을 어깨로 밀쳐냈다.

"우, 우왁!"

비틀거리며 다가오는 동료의 시체를 보면서 누군가가 고함을 질렀다. 시야가 가려졌다. 일단 뒤로, 아니 이 경우에는 옆인가? 어떻게? 잠깐의 고민이 목숨을 앗아갔다. 쏘아진 검이 시체를 뚫고 남자의 목을 꿰뚫었다.

"…예순하나."

드디어. 검이 뽑혔다. 순식간에 두명이 죽었다. 다들 섣불리 공격하지 않고 긴장 어린 얼굴로 흑기사를 노려보았다. 흑기사는 가만히 서서 검에 묻은 피를 털어냈다.

"…야."

세르게이는 박살난 갑옷을 손으로 쓸어내면서 중얼거렸다. 그 곁에 선 우현은 머리를 옆으로 돌려 피 섞인 침을 뱉어냈다.

"저 새끼 세다."

세르게이가 중얼거렸다. 굳이 직접 듣지 않아도 알 수 있는 일이었다. 바로 방금 전에 견디지 못하고 나가떨어져 버렸으니까.

"…방심했냐?"

"아니."

우현이 물었고, 세르게이가 대답했다. 능력이 없었더라면 아까 전의 일격에 죽었을 것이다. 세르게이가 잠깐 머뭇거리다가 입을 열었다.

"저 새끼."

세르게이가 흑기사를 노려보았다.

"방어벽이 없어."

아까 전의 짧은 교전에서 확실히 알았다. 세르게이의 검은 흑기사의 갑옷을 직격하지는 못했다. 하지만 스치는 것은 성공했다. 검을 긁어내릴 때, 세르게이의 손에 느꼈던 것은 네임드 몬스터의 견고한 방어벽을 두드리는 감각은 아니었다.

사람과 싸울 때. 사람을 죽일 때.

갑옷을 검으로 긁는 기분이었다.

방어벽이 없다. 우현은 그 말을 확실히 머릿속에 새겼다. 놈은 강하지만, 혼자다. 체격이 그리 크지 않다. 검을 사용한다. 검술이 뛰어나다. 전투에 익숙하다.

방어벽이 없다. 그 말은, 한 번이라도 놈의 몸을 제대로 베어낸다면. 놈의 갑옷을 부술 수 있다면. 제대로 목을 노려서 갑옷의 이음새에 검을 박아 넣는다면, 장기전으로 이끌 필요 없이 저 새끼를 죽일 수 있다는 말이다.

"예순."

그리고 한 명이 더 죽었다. 능력을 얻은 또 다른 헌터였다. 민아의 눈동자가 파들거리며 떨렸다. 그녀는 조금 뒤로 물러섰다. 선하 역시 어떻게든 호흡을 진정시키면서 입술을 잘근 씹었다.

"…크."

박광호가 도끼를 들고 앞으로 나섰다. 떨리는 것은 박광호 역시 마찬가지였다. 우현과 세르게이가 제대로 상대도 하지 못하고 나가 떨어졌다. 네임드 몬스터의 마석을 흡수 한 두 명의 딜러가 순식간에 죽임을 당했다.

"…개자식."

박광호가 욕설을 내뱉었다. 그는 도끼 자루를 고쳐 잡으며 흑기사를 향해 달려들었다. 흑기사는 검끝을 가볍게 흔들며 앞으로 발을 뻗었다.

"흐으읍!"

박광호가 숨을 삼켰다. 그의 양 팔 근육이 폭발할 듯이 부풀었다. 전력을 다해 도끼를 휘둘렀다. 하지만 박광호가 예상했던 소리는 나지 않았다. 쇠와 쇠가 부딪히는 소리. 혹은 무언가가 으스러지는 소리.

아무 것도 나지 않는다. 도끼를 휘두르면서 일어난 광풍이 주변을 휩쓸었다. 박광호는 급히 위를 올려 보았다. 천천히 떨어지는 흑기사의 모습이 보였다.

"…쉰아홉?"

흑기사가 의문형으로 물었다. 그의 검이 내리 찍혔다. 박광호는 고함을 지르며 도끼를 위로 휘둘렀다. 이 거리라면 피할 수 없다. 날개가 없는 이상 하늘로 오른 것은 아래로 떨어지는 것이 당연하니까.

하지만 도끼는 닿지 않는다. 조금 빨랐나. 아니, 조금 느렸다. 철컥하는 쇳소리. 흑기사의 발이 앞으로 뻗어졌다. 박광호의 도끼가 허공을 휩쓸던 순간이었다. 박광호의 시선이 빳빳이 내려왔다. 그는 바로 앞에 선 흑기사를 바라보았다.

쉬아홉.

좌악!

흑기사가 휘두른 검이 박광호의 몸을 베었다. 몇 걸음 뒤로 물러섰다. 허리 부근이 시큰했다. 박광호는 덜덜 떠는 손을 들어 허리를 어루만졌다.

붉은 선이 그려졌다. 작게 혀를 차는 소리가 들렸다. 흑기사가 뱉은 소리였다.

"예순."

흑기사는 그렇게 중얼거리며 자신의 팔을 내려 보았다.

"…허억…."

박광호는 그 자리에 털썩 주저앉았다. 그는 식은땀에 흥건히 젖어서 자신의 상처를 더듬었다. 갑옷과 피부만 베어졌을 뿐이다. 한 걸음. 아니, 몇 센치만 더 깊이 베였어도 내장이 조각났을 것이다.

"…으득…."

안토니는 창백하게 질린 얼굴로 흑기사를 노려봤다. 조금만 실을 뿜어내는 것이 늦었더라면 어떻게 되었을까. 박광호가 눈 앞에서 조각났을 것이다.

"귀찮게 하는군."

투구 사이에서 그런 목소리가 새어나왔다. 방향이 조금 틀어졌다. 덕분에 쉰아홉이 되지 못했다.

그것이 조금 짜증나.

흑기사는 검을 뒤로 들어올렸다.

까앙!

민아가 휘두른 검이 가로막혔다. 완전에 가까운 기습이라고 생각했는데 틈이 보이질 않는다. 민아는 반격에 주의하며 곧바로 흑기사와 거리를 벌렸다.

"여기가 어딘 줄 아나?"

흑기사가 입을 열었다. 우현과 세르게이가 복귀했다. 죽은 것은 네 명. 64번 던전의 보스를 레이드 했을 때에도 고작해야 세 명이 죽었을 뿐인데.

5분도 안 되는 시간에 3명이 죽었다.

"발할라."

흑기사는 작은 목소리로 중얼거렸다. 기둥의 너머 붉은 하늘을 보았다.

"나는 잘 모르지만, 발할라라는 것은… 전사가 죽어서 가는 세계라는 모양인데."

누군가가 침을 삼켰다. 우현은 검을 쥐었다. 발할라. 던전의 이름이 머릿속을 떠돌았다.

어쩌면 오늘 우리는.

"너희는 이곳에서 죽는다."

흑기사가 말했다.

"이곳, 발할라에서."

별 감정이 실리지 않은 사형선고였다. 흑기사의 목소리는 조금도 흔들리지 않았다. 마치 지극히 당연한 사실을 읊조리는 것 같았다.

너희는 이곳에서 죽는다.

우현은 흑기사가 뱉은 말에 대답하지 않았다. 그냥, 검을 들어 올렸다. 손목이 조금 욱신거렸다. 몇 번 검을 나눈 것뿐인데 이 정도로 통증이 남아있었다. 모두가 긴장한 얼굴로 흑기사 쪽을 힐긋거렸다.

62번 던전, 라스 프라다를 처음 마주쳤을 때를 떠올렸다. 62번 던전 이후로 던전에 출현하는 네임드 몬스터의 양상은 크게 달라졌다. 그들은 특별한 능력을 가졌고, 인간만큼의 지성을 가졌으며, 언어를 구사했다.

그 이후로 62, 63, 64. 그리고 이곳, 65번 던전인 발할라. 이곳에서 다시 몬스터는 바뀌었다. 던전의 형태도 바뀌었다. 주변을 돌아보지만 다른 몬스터는 역시 보이지 않는다. 보이는 것은 기둥과, 붉게 젖은 하늘과…

"…이곳의 몬스터는 너 뿐이냐?"

우현이 물었다. 그 질문에 흑기사는 천천히 머리를 끄덕거렸다. 그의 머리가 움직일 때마다 삐걱거리는 쇳소리가 났다.

"…네가 이 던전의 보스 몬스터인 거냐?"

"너희가 말하는 보스라는 개념은 잘 이해할 수가 없군."

흑기사가 대답했다. 우현은 까득 이를 갈았다.

"…너를 잡으면, 다음 던전이 열리는 것인가?"

"이 다음으로 넘어가기 위해서는 나를 쓰러트려야 하는 것은 맞지."

흑기사가 대답했다.

"불가능한 일이다."

이어 뱉은 흑기사의 말은 오만이 섞여 있지는 않았다. 그냥, 당연한 사실을 말하는 것처럼 들렸다. 놈은 방어벽을 사용하지 않는다. 이전의 네임드, 보스 몬스터들과는 다르다. 방어벽도 없고, 아직까지는 뭔가 특별한 능력을 보인 적도 없다.

어쩌면 놈의 속도가 곧 능력인 것일까? 그럴 지도 모르지. 하지만 확신은 없다. 경계는 충분히 한다. 우현은 박광호 쪽을 힐끗 보았다. 그는 검에 스친 상처를 손으로 꾹 누르며 얼굴을 일그러트리고 있었다. 칼이 조금만 더 깊게 들어갔어도, 박광호는 내장이 절단 나서 죽었을 것이다. 막연했던 죽음의 공포가 근접하여 박광호의 몸을 시리게 만들었다.

'좋지 않아.'

사기가 떨어졌다. 흑기사의 공격, 일방적인 폭력. 그리고 일방적인 죽임. 공격대의 중심이라고 할 수 있을 우현도 흑기사에게 밀려 나가 떨어져버렸으니, 사기의 저하는 당연한 일이었다.

그 뿐만이 아니다. 흑기사는 여태까지의 몬스터와 완전히 다른 방식으로 공격하고 있었다. 이전의 몬스터는 신체 능력 자체가 헌터를 아득히 상회하고 있었고, 최근 던전의 네임드 몬스터들은 자신이 가진 능력을 적극적으로 사용한다.

하지만 흑기사는 다르다. 놈의 신체 능력은 이전의 네임드 몬스터와 마찬가지로 헌터를 아득히 상회했지만, 흑기사가 품은 이질적인 기운은 이전의 네임드 몬스터와는 확실히 달랐다.

놈은 강하다.

단순히 강한 것이 아니다. 신체 능력이 뛰어나기에 강한 것이 아니다.

검이 부딪혔다.

어떻게든 흐름을 뒤집기 위한 발악과 같았다. 그런 압박감을 느낄 정도로 궁지였다. 하지만 막혔다. 손목의 힘을 조금 느슨히 풀었다. 맞닿은 검이 비틀렸다. 흑기사의 검이 조금 뒤로 빠지고, 곧바로 놈의 다리가 움직였다. 칼을 뒤로 눕힌다. 칼자루가 우현의 얼굴로 쏘아졌다.

빠르다. 엔진을 최대한 올리고 정신을 가속시켰음에도, 흑기사의 공격은 빠르다고 느껴졌다. 가속되는 것은 어디까지나 정신 뿐이다. 우현의 몸이 특별히 빨라지는 것은 아니다.

즉, 그것은 속도 면에서 흑기사가 우현을 완전히 압도하고 있다는 것을 뜻했다. 근접거리에서 저 정도의 속도라면, 느리게 보인다고 해서 대처하는 것은 쉬운 일이 아니다. 우현은 몸을 낮춰 흑기사의 공격 거리 안으로 파고들었다. 내지른 칼자루가 우현의 귀 옆을 스쳤다.

이 거리라면 놈은 검을 휘두를 수 없다. 우현은 검을 최대한 몸 안 쪽으로 당기고, 검 날을 옆으로 세웠다. 방어벽이 없으니 제대로 검을 휘두를 수만 있다면 놈을 잡을 수 있다. 최대한 바짝 붙어 검을 당겨 벤다. 갑옷의 이음새 안 쪽을 노린다.

투욱.

흑기사의 손이 뻗어졌다. 우현의 얼굴이 조금 굳었다. 특별한 대처는 아니었다. 검을 쥐지 않은 손을 들어 올려서, 우현의 어깨를 가볍게 밀친 것뿐이다. 아주 잠깐, 시간이 멈춘 것 같은 기분이 들었다.

…후우.

멈췄던 숨이 흘렀다. 시간이 흘렀다.

카앙!

금속과 금속이 부딪혔다. 밀려나는 몸에 제동을 건다. 여기서 뒤로 밀린다면 끝이다.

그런 예감이 들었다. 이런 감은 재수없게도 곧잘 맞곤 해서, 우현은 필사적으로 다리에 힘을 주어 버텼다. 그리고 다시 격돌. 손목 관절이 박살나는 것 같은 기분이었다. 근육이 터지고 혈관이 찢어지는 것 같았다. 양 팔과 힘을 준 다리, 버티는 허리에 부하가 걸리고 있었다.

"그렇군."

흑기사가 소곤거렸다.

"네가 가장 강한가?"

대답할 여유는 없었다. 목소리를 낼 힘도 없었다. 그럴 힘이 남아 돈다면 공격과 방어와 회피에 쏟는다. 머릿속에 잡념이 사라졌다. 사라진 그 빈자리를 다른 것이 가득 채웠다. 스위치를 어떻게, 공격을 어디로, 피할 것인가, 막을 것인가, 피한다면 옆으로? 뒤로? 막는다면, 아니 막는 것은 불가능해, 그렇다면,

피하는 것도, 막을 수도 없는 공격은 어떻게 해야 하지?

머리 위로 떨어지는 검을 보면서 그런 의문이 들었다. 뒤로 물러서기에는 늦었다. 검을 들기에도 늦었다. 검은

느리게 떨어졌지만, 우현의 몸은 그 검보다 더 느렸다. 해답을 떠올릴 수가 없다. 다만 시간이 늘어진다고 느꼈다. 그 시간 동안 떠오르는 것은 몇가지 기억의 편린이었다. 아, 그렇구나. 이게 주마등인가.

그렇다면 나는 죽는 것인가. 이곳에서, 결국. 예전이랑 다를 것 없이.

카각!

끼어든 검이 흑기사의 검을 막아냈다. 세르게이였다. 그는 눈을 부릅뜨고 다리에 힘을 주었다. 그의 발이 땅을 걷어 찼다. 흑기사의 몸이 조금 뒤로 밀려났다. 그와 동시에 왼 손에 쥐고 있던 세르게이의 검이 회전했다. 흑기사의 검은 세르게이의 검에 막혀 있다. 그렇다면 텅 빈 놈의 몸을 베어 낼 뿐이다.

콰앙!

세르게이의 몸이 뒤로 날아올랐다. 흑기사의 발이 세르게이를 걷어 차 버린 것이다. 능력으로 경화시킨 몸이라 내장이 터지지는 않았지만, 이 능력이 없었더라면 발에 한 번 걷어 차인 것 만으로 죽어버렸겠지.

"오빠!"

민아가 비명을 질렀다. 우현은 급히 발을 뒤로 끌었다. 한심하게도, 순간 굳어 버렸다. 세르게이의 도움이 없었다면 틀림없이 죽었을 것이다.

다시 한 번 확신했다. 흑기사에게 느낀 위화감의 정체는, 놈이 강하면서도 신중하다는 것. 동시에 무기를 다루고 싸우는 것에 익숙하다는 것이었다. 무기를 쥔 몬스터는 많다. 62번 던전의 네임드 몬스터였던 에르마쉬도 검을 휘둘렀다.

하지만 검을 쥐었다고 해서 검술에 능숙하다는 것은 아니다. 에르마쉬가 휘둘렀던 검은 빠르고 강했지만, 그렇다고 해서 에르마쉬의 검술이 뛰어났던 것은 아니다. 에르마쉬의 검은 단순히 무겁고, 또 빨랐을 뿐이었다.

기교는 없었다. 검의 도착점에서 폭발이 일어난다는 능력이 있었을 뿐. 흑기사의 검과는 비교가 안 된다. 놈의 검은 에르마쉬의 검보다 빠르고, 또 강했고, 기교가 섞여 있었다.

놈의 검은 능숙했다. 그것이 전부였다.

'가망이 없어.'

냉정하게 내린 판단이었다. 흑기사가 소형이라고는 해도 유빈투스와는 그 대처법이 다르다. 유빈투스는 근접전에 그리 뛰어난 몬스터는 아니었다. 대부분의 헌터는 원거리 수단이 절대적으로 부족하다. 애초에 몬스터를 상대로 원거리 공격은 거의 불가능에 가까운 일이다. 몬스터가 가지고 있는 방어벽은 투기를 직접 불어넣은 공격이 아니라면 완전히 방어해 내니까.

하지만 흑기사에게 방어벽은 없다. 그 사실이 우현의 정신을 뜨이게 했다.

"도망쳐!"

우현이 고함을 질렀다. 지금 이 자리에서 흑기사를 쓰러트릴 수는 없다. 저 작은 놈에게 달라붙어 봤자 고작 해야 세 명, 네 명 정도가 한계다. 공격대 헌터들 중 가장 강한 네 명이 다 덤벼도 흑기사를 쓰러트릴 수 있다는 확신은 없다.

그렇다면 차라리 도망쳐 후일을 도모한다. 방어벽을 갖지 않은 놈이라는 것은, 현대 병기로 놈을 쓰러트리는 것이 가능할 지도 모른다는 말이다. 뭐든 좋다. 총이든, 박격포든. 일단 뒤로 빠져서…

"말했을 텐데."

흑기사가 소곤거렸다. 너희는 이곳에서 죽는다. 흑기사는 그 말을 충실히 이행할 생각이었다. 그는 우현과 세르게이를 무시했다. 괜히 붙잡혀 있다가 다른 녀석들을 놓치는 것보다, 잡을 수 있는 먹이를 확실히 잡는 것을 선택한 것이다.

게이트까지의 거리는 그리 멀지는 않다. 전력으로 달린다면 5분 이내에 도착할 수 있을 것이다. 헌터들이 등을 돌려 도망치기 시작했다.

"오빠!"

민아가 고함을 질렀다. 우현은 도망치는 헌터의 등 뒤를 덮치는 흑기사를 향해 달려들었다.

"난 괜찮으니까!"

우현은 악을 쓰듯 외치며 답했다. 우현의 검이 휘둘러진 순간, 흑기사의 발이 땅을 박찼다. 땅이 흔들릴 정도의 강한 도약이었다. 공중으로 솟구친 흑기사는 포물선을 그리던 중에 몸을 비틀었다. 그의 몸이 유성처럼 아래로 추락했다.

"으아악!"

누군가가 흑기사의 발에 짓밟혔다. 그는 비명도 지르지 못하고 머리가 뭉개져 죽었고, 그를 대신하여 비명을 지른 것은 바로 뒤에서 그를 따르던 다른 헌터였다. 그 비명이 그의 유언이 되었다. 휘두른 검에 잘린 목이 허공으로 솟구쳤다.

"개, 새끼야!"

우현이 고함을 질렀다. 우현이 달려오는 것을 힐긋 본 흑기사는 자신이 죽인 헌터가 쥐고 있던 검을 들어 올렸다. 그리고는 가볍게 발을 튕겼다. 그의 몸이 뒤로 쭉 밀려났다. 그렇게 거리를 다시 벌린 놈은, 도망치는 헌터의 등을 향해 노획한 검을 집어 던졌다.

"커흑!"

던진 검은 정확하게 척추를 끊고 심장을 꿰뚫었다. 입

술 사이로 붉은 피가 폭발하듯이 터져 나왔다. 그 근처에 있던 시헌의 얼굴이 일그러졌다.

"으아아!"

시헌이 고함을 지르며 흑기사에게 달려들었다.

"도망치라고!"

우현이 목이 터져라 외쳤다. 하지만 그보다 먼저 시헌의 펄션이 휘둘러졌다. 놈은 방어벽을 갖고 있지 않다. 폭발이라면 잡을 수 있을 지도 모른다.

시헌의 능력은 접촉점에서 폭발을 일으킨다. 해답은 간단했다. 닿지 않으면 될 뿐이다. 시헌이 휘두른 펄션이 허무히 허공을 베었다. 펄션의 궤적 아래로 들어 온 흑기사는 검을 조금 위로 들어 올렸다.

"안 돼!"

민아가 비명을 질렀다. 그 즉시 그녀의 능력이 펼쳐졌다. 텔레포트를 사용한 민아가 흑기사의 바로 앞을 가로막았다. 흑기사는 혀를 차면서 시헌을 베려던 검을 민아에게 내질렀다.

하지만 흑기사의 검은 민아를 꿰뚫지 못했다. 검이 다가오는 찰나에 연이은 텔레포트가 성공했다. 민아는 시헌의 손목을 잡고 확 끌어당겼다. 덮쳐 오던 죽음의 공포에 경직되었던 시헌의 다리라 뻣뻣하게 움직였다.

"재밌는 재주가 많아."

흑기사가 중얼거렸다. 그는 도망치는 시헌과 민아, 그리고 다른 헌터들. 그리고 등 뒤에서 달려드는 우현과 세르게이를 느끼면서 검을 흔들었다.

"다 죽일 수는 없겠군."

그래도 최대한.

놓치는 고기는 어쩔 수 없지. 욕심을 부릴 생각은 없다. 신중하게, 잡을 수 있는 녀석만 노려서. 그래도 더 놓치고 싶지는 않군.

그 전에 등 뒤에서 덮치는 놈들을 먼저 처리해야 할까. 확실하게 두 놈을 잡을지, 아니면 더 많은 놈을 잡을지. 겪어본 바, 이 인간들 중에서 가장 강한 것은 우현과 세르게이였다. 저 둘을 배제하는 것으로 큰 타격을 줄 수 있을 터. 결국 결정을 내렸다. 일단 뒤의 두 놈을 잡는다. 흑기사가 발할라에 있는 동안에는, 헌터는 싫어도 그를 잡기 위해 이 던전에 들어올 수밖에 없다.

놈들은 그때 잡도록 하자.

흑기사가 몸을 돌렸다. 우현은 이쪽을 보는 흑기사를 보고 표정을 굳혔다. 우현은 세르게이 쪽을 힐긋 보았다. 서로의 시선이 오갔다.

세르게이가 좌측으로 빠졌다. 그는 기둥을 크게 돌아가며 흑기사의 우측으로 덮쳤다. 그리고 우현은 정면으로 덤벼 들면서 검을 위로 들었다. 먼저 떨어진 것은 우현의 검이었다. 흑기사는 우현의 검을 받아내면서 곧바로 뒤로 빠졌다. 조금의 시간을 두고 들어 온 세르게이의 검을 힐긋 보면서, 흑기사의 몸이 빙글 돌았다. 옆으로 돌린 검이 세르게의 검을 받아냈다.

놈의 회피동작 이후에 우현의 공격이 들어온다. 아무리 반응속도가 빠르다고 해도 몸을 움직이고 공격을 받아내는 것에 아주 작은 틈이 생기지 않을 수는 없다.

우현은 엔진을 최대로 올렸다. 틈이라고 생각했고, 그곳으로 파고들었다. 흑기사의 안광이 미끄러지며 우현을 보았다. 틈이라고 생각한 곳은 틈이 아니었다. 함정이다. 등골을 달리는 직감에 우현은 곧바로 발을 뒤로 빼냈다. 다행히도 그의 판단은 옳았다. 카각! 흑기사가 휘두른 검이 우현의 가슴을 아슬하게 스치고 지나갔다.

"이 괴물 새끼…!"

일부러 허점을 보여 공격을 유도했다. 발을 조금만 더 앞으로 뻗었어도 죽었을 것이다. 아슬하게 우현을 죽이지 못했음에도 흑기사는 조금의 반응도 보이지 않았다. 그는 묵묵히 검을 휘둘러 세르게이를 떨쳐냈다.

"우현아!"

등 뒤에서 선하가 비명을 질렀다. 우현은 긴장한 얼굴로 검을 잡았다. 공격이 멈추고 대치 상황이 되었다. 세르게이 역시 입술을 꽉 씹고 검을 쥐었다.

"…너를 죽이면, 다음 던전이 열린다고 했지."

우현이 중얼거렸다. 다른 헌터들은 이미 멀찍이 거리를 두고 있었다. 저들은 도망칠 수 있을 것이다.

"그렇다면… 너는 종말이 아니로군. 다행이야."

그 말에 작은 소리가 들렸다. 갑옷의 안에서 울리는 소리였다. 웃음이었다.

"그다지 다를 것도 없지."

흑기사가 중얼거렸다.

"나를 죽이지 못한다면, 내가 너희의 종말이 될 거야."

웃음이 섞인 대답이었다. 헛소리. 우현이 내뱉었다. 놈은 방어벽을 갖지 않았다. 놈이 바깥으로 나간다면, 어떻게든 놈을 잡을 방법은 생긴다.

하지만 그 과정에서 재앙에 가까운 피해가 생길 뿐. 문득 생각이 났다. 놈은 카운트를 가지고 있지 않아. 그렇다면 저 괴물은 어떻게 해서 바깥으로 나가는 것일까.

"…그런 일은 없어."

우현이 중얼거렸다. 저 괴물을 밖으로 내보낼 생각은 없다. 몬스터는 던전 내에서 죽이는 것이 가장 이상적이다. 그렇다면 나는? 나는 여기서 죽어야 하나? 우현의 얼굴이 일그러졌다.

목숨이 아깝다기보다는, 그가 죽는다면 상당히 많은 문제가 발생하게 된다. 우선 마석의 공급이 중단된다. 마석의 도움이 없어진다면, 앞으로의 던전 공략에 큰 문제가 생길 것이다. 계속해서 더 강한 몬스터가 나타난다 생각할 때.

헌터는 더 이상 던전을 공략할 수 없을 지도 모른다.

"많은 먹이를 놓치게 되는 것은 아쉽지만."

흑기사가 입을 열었다.

"너희 둘을 죽일 수 있다면 그리 손해보는 것은 아닐 테지."

62번 던전의 기억이 떠올랐다. 그때에도 지금과 똑같았다. 라스 프라다를 처음 마주쳤을 때. 우현은 선하와, 나래의 헌터들을 대피시키기 위해 라스 프라다를 가로막았다. 그때 우현의 곁에는 최우석이 있었다. 최우석은 죽었다. 우현도 한 번 죽었다.

지금도 똑같다. 조금 다른 것은, 우현의 곁에 최우석이 아닌 세르게이가 있다는 것. 설마 세르게이와 함께 죽게 될 줄은 몰랐는데.

…여기서 죽는다면 나는 어떻게 될까. 또 데루가 마키나를 만나게 될까? 아니면 나를 기다리는 것은 더 큰,

"누구인지는 듣지 못했는데."

흑기사의 입이 열렸다.

"너구나. 주인을 무는 개에게 홀린 것이."

"…뭐?"

갑작스러운 말이었다. 흑기사는 투구를 옆으로 갸웃거렸다. 삐걱거리는 쇳소리가 났다.

"데루가 마키나."

그 이름은 파괴자의 것이라고. 라스 프라다가 겁에 질려 내뱉던 목소리가 떠올랐다.

"그 파괴자의 안배가 너인 것 같은데. 아닌가?"

가슴이 뛰었다. 이렇게 먼저 데루가 마키나에 대해 묻는 몬스터는 처음이었다.

"…넌… 대체 뭐냐?"

우현이 떨리는 목소리로 물었다.

"네가 맞군."

우현의 반응으로 흑기사는 확신을 얻었다. 애초에 그는 예정되지 않은 괴물이었다. 그럼에도 그가 이곳에 나타난 것. '발할라' 라는 이름의 던전이 나타나게 된 것은,

인간의 성장이 너무 빠르기 때문이다. 정확히 말하자면 헌터의 성장이 너무 빠르다. 애초에 헌터는 62번 던전에서 전멸했어야 했다.

헌터 뿐만이 아니다. 모든 인류는 헌터가 될 가능성을 품고 있다. 어느 순간 또다른 헌터가 각성하게 될 지도 모른다. 그러니 헌터 뿐만이 아닌, 모든 인류가 멸절해

야만 했다. 종말. 그것은 판데모니엄의 존재 의의다.

"데루가 마키나가 너에게 수작을 부렸구나. 이미 죽은 존재를 강제로 끌어 왔어. 그 괴물이 제 분수를 모르고 신좌를 노리는 군."

흑기사가 머리를 흔들었다.

"나쁘게 생각하지 마라. 이미 너는 죽은 존재고, 가야 할 곳으로 갈 뿐이다. 너 뿐만이 아닌 다른 모든 이들이 죽을 것이다. 죽음이 너희의 구원이 되겠지. 너희는 발할라로 가게 될 것이다. 이곳이 아닌, 진짜 발할라로."

만약 발할라가 실제한다면 말이다.

"데루가 마키나는 간섭할 수 없다. 그 괴물의 직접 간섭은 불가능해. 고작해야 간접적으로 수작을 부리는 것이 고작이지. 무의미한 일이다. 그 괴물이 부리는 수작이라고 해 봐야 한계가 있으니."

흑기사가 소곤거렸다.

"균열에 숨은 괴물이 나를 보는군. 그 괴물의 시선이 느껴진다. 시선의 살의, 아직 그 괴물은 완전하지 못해. 그리고 너희 헌터 역시."

"…애초에 너희가 나쁜 거야."

우현이 내뱉었다.

"세상은, 인간은. 아무런 문제가 없었다. 그냥 그대로 내버려 두었다면 아무 문제도 생기지 않았을 거야. 그런데 갑자기 판데모니엄이라는 것이 나타나서는…!"

"지극히 인간다운 말이로군."

흑기사가 머리를 흔들었다.

"아무 일도 없었다. 너희가 보기에는 그런가? 글쎄, 나는 인간이 아니지만. 너희가 어떤 존재인지는 알지. 추악하고 욕심이 많아. 제 욕심을 채우기 위한 집단이 버젓이 굴러다니고 서로를 속이고 죽인다. 너희의 역사에 전쟁이라는 것이 얼마나 있었느냐?"

말문이 막혔다.

"너희야말로 파괴자다. 그러니 청소할 뿐이다. 쓰레기가 너무 많이 쌓였으니까. 그러니 한 번 청소를 해야 해. 지극히 당연한 일이다. 너희는 청소를 해야 할 쓰레기에게 의사를 묻는가?"

묻지 않는다.

"그럴 뿐이다."

흑기사가 움직였다.

"씨발, 뭔 헛소리야."

잠자코 듣고 있던 세르게이가 내뱉었다. 그는 전신을 시커멓게 물들이고서 눈동자를 번뜩였다.

"결국 뒈지라는 말이잖아. 말만 번드르르하게…!"

세르게이의 말이 끊겼다. 흑기사가 달려들었다. 우현은 조금의 혼란을 느꼈다. 쓰레기? 청소?

여러 신화에서 인간은, 또 이 세계의 존재는 몇 번이나 멸망당했고, 멸망에 준하는 재앙을 겪었어. 신이 인간을 멸절시키고 싶기에 판데모니엄을 만들고 몬스터를 강림시키는 것일지도 모르는 거야.

총 협회장인 안젤라가 했던 말이 우현의 머리를 스쳤다. 던전의 끝에 존재하는 것이 정말로 창조주라면. 만약 그 창조주가 우현이 알고 있는 '신' 이라는 존재라면,

판데모니엄과 몬스터의 강림은 인류 멸절을 위한 재앙인 것일까. 데루가 마키나는? 데루가 마키나의 목적은 확실하다. 우현을 중심으로 하여 헌터의 힘을 올리고, 던전을 공략하여 마지막 던전의 괴물을 쓰러트리는 것.

주인을 무는 개.

흑기사는 데루가 마키나를 그렇게 칭했다. 그 괴물이 주제도 모르고 신좌를 노리는 군. 흑기사가 중얼거린 말이 우현의 머리를 지끈거리게 만들었다.

대체 뭐냐 말이냐. 무엇 하나 확실한 것이 없다. 나는 지금 대체 뭘 하고 있는 것이지? 헌터니까, 몬스터와 싸우고, 판데모니엄의 던전을 공략하고.

그렇게 해서 마지막에 있는 것은 대체 뭐냐.

욱신, 하는 통증. 뿌득하는 소리. 으스러지는 것 같은 감각. 걷어 차인 몸이 뒤로 밀려난다. 세르게이의 쾌검 속에서도 흑기사는 여유롭게 우현을 견제했다. 움직임

하나하나가 다른 공격으로 연계되고, 콰드득! 휘두른 검이 세르게이의 몸을 크게 베었다.

"욱…!"

내장이 뒤흔들렸다. 세르게이는 입을 틀어막고 땅에 주저앉았다. 베이지 않았을 뿐, 충격의 전달은 막을 수 없었다. 우현 역시 마찬가지였다. 걷어 차였을 때 늑골이 부러졌다.

그 순간이었다. 발소리가 빠르게 다가왔다. 흑기사의 몸이 크게 뒤로 돌았다. 콰직! 내리 찍은 도끼는 흑기사의 검에 가로막혔다.

"광호씨!"

우현이 놀란 목소리로 외쳤다. 도망치라고 했었는데.

"두 번째입니다."

박광호가 내뱉었다. 그 말에 우현의 몸이 움찔 떨렸다. 박광호의 이마에 혈관이 씰룩거리며 올라왔다.

"62번 던전. 라스 프라다. 그때…가 첫 번째. 그리고 지금이 두 번째."

도끼가 움직였다. 콰드득! 다시 내리 찍은 도끼가 바닥을 박살냈다. 훌쩍 뛰어올라 뒤로 물러선 흑기사는 이해할 수 없다는 듯 머리를 갸웃거렸다.

"왜지?"

흑기사가 물었다.

"도망칠 시간은 있었을 터다. 나는 너희를 무시했고, 저 둘을 먼저 배제하기로 했다. 너희 속도라면 이미 진즉에 이 길을 지나 출구로 나갈 수 있었을 텐데."

"도망칠 마음이 없었으니까."

박광호가 내뱉었다. 이건 조금 놀랍군. 흑기사는 내심 감탄했다. 기껏 도망치게 둔 인간들이 모두 남아있잖은가. 흑기사는 자신을 보는 시선을 하나하나 마주보았다. 공포가 섞인 시선. 하지만 그것이 전부가 아니었다.

"그렇군."

철컥. 쇠와 쇠가 부딪혔다. 흑기사는 박수를 쳤다.

"집단이니까."

흑기사가 머리를 끄덕거렸다.

"동물도 제 우두머리를 지키려 들지. 그런 맥락인가. 저 둘은 너희 중에서 제일 강하고, 무리를 짓는 짐승은 강하고 현명한 것을 우두머리로 삼는다. 그래서인가?"

흑기사가 낮게 웃었다.

"하찮은 본능이다."

흑기사의 갑옷이 삐걱거렸다.

"기껏 부지하게 해 준 목숨을 끊게 하는 이유로는, 정말 하찮아."

"병신들."

세르게이가 중얼거렸다. 박광호를 선두로 하여 다른

헌터들이 흑기사를 덮쳤다. 우현은 욱신거리는 갈비뼈를 손으로 붙잡고서 어깨를 떨었다.

"기껏 도망치라고 보내줘도."

세르게이는 발레리아를 보았다. 공격하는 무리에 발레리아가 섞여 있었다. 그냥 도망치라니까, 왜 돌아 온 거야. 세르게이의 얼굴이 일그러졌다.

"…다 죽을 거다."

세르게이는 우현을 힐긋 보았다. 짐승은 자신보다 강한 짐승에게 맞서지 않는다. 흑기사와 전투하면서 세르게이는 그런 감각을 뼈저리게 느꼈다. 싸우고 싶지 않다. 싸우면 죽는다. 도망쳐야 한다. 본능이 말하는 경고를 무시하고 싸웠다. 단순히 여동생을 도망치게 하기 위해서.

"안 죽어."

우현이 내뱉었다. 그는 발을 끌었다. 늑골이 부러지기는 했지만, 고통을 제외하고서는 몸을 움직이는 것에 큰 무리는 없었다.

"죽게 하지 않아."

하찮은 영웅심은 아니다. 단지 죽게 하고 싶지 않았을 뿐. 그렇다면 내가 죽어도 된다는 것인가? 모른다. 그냥 넋 놓고 볼 수 없을 뿐이다. 한 걸음 걸었을 때, 누군가가 비명을 질렀다.

잘린 목들이 둥실 떠오른다. 막는 것은 불가했다. 너무 빨랐으니까. 안토니가 어떻게든 흑기사의 움직임을 늦추려고 했지만, 그가 흘려보내는 실은 검의 궤적에 걸려 찢겨 흩날렸다. 독. 방어벽이 없다면 독을 흘려보내면 되는 것 아닌가.

하지만 닿을 수 없다면 그것 또한 불가능했다. 한가롭게 독을 내뿜을 시간 같은 것은 없었다. 순식간에 몇 명이 더 죽었다. 박광호가 휘두른 도끼가 자루채로 베여져 공중으로 떠올랐다.

이곳은 발할라다. 전사가 죽어 도달하는 땅. 전사의 무덤. 오십오, 오십삼, 오십. 그리고 또 사십으로. 흑기사는 계속해서 숫자를 중얼거렸다. 그의 검에 누군가가 죽을 때마다 흑기사가 중얼거리는 숫자는 낮아졌다. 무의미한 발악, 흑기사는 그렇게밖에 생각하지 않았다. 그는 처형인이다. 이곳의 모두를 죽이기 위한 처형인.

박광호가 흑기사의 앞을 가로막았다. 그는 거친 숨을 토해내면서 팔을 붙잡았다. 잘린 왼 팔에서 피가 울컥거리며 쏟아졌다. 그는 검을 지지대 삼아 몸을 일으키는 우현을 힐긋 보았다.

이토록 일방적으로 당하는 것이 얼마만일까. 팔이 잘렸다. 오른손잡이이기는 하지만, 왼팔이 잘려버린 것에 무덤덤한 기분이 되지는 않았다.

"…가십시오."

박광호가 간신히 말했다. 우현에게 하는 말이었다. 이대로 가다가는 다 죽을 뿐이다. 이렇게 많은 인원이 싸웠어도 흑기사에게 조금의 피해도 주지 못했다. 애초에 저 괴물을 쓰러트린다는 것이 가능하기나 한 일일까.

"붙잡고 있겠습니다. 그러니까…."

"저보고 도망치라는 겁니까?"

우현이 박광호를 노려보며 내뱉었다. 박광호는 대답하지 않았다. 그는 잘린 팔을 무시하고 땅에 떨어진 검을 쥐어 들었다. 쭉 도끼만 휘둘러 왔다. 검을 쥐어본 것이 몇 년 만인지.

"광호씨는…."

"괜찮습니다."

박광호가 대답했다.

"우현씨가 아니었더라면 62번 던전에서 죽었을 겁니다."

그가 앞으로 한 걸음 걸었다. 몇몇의 헌터들이 박광호의 뒤를 따랐다.

"하지만…!"

우현이 급히 말을 토해냈다. 박광호가 머리를 들었다.

"희연이가 죽었습니다."

박광호가 내뱉은 말에 우현의 얼굴이 하얗게 질렸다.

박희연이 죽었다. 언제? 어느 틈에? 우현은 급히 주변을 둘러보았다. 뒤늦게 깨달았다.

많은 헌터들이 죽어 있었다. 시체가 쓰레기처럼 뒹굴었다. 목이 잘린 시체, 사지가 잘린 시체, 양단된 시체.

저 중에 박희연의 시체가 끼어 있는 것이다. 심장이 차갑게 식는 기분이었다. 박희연을 처음 만났을 때. 그녀와 이야기를 나누고, 같이 식사를 하고, 그런 모든 기억들이 우현의 머리를 스쳤다. 그리고 또 지금 자신이 하는 생각이 얼마나 추잡하고 죄스러운 것인지.

이렇게 많은 사람이 죽었고, 이곳까지 오면서 또 많은 죽음을 보았는데. 자신과 특별히 친했던 누군가가 죽었다고 해서, 이리도 동요하는 자신이.

"가십시오."

박광호가 말했다. 우현은 아무런 말도 하지 못하고 박광호의 등을 보았다. 박광호와, 그를 따라 나선 헌터들을 보았다.

"한 가지는 확실하게 알았습니다."

동생이 죽었다. 나이 차이가 많이 나던 동생. 어떻게든 챙겨주고, 잘해주고 싶었던 동생. 시집 가는 것도 보고 싶었고, 자식을 낳는 것도 보고 싶었는데. 괜히 헌터가 되어버려서. 괜히 이런 곳에 와버려서. 박광호가 낮게 웃었다.

"우현씨는 여기서 죽어서는 안 될 것 같습니다."

담담히 뱉은 말이었다. 그 말에 우현의 얼굴이 일그러졌다. 죽어서 되는 사람과 죽어서 안 될 사람을 나누는 기준이 뭔데. 목구멍까지 그 물음이 솟구쳤다.

내가 죽으면 어떻게 될까.

마석의 생산은? 앞으로의 대책은? 우현이 죽는다면 마석의 공급은 끊긴다. 헌터는 더 이상 강해질 수 없다. 이 앞으로의 던전을 극복할 수 없다.

"…미안합니다."

입술을 비집고 튀어나온 것은 우현이 하고 싶은 진심과는 전혀 다른 말이었다. 버리고 갈 수 없습니다. 같이 싸웁시다. 이곳에서 함께 죽읍시다.

그것이 개지랄이라는 것을 스스로가 가장 잘 알고 있었다. 멸망을 보았다. 많은 사람이 죽는 것을 보았다. 이곳에 있는 우현 역시 이미 몇 번을 죽은 몸이다.

"고맙습니다."

박광호의 입꼬리가 올라가 미소를 만들었다. 그 모습을 보면서 우현은 욱하고 치솟은 울분을 씹어 삼켰다. 그는 몸을 돌렸다. 손끝이 덜덜 떨렸다. 개, 병신 같은 새끼. 자신에게 퍼붓는 욕설.

"…우현아."

곁에 선 선하가 떨리는 목소리로 말했다. 우현은 아무

런 말도 하지 않았다. 그는 간신히 발을 앞으로 뻗었다. 멀찍이 있는 입구 게이트를 노려 보았다.

"이제 와서 보낼 것 같나?"

흑기사가 물었다. 우현에게, 모두에게. 그는 피에 젖은 검을 털어내며 박광호를 보았다. 박광호는 피가 후둑 떨어지는 팔의 상처를 무시하고 검을 꽉 쥐었다. 머리가 어지러웠다. 피를 너무 많이 흘렸으니까.

하지만 이제 와서는 상관없는 일이다. 어차피 죽을텐데, 피를 너무 많이 흘린 것과 머리가 어지러운 것. 그게 다 무슨 상관인가. 다만, 시간을 끌어야 하니까. 박광호는 투기를 끌어 올렸다. 뒤는 생각하지 않는다. 그저 전력을 다해 투기를 쏟아 부을 뿐이다.

그렇게 휘두른 검이 흑기사를 내리 찍었다.

꽈아앙!

바닥이 뒤흔들리고 흑기사의 무릎이 굽혀졌다. 무겁다. 검을 받아내며 느꼈다. 기교도 없고 뭣도 없다. 있는 것은 강력한 힘 뿐. 끼긱거리는 소리, 검이 눌리고 무릎이 더욱 깊이. 바닥이 삐걱거리면서 갈라진다.

그리도 이어서 공격. 다른 헌터들이 흑기사를 덮쳤다. 움직임이 정지한 몸뚱이에 헌터들의 공격이 쏟아졌다. 흑기사는 혀를 차면서 발을 크게 뒤로 뺐다.

콰앙!

떨어진 검이 바닥에 박혔다. 박광호는 그것을 버리고 곧바로 다른 검을 쥐었다. 뒤로 물러선 흑기사는 성난 곰처럼 포효하며 덤비는 박광호를 보며 혀를 찼다.

"귀찮군."

이곳에서 죽이는 편이 낫겠어. 결정은 빨랐다. 흑기사의 몸이 박광호를 향해 쇄도했다. 박광호는 흑기사의 공격을 무시했다. 맹렬하게 내리 찍은 검이 오히려 흑기사를 가로막았다.

팔 하나.

흑기사가 그렇게 생각했다. 그는 몸을 비틀어 박광호의 공격 안으로 뛰어 들었다. 박광호의 눈이 순간 부릅 뜨였다. 콰직! 박광호가 내리 찍은 검이 흑기사의 왼쪽 어깨를 찍어 눌렀다. 삐걱거리는 쇠의 저항, 그것이 무시되었다. 으직거리는 소리를 내며 갑옷이 끊어졌다.

그리고, 푹. 흑기사가 찌른 검이 박광호의 가슴을 꿰뚫었다. 박광호의 입에서 피가 뿜어졌다. 흑기사는 찌른 검을 비틀어 뽑았다. 옆으로 그어 뽑은 검이 끈적한 피를 분수처럼 뿜어내게 만들었다. 박광호의 다리에 힘이 풀렸다. 그는 휘청거리면서 앞으로 넘어졌다.

"…크…."

박광호의 입에서 마른 웃음이 새어나왔다. 그래도 팔

하나. 그런 실없는 생각이 들었다. 이것으로 됐다. 나쁘지 않은 죽음이다. 흐릿한 정신으로 그런 생각이 들었다.

여동생이 멀리서 손을 흔드는 것이 보였다.

흑기사는 쓰러진 박광호의 시체를 무시하고 몸을 돌렸다. 아직 죽지 않은 헌터들이 악을 쓰며 흑기사에게 덤벼들었다. 어떻게든 더, 더 싸우기 위해서. 모두가 나래의 길드원이었다. 박광호와 함께 죽기 위해, 또 우현과 다른 이들을 이 던전에서 탈출하게 하기 위해서 덤비는 것 뿐이다.

"미련한 놈들."

흑기사가 중얼거렸다. 비정한 말이다. 그는 이해할 수가 없었다. 남을 위해 죽겠다고 나서는 것. 결국 가장 소중한 것은 자기 자신의 목숨 아닌가. 너희는 쓰레기다. 이 세상에서 치워버려야 할 쓰레기. 쓰레기들의 동지애 따위 알 바 아니다. 놈들이 자기들끼리 의리를 보이며 감싸 서로 죽어가는 꼴은 우습지도 않다.

그러니 휘두르는 검에는 그 어떤 미혹도 없다. 그저 휘둘러 죽일 뿐이다. 그는 그런 존재니까. 처형인 답게 행동할 뿐. 비명도 지르지 못하고 몇 명이 죽었다. 아직 남았나. 악을 쓰며 질러대는 고함은 시끄러울 뿐이다. 흑기사의 손 안에서 검이 빙글 돌았다. 찌르는 검은 자비없이 심장을 꿰뚫고, 그것을 비틀어 뽑아 몸을 베어낸다.

모든 이들이 죽는 것에 그리 오랜 시간은 흐르지 않았다.

"스물 셋."

흑기사가 중얼거렸다. 그는 뒤를 돌아보았다. 게이트로 이어지는 길에는 그 누구도 남지 않았다. 모두가 죽어버렸기 때문이다.

"쯧."

흑기사는 작게 혀를 찼다. 다들 도망쳤군. 현명한 선택이다. 그래봤자 무의미하겠지만. 흑기사는 박광호에게 잘린 왼팔을 힐긋 보았다. 피는 흐르지 않는다. 애초에 그의 몸에 피는 없으니까. 살도, 뼈도, 근육도. 아무것도 없다.

흑기사는 손을 들어 올렸다. 잘린 팔의 상처에서 시커먼 안개가 흘러나왔다. 그것은 천천히 뻗어지며 주변 헌터의 몸을 더듬었다. 안개가 더듬고 지나간 자리에 붉은 구체가 떠올랐다. 박광호의 시체도 마찬가지였다. 흑기사는 그의 몸에서 나온 커다란 구체를 보면서 낮게 감탄을 흘렸다.

"이건 놀랍군."

설마 이 정도로 힘을 모아놨을 줄이야. 그렇게 해서 모은 구체가 흑기사에게 모였다. 흑기사는 그것에 손을 뻗었다. 구체가 흑기사에게 삼켜졌다. 잘린 팔의 자리에 새로운 팔이 돋아났다.

"재생 정도로군."

흑기사는 그렇게 중얼거리면서 자리에 털썩 앉았다. 보이는 것은 전부 시체 뿐. 쓰레기장에 앉은 기분이다. 흑기사는 검을 끌어안았다.

처참한 기분이었다.

그 외에 무어라 설명을 해야 할지 모르겠다. 우현은 창백한 얼굴로 자리에 주저앉았다. 다리가, 그리고 손이. 아니, 전신이 후들거리면서 떨렸다. 압도적이고 일방적인 패배. 단순한 폭력. 그것이 전부. 우현은 뒤를 돌아보았다. 게이트는 보라색 빛을 발하며 일렁거리고 있었다. 그것은 입을 쩍 벌린 괴물의 아가리처럼 보였다.

"…몇 명이나 죽었지?"

우현이 떨리는 목소리로 물었다. 대답하는 이는 없었다. 모두가 같은 기분이었다. 그들은 살아남았고, 그들을 대신하여 다른 이들이 죽었다. 우현은 비틀거리며 몸을 일으켰다. 박살난 늑골이 몸을 움직일 때마다 욱신거렸다. 폐를 찌르지 않은 것이 다행이라면 다행인가. 차라리 폐가 찔렸다면 좋았을 것을.

만약 그랬다면, 뒈져서 이 꼴을 보지도 않았겠지.

하나, 둘, 셋. 수를 셌다. 서른은 될 것이라고 생각했는데, 머릿속으로 헤아린 숫자는 서른까지 가지도 못했다. 스물 셋. 처음에 몇 명이었지? 예순 셋. 마흔 명이 죽었다. 절반이 넘는 인원이 저 던전에서, 65번 던전인 발할라에서 죽었다.

시간은? 고작해야 20분 남짓. 그 짧은 시간 만에 40명이 죽었다는 말이다. 62번부터 해서 쭉 던전을 공략해 온 헌터들이… 20분 만에 40명이나.

"우웩!"

누군가가 토악질을 했다. 역한 비린내가 풍겼다. 자신의 몸에서 풍기는 냄새였다. 몸은 피범벅이었다. 피 웅덩이 위에서 한참을 굴렀으니까. 타인의 시체 위에서, 그들이 흘린 피에서.

"…저게 도대체 뭐야?"

세르게이가 내뱉었다. 그는 발레리아의 곁에 있었고, 후들거리며 떨리는 그녀의 어깨를 손으로 꽉 잡고 있었다.

"저런 괴물에 대해서는 아무 것도 못 들었어. 저게 몬스터라고?"

맞서는 중에 느꼈던 것은 몬스터가 아닌 인간과 싸우는 기분이었다. 인간, 같은 헌터. 그것도 자신보다 압도적으로 강한, 그런 헌터. 그리고 그것은 세르게이 뿐만이 아니라 우현도, 흑기사와 직접 맞섰던 모든 헌터가 느끼는 것이었다. 흑기사는 여태까지의 그 어떤 몬스터와도 달랐다.

"…몬스터야."

우현이 대답했다. 그는 부러진 늑골을 손으로 감싸며 뿌득 이를 갈았다.

"몬스터가 아니면… 저게 뭐라고 생각하나?"

대답하는 이는 없었다. 던전에 있었고, 이름을 가지고 있었다. 몬스터다. 몬스터가 아니라면 설명이 되지 않는다. 우현은 뒤를 돌아보았다. 그는 게이트를 노려보았다.

"나래가 전멸했네."

안토니가 입을 열었다. 그는 비틀거리면서 몸을 일으켰다. 그 역시 부상을 입은 것은 똑같았다. 다행히도 어느 한 곳이 잘린 것은 아니다. 왼 팔이 부러졌을 뿐. 부러진 뼈는 시간이 지나면 붙기야 하겠지만, 당장의 전투는 무리다.

"…큰… 피해를 입었어."

안토니가 머뭇거리다가 간신히 말했다. 큰 피해. 그 외에 이 비극을 어찌 설명해야 할지, 이 비극에 어울리는 단어가 무엇일지 명확히 떠올릴 수가 없었다. 우현은 눈을 질끈 감았다. 박광호의 모습을 떠올렸다. 박희연의 모습도, 그리고 나래의 헌터들도. 박희연은 우현이 눈치채기도 전에 이미 죽어있었다. 박광호는 우현을 보내기 위해 죽었다. 나래도 마찬가지다.

그들은 우현을 살리기 위해 죽었다.

"…돌아갑시다."

우현이 간신히 목소리를 쥐어 짜냈다. 이 던전 앞에 주저앉아 궁상을 떨고 있어봐야 해답은 나오지 않는다. 세르게이가 우현을 노려 보았다.

"어쩔 셈이냐?"

"돌아간다고 했다."

우현이 피곤한 얼굴로 대답했다. 그는 세르게이와 발레리아를 힐긋 보았다.

"부상은?"

묻는 말에 세르게이가 빠득 이를 갈았다. 다행스럽게도 둘은 그 어떤 부상도 입지 않았다.

"그렇다면 문제는 없군. 길드 하우스에서 대기해. 나중에… 아니, 조만간. 내가 그곳에 들를 테니까."

"제멋대로군."

"그래야 하니까."

우현이 대답했다. 그는 몸을 돌렸다. 시헌과 민아, 선하가 그를 보고 있었다. 꽉 말아 쥔 주먹에 힘이 들어갔다.

"…그럼, 다음에."

그 말을 끝으로 우현은 먼저 판데모니엄 밖으로 나왔

다. 저택의 거실에 선 순간, 다리에 힘이 풀려 그대로 주저앉아 버렸다. 우현은 손으로 바닥을 짚고서 숨을 몰아 쉬었다. 몇 호흡 뒤에야 시헌과 선하, 민아가 거실로 돌아왔다. 그들은 걱정스러운 눈으로 우현을 보았고, 우현은 그들에게 아무런 말도 하지 않았다.

"…씨발."

간신히 토해낸 것은 욕설이었다. 우둑. 쥐어진 주먹이 뼛소리를 냈다.

"일단, 병원에…."

선하가 조심스레 말했다. 쿠웅. 우현의 주먹이 바닥을 내리 찍었다.

"…미안해."

뻣뻣하게 얼어붙은 공기가 흘렀다. 우현은 뒤늦게 사과를 전했다. 그는 비틀거리며 몸을 일으켰다. 갑옷을 벗어야 한다는 생각은 조금 늦었다. 정신은 나락으로 떨어져 있었다. 지금의 상황을, 그리고 앞으로를 어떻게 대처해야 하는가. 그에 대한 생각만 머리에 가득 찼다.

말없이 다가 온 시헌이 우현을 부축했다.

"…담배나 하나 펴요, 형."

시헌은 쓰게 웃으면서 그렇게 말했다. 우현은 조용히 머리를 끄덕거렸다. 우현을 부축하고 밖으로 나가며, 시헌은 뒤를 돌아 선하 쪽으로 눈을 찡긋거렸다. '병원.'

입술을 빼끔거리며 전한 무언의 말에 선하가 머리를 끄덕거렸다.

"형 탓이 아니에요."

우현의 입에 담배를 물려주면서 시헌이 말했다. 불을 붙이고, 연기를 몇 번 마시고 뱉고. 우현은 시헌의 말에 대답하지 않았다. 따지고 보면 그 누구의 책임도 아니다. 몬스터와 싸우다가 헌터가 죽는 일은 얼마든지 있다. 이번의 경우도 똑같다. 그저 재수가 없을 뿐이다.

"…나도 알아."

담배를 지져 끄고서야 우현이 대답했다. 자신이 책임감을 느낄 필요는 없다. 재수가 없었다. 탱커 측에 문제가 있었던 것도 아니다. 흑기사가 포지션으로 대응할 수 없는 몬스터라는 것이 문제라면 문제였을 터.

"…내 책임이 아니라고 해도, 기분이 좆같은 것은 어쩔 수 없지."

우현은 한숨을 쉬며 대답했다. 박광호가 죽었다. 박희연이 죽었다. 나래의 헌터들이 죽었다. 그 사실은 이제 단순한 수치가 되어 우현의 머릿속에 입력되었다. 전력의 1/3을 잃었다. 어쩌면 그 이상. 부족한 인원은 보충할 수 있다. 하지만 그렇다고 손해를 완전히 막을 수 있는 것은 아니다.

죽은 헌터들은 62번 던전부터 64번 던전까지의 공략

을 성공적으로 마친 베테랑들이었다. 그들에게 투자한 마석과, 함께 손을 맞추며 익숙해진 포지션과, 서로에 대한 신뢰와. 그 모든 것을 상실했다. 빈 자리는 다른 헌터로 메울 수 있다. 마석이야 무리를 해서 몬스터에게 뽑아낸다면 충당할 수 있다.

하지만 경험은? 물론 이런 사태를 대비하여, 공격대의 빈 자리를 메우기 위한 헌터들은 예정되어 있다. 나래와 카멜롯의 헌터들이고, 굳이 말하자면 2군 헌터다. 그들의 실력이야 S급 길드 소속 헌터들이니 결코 나쁘다고 할 수는 없지만, 경험 면에서는 부족한 것은 사실이다.

"…담배 하나만 더 줘."

우현은 시헌에게서 담배를 받고 핸드폰을 꺼냈다. 그는 잠시 생각을 정리하고서 핸드폰의 번호를 눌렀다.

"누구한테 전화하는 거에요?"

"한국 협회장."

우현이 대답했다. 이성적으로 내린 판단이었다. 지금의 제네시스 연합은 흑기사를 감당할 수 없다. 전력의 1/3을 잃은 상태에서 흑기사에게 다시 도전한다는 것은 피해가 더욱 커질 뿐이다.

시헌은 말리지 않았다. 솔직히 말해서, 흑기사와 다시 싸우고 싶지 않다는 것은 시헌도 공감하고 있었다. 운 좋게 살아남았을 뿐이다. 운이 없었다면 죽었다. 그곳에서 죽은 시체의 일부가 되었겠지. 시헌은 박희연을 떠올렸다. 제법 친해졌다고 생각했는데.

까득하고 이가 갈렸다.

우현은 협회장인 김태완에게 흑기사와의 교전 내용에 대해 알렸다. 이쪽에서 제공할 수 있는 모든 정보를 공개했다. 흑기사가 어떤 몬스터인가. 놈은 방어벽을 갖지 않았다. 여태까지의 몬스터와는 달리, 몬스터임에도 '헌터처럼' 싸웠다. 사용하는 무기는 칼. 단순히 힘을 주어 휘두를 뿐이 아니라 칼에 대한 이해가 깊다. 그런 주제에 가진 스펙은 여태까지 네임드 몬스터를 상회한다.

인간형, 크기는 인간과 다를 것이 없다. 팔이 하나 잘린 것을 포착하기는 했지만, 그 상처를 수복했을지 아닌지는 확신할 수 없다. 방어벽을 가지지 못했으니 원거리 공격 수단이 유효할 지도 모른다. 현대 병기를 적극적으로 사용하면 공략법이 보일 지도 모른다. 던전 내에서 핵을 터트리는 것은 어떨까. 던전이 핵폭발을 견뎌낼 수 있을까?

그것으로 흑기사를 잡을 수 있을까. 만약 놈이 살아남는다면? 방사능 피폭으로 오염된 던전에 헌터가 들어가서 싸우는 것. 우선 핵은 보류한다. 애초에 핵이라는 물건을 다른 세계라고 해도 쉽게 사용할 수는 없다.

대신에 현대 병기의 사용은 적극적으로 받아들여졌다.

우현이 병원에 입원한 동안 다른 헌터들이 움직였다. 우선적으로 움직인 것은 당연히 럭키 카운터 연합이었다.

이례적인 레이드가 시작되었다. 헌터들은 갑옷을 입었고, 검이나 도끼, 창 같은 원시적인 무기 대신에 현대 병기를 장비했다. 머신건, 라이플, 로켓런처. 일반 몬스터에게도 사용할 수 없는 장비가 네임드 몬스터를 상대로 동원되었다.

그리고,

"지져스."

누군가가 중얼거렸다. 몇 분 동안 이어진 집중사격이었다. 고막이 찢어지는 것 같은 굉음의 연발, 타들어가는 화약의 냄새가 코를 찌른다. 탄환은 바닥에 수북히 쌓이고 연이은 격발의 반동을 버틴 팔이 찌르르 울린다.

흔적도 남지 않았다. 탄환의 폭격에 흔적도 남기지 못했는가. 그런 것은 아니었다. 조금 더 단순히 말해서, 놈을 맞추지 못했을 뿐이다.

써걱하는 고기 써는 소리. 그것이 시작이었다. 푸른 안광이 귀신불처럼 흔들린다. 휘두른 검은 스멀거리며 올라오는 그림자처럼 은밀했다. 잘린 양 팔이 허공에 둥실 떠올랐다. 비명과 함께 다시 사격이 시작되었다. 막시언이 미친 듯이 고함을 지르며 상황을 지휘했다. 애초에 그는 군인 출신이었고, 중동 쪽에서 이미 몇 번이나 현대의 전쟁을 경험한 베테랑이었다.

무의미했다. 막시언이 군인이라고 해도 다른 헌터들은 군인이 아니었다. 그들은 현대인이었지만 총기보다 검을 휘두르는 것에 더 익숙했다. 급기야 아군이 갈긴 탄환에 맞아 죽는 헌터들이 속출했다.

부르짖는 후퇴에 간신히 도주에 성공했다. 최초 돌격한 럭키 카운터의 공격대는 100. 그 중에서 40이 죽었다.

우현이 병원에 입원하고 일주일 후에 생긴 일이었다.

도륙.

학살, 압도, 처참, 몰살, 참혹, 비정, 시산, 살해, 학살, 몰살, 학살, 몰살, 도륙, 도륙.

베어낸 숫자가 이백을 넘었을 때, 흑기사는 수를 세는 것을 그만두었다. 기둥의 길은 시체가 넘쳤고 그 시체가 썩어가며 악취를 발했다. 흑기사는 검을 끌어 안고 기둥에 등을 기대고 앉았다. 갑옷은 여전히 검었고, 피는 묻지 않았다.

악취.

냄새를 맡을 수는 없다. 그에게 있어서 냄새라는 것은, 흐르는 안개와도 같은 것이다. 단순히 시체가 썩어가는 구나, 그렇게 느낄 뿐. 덩그러니 놓인 쓰레기처럼 놓여져서, 그렇게 오랫동안.

"오지 않는군."

끼긱거리는 쇳소리, 그에 섞인 목소리가 새어나온다. 사흘 정도 지났나. 이곳에 줄곧 앉아 게이트를 노려보지만, 들어오는 이는 아무도 없다. 포기한 것일까. 죽일 수 없다, 잡을 수 없다. 그렇게 생각한 것일까. 어느 쪽이건 상관없다. 끝은 오고 있다. 아주 천천히. 그러면서도 확실하게, 멈추지 않고. 마치 걷는 것처럼. 고양이가 걷는 것처럼 은밀하게, 곰이 걷는 것처럼 크게.

흑기사는 몸을 일으켰다. 갑옷이 삐걱거렸다. 그는 손가락을 쥐었다 펴보았다. 삐걱거리는 쇳소리, 그것이 이 괴물에게 있어서는 살아 움직이는 증거였다. 그는 수문장이다. 단순히 그 뿐. 문을 열려 하는 자는 죽이고, 불손한 자는 죽이고, 들어오려는 자는 죽이고.

"왔군."

앞으로 얼마나 남았을까. 상관없지. 결국 시간은 흐르니까. 검을 들었다. 게이트가 일렁거리는 것이 보였다. 발이 하나, 불쑥 앞으로 뻗어진다. 흑기사가 발을 뻗었다.

학살.

"그건 괴물이야."

김태완은 머리를 감싸쥐고 중얼거렸다. 침대에 누운 우현은 말없이 김태완의 말을 들었다. 럭키 카운터 연합의 패배. 그 후로 계속된 패배, 패배. 온갖 무기를 동원했다고 들었다. 현대에서 쓸 수 있는 대부분의 화력 병기들이 사용되었다. 폭탄도 사용했다고 들었다. 개인이, 혹은 집단이 다룰 수준의 무기는 모조리 동원되었다고 했다.

하지만 죽이지 못했다. 상처 하나 주지 못했다. 고속으로 쏘아지는 탄환도, 광범위를 뒤덮는 쇠구슬도, 폭탄도, 전부.

"죽일 수 없었어."

머리를 쥐어 뜯었다. 김태완이 울부짖었다. 우현은 말없이 창밖을 바라보았다. 입원한지 이주일. 부러진 팔은 곧 붙는다. 그것을 멍하니 기다린다.

"그건 괴물이야."

했던 말의 반복.

"세계 제일이라던 럭키 카운터 연합이 패배했어. 막시언과 김상규는 간신히 목숨을 건진 모양이지만, 볼프의 길드 마스터는 죽었지. 공격대도 절반이 넘게 사망했어."

반복.

"그 뿐만이 아니야. 벌써 S급 길드 세 개가 몰살당했네. 더 이상 S급 길드는 남아 있지 않아…."

반복.

"A급 길드도 마찬가지지. 협회는 막대한 돈을 풀었

어. 어떻게든 흑기사를 잡기 위해서. 국가가 나서서 병기를 지원했네. 협회 소속의 헌터들도 공격대를 꾸려 놈을 공략하려 했지만…."

실패.

"…희망은 없어."

김태완이 머리를 들었다. 우현은 여전히 창밖을 보았다.

"이 세상은 멸망할 거야."

소곤거리는 공포.

"자네의 세상과 똑같아. 판데모니엄은 이 세상을 멸망할 거야. 모든 인간을 죽이고… 그렇게."

다가오는 걸음.

"그 괴물이 우리의 처형인이 되겠지."

"아니."

우현의 입술이 열렸다. 창밖을 보던 시선이 옆으로 돌았다. 내리던 눈이 그쳤다. 우현은 김태완의 얼굴을 빤히 보았다. 창백하게 질리고, 뺨이 움푹 파인 얼굴. 눈 밑의 시커먼 어둠이 깊다. 그 위에 얹어진 눈동자는 시퍼런 불길을 품은 듯 했다.

"멸망하지 않습니다."

내뱉었다. 손가락을 움직인다. 조금 걸리는 느낌, 욱신거리는 통증. 삼켰다. 박광호의 모습이 보인다. 가십시오. 그렇게 했던 말. 깔깔거리는 박희연의 웃음소리가 들린다. 그녀의 마지막은 눈으로 담지조차 못했다.

눈을 감았다.

시커먼 어둠이 스치고, 그 너머에. 노을 진 하늘이 보였다. 길게 늘어선 기둥들. 하나 뿐인 길. 그 끝에 선 시커먼 그림자. 시체가 하나 늘어났다. 하나, 둘, 계속해서. 시체가 쌓였다. 그림자가 휘둘러 추는 검무는 멈추지 않는다. 죽은 이들의 얼굴을 들여 본다.

보이는 얼굴, 저 얼굴은 누구지. 이름은 뭐지. 박광호? 박희연? 내가 아는 이름이래봐야 겨우 그 정도야. 죽은 사람은 셀 수 없이 많지만, 내가 아는 이름은 겨우 둘.

그것이 종말이다.

우현은 눈을 떴다. 그는 박광호의 얼굴을 바라보았다. 다시 손을 움직인다. 삐걱거리는 관절의 통증을 삼킨다. 계속해서 삼킨다. 주먹이 쥐어졌다. 그리고 그것을 다시 펼치고, 또 주먹을 쥐었을 때.

통증은 없었다. 우현은 몸을 일으켰다. 이것으로 되었다. 그는 창문을 바라보며 생각했다. 눈이 쌓였다.

"괘, 괜찮은 것인가?"

등 뒤에서 김태완이 놀란 목소리로 물었다. 우현은 창문을 열었다.

창틀에는 하얀 눈이 쌓여있었다.

"예."

손끝으로 쌓인 눈을 치워냈다.

"정말 괜찮은 거야?"

선하가 손을 붙잡으며 물었다. 우현은 손을 감싸는 선하의 온기를 느끼면서 천천히 머리를 끄덕거렸다.

"고작해야 부러진 정도였어."

우현이 대답했다. 그 말에 선하는 말없이 시선을 아래로 떨어트렸다.

박광호에게는 목숨을 빚졌다. 그가 두고 간 것이 있다면 우현이 수습하는 것이 도리다. 그가 최우석의 시체를 수습하고 박광호에게 넘겨주었던 것처럼. 머리를 잃은 나래는 제네시스에게 합병되었다.

"내일 들어간다."

우현이 입을 열었다. 그 말에 선하의 표정이 굳었다.

"놈에겐 카운트가 없어. 놈이 언제 던전에서 사라지고 현실에 나타날지는 모르는 거야. 그러니 최대한 빨리 놈을 죽인다."

"…하지만…."

선하가 머뭇거렸다. 피해의 대부분은 복구했다고 자신할 수 있다. 여유로 남겼던 마석은 분배해서 흡수했고, 우현이 입원한 동안에도 계속해서 그의 피를 사용해 마석을 생산했다. 협회 측에서도 보유하고 있던 모든 마석을 헐값에 풀어 헌터들에게 제공했다. 그만큼 흑기사를 쓰러트리는 것에 주력했다.

"놈이 언제 현실로 튀어나올 지도 몰라."

우현은 힘을 주어 말했다. 그 말에 선하는 반발하지 않고 입술을 다물었다. 솔직히 말해서, 무서워. 선하는 차마 하지 못한 그 말을 삼켰다.

어쩌면 이주일 전, 그때 모두 죽었을 지도 모르는데.

"안 죽어."

우현이 말했다. 그 말에 선하는 흠칫 놀라 우현을 바라보았다. 마음이 읽힌 기분이다. 꿰뚫린 느낌. 선하는 창백한 얼굴로 우현을 보았다. 우현은 숟가락을 앞으로 뻗었다.

"안 죽어."

다시 말하면서, 밥을 크게 한 술 펐다. 그리고 입을 벌려 그것을 쑤셔 넣는다. 우적거리며 밥을 씹었다. 그릇에 담은 국물을 들이켰다. 아삭거리는 김치를 먹었다. 양념이 잘 배인 고기를 씹었다.

"안 죽어."

다시, 똑같은 말을 뱉었다. 병원에 입원했었다. 고작해야 팔이 부러진 부상. 평범한 사람이라면 몇 달은 고생했을 지도 모르지만, 헌터라면 골절상 따위는 금세 낫는다.

사실을 말하자면 뼈는 이미 일주일 전에 붙었다.

그럼에도 병원에 남았다. 침대에 앉아, 내리는 눈을 보았다. 절망에 절은 김태완의 목소리를 들으면서, 오늘은 어떤 길드가 도전했고, 몇 명이 죽었고… 그런 이야기를 들으면서.

아, 나는 살아남았구나.

그런 생각의 뒤에, 박광호의 얼굴과, 박희연의 얼굴과, 기억하지 못하는 얼굴과, 듣지 못한 이름과.

"안 죽어."

어머니가 찾아왔다. 동생인 현주도 찾아왔다. 어머니는 울었고, 현주도 울었다. 무리하지 말라고 했잖아. 현주가 울면서 우현의 몸을 끌어안고 말했다. 그만 두라고. 어차피 돈도 많이 벌었지 않냐면서. 그냥 집으로 돌아오라고.

죄송합니다.

돌아갈 수 없다. 누군가가 발을 붙잡고 있다. 시선을 내려 그곳을 보면, 모두가 그의 발을 잡고 있었다. 호정이 알던 사람들. 우현이 알던 사람들. 그의 앞에서 죽은 사람들. 그가 지키지 못한 사람들.

"나는 안 죽어."

숟가락을 내려 놓았다. 골절은 일주일 전에 나았다. 그럼에도 침상을 내려오지 않았다. 두려웠다. 무력함을 절감했다. 그는 결국 아무 것도 하지 못했다.

무서워서.

"죽을 수 없거든."

물을 한 모금 마셨다. 죽은 이들은 우현의 발목을 잡았다. 일주일 동안. 그리고 그들은 다시 우현의 등을 떠밀었다. 죽어서는 안 됩니다. 박광호의 마지막 말이 귀를 스쳤다. 깔깔거리는 박희연의 웃음소리도. 그가 모르는, 이름을 듣지 못한 사람들도.

그는 한 번 죽었다. 호정은 죽었다.

그리고 우현은 살았다. 이렇게 살아있다.

"그러니까, 무서워하지 마."

우현은 몸을 일으켰다. 죽지 않아. 죽는 것은 놈이다. 나는 죽지 않아. 세상은 멸망하지 않아. 자기 최면처럼 중얼거린 말은 이미 하나의 주문이었다. 스스로를 믿는 주문. 앞으로 나아가는 주문.

나는 무엇일까. 데루가 마키나의 꼭두각시인가. 놈의 손 위에서 춤추는 손오공인가. 그렇다면 놈은 신인가. 문답, 멈추지 않는다. 결국 마지막은 실없는 웃음이었다. 낮게 웃은 우현은 손으로 얼굴을 감쌌다. 손은 파들거리며 떨리고 있었다. 멈춰라. 소곤거렸다. 나는 무섭지 않아. 아니, 사실은 무서워. 죽을 지도 몰라. 거기서 다시 부정. 나는 죽지 않아. 죽을 수 없어.

날 대신해서 다른 사람들이 죽었으니까. 나는 죽어서

는 안 돼. 죽지 않고… 죽지 않고.

"무서워?"

흠칫 어깨가 떨렸다. 우현은 머리를 돌려 선하를 돌아보았다. 달그락거리며 접시가 겹쳐졌다. 식탁을 정리하던 선하는 머뭇거리다가 우현을 보았다.

"죽지 않는다고 했잖아."

"응."

"그런데 왜 떨어?"

선하가 물었다. 그 물음에 우현은 손을 들어 아래를 보았다. 아하, 시선이 묘하게 흔들린다 싶었더니.

"지진이라도 난 줄 알았네."

단순히 다리가 떨리고 있을 뿐이잖아. 우현은 낮게 웃었다. 꼴사납기는. 그는 그렇게 중얼거리며 손을 들었다. 철썩하고 때린 따귀가 뺨을 갈긴다. 제 손으로 갈린 것이었지만 뺨이 화끈거렸다.

"조금 정신을 빼고 있었…."

말을 채 마치지 못했다. 와락, 하고 선하가 품에 안겨왔다. 순간 놀라서 몇 걸음 뒤로 물러섰다.

"…너무 무리하지 마."

선하가 가슴에 머리를 기대며 소곤거렸다. 그 말에 우현은 시선을 들어 천장을 보았다.

"내 어머니와, 또 여동생과 똑같은 말을 하는 구나."

우현은 그렇게 중얼거리며 선하의 등을 쓸어주었다.

"…그거 알아?"

선하가 입을 열었다. 들어올린 시선이 우현을 바라보았다.

"시헌이랑 민아. 오늘은 던전에 갔어."

끌어안았을 때, 선하는 살짝 몸을 떨었다. 강하게 안았을 때에는 조금 웃었다. 침대 위에 몸을 포갰을 때 그녀는 떨리는 숨을 쉬었고, 모든 것이 끝나고 함께 누웠을 때는

조금 울었다.

"무서워."

선하가 중얼거렸다. 우현은 천장을 바라보았다. 공포. 지극히 당연한 감정이다. 상대는 어떻게 쓰러트릴지 공략법이 전혀 보이지 않는 괴물이다. 정면돌파? 아니면 다른 장비를 쓸까? 떠오르는 것은 모두가 올바른 정답은 아니었다. 이미 몇 번이고 이와 같은 시도가 있었다.

'익숙하지 않다는 것은 우리도 똑같아.'

헌터는 군인이 아니다. 대한민국 남자라면 대부분은 입대하여 사격을 해 보겠지만, 사격에 익숙하다고 해서 흑기사를 총으로 쓰러트릴 수 있을까. 이미 몇 번이나 같은 시도가 반복되었고, 실패했다. 총, 폭탄… 개인이 운용할 수 있는 온갖 종류의 병기가 흑기사에게 사용되

었고, 놈은 쓰러지지 않았다.

'맞지도 않는 장비를 썼다가는 오히려 악효과야. 익숙한 것이 낫다.'

헌터는 헌터답게 싸워야 한다. 여태까지 무기와 근접전으로 몬스터와 싸웠다면, 이번에도 그렇게. 이 역시 확신은 느낄 수 없지만, 그래도 할 수 있는 일은 확실히 할 수 있겠지. 우현은 마음을 다잡았다.

"나도 무서워."

조금 늦은 대답이었다. 우현은 몸을 일으켰다. 그는 헐벗은 자신의 상체를 손으로 쓸어보았다. 단단한 근육과, 몇 개의 상처. 고작해야 일 년 전만 해도 이 몸은 근육이라고는 찾아 볼 수 없는 약골의 것이었다.

하지만 지금은 아니다. 지금의 우현은 강하다. 과거의 호정보다 훨씬 더. 그 세계에서의 SSS급 헌터도 뛰어넘었다. 직시하지 않았을 뿐, 그 사실은 우현도 인정하는 바였다. 트라우마를 극복했다. 열등감을 극복했다. 뛰어넘었다.

의미없는 일이다. 그래서 무섭다. 이것을 트라우마라고 해야 할까. 멸망한 세계, 혼자 살아남은 자신.

"…죽게하고 싶지 않아."

우현은 선하를 끌어안았다. 우현의 품 안에서 선하는 몸을 떨었다. 추워. 선하가 중얼거렸고, 우현은 이불을 끌어다가 그녀를 덮어주었다. 내일은 또 몇 명이나 더 죽게 될까. 그 죽음을 희생으로 삼아, 그 괴물을 쓰러트릴 수 있을까. 진정 무서운 것은 그것이다. 여태까지의 희생과 내일 겪을 희생. 그것을 끌어안고 놈을 쓰러트릴 수 있는가, 없는가.

쓰러트릴 수 없다면 희생은 개죽음이 된다. 목적을 달성하지 못할 경우 희생은 그냥 개죽음이다.

"…나는."

말을 끝까지 뱉지 않았다. 우현은 선하의 머리카락을 쓸어내렸다.

너는 죽게 하지 않아. 그 말을 삼켰다.

◎

모인 이들의 얼굴에는 확실한 각오와, 또 은밀한 공포가 섞여 있었다. 우현은 우뚝 서서 자신을 바라보는 공격대원들을 바라보았다. 이곳에 서서 모두를 바라보고 나서야 확실히 깨달았다. 알고 있는 얼굴이 상당히 줄어버렸다는 것을.

"…계획은 없습니다."

우현이 말했다. 무책임한 말이다. 하지만 아무리 머리를 싸매고 있어도 계획이라 할 것은 떠오르지 않는다.

상대는 몬스터라기보다는 사람에 가깝다. 숙련된 헌터, 숙련된 전사. 거기에 몬스터의 끔찍한 힘으로 무장하고 있다. 방어벽을 쓰지 않는다. 갑옷을 입고, 검을 휘두른다.

"차라리 대형이라면 좋았을 것을."

그렇다면 어느 정도 해답이 보였을 지도 모른다. 덩치가 큰 놈이라면 그만큼 커다란 표적이 된다. 하지만 놈은 작다. 포위해 봐야 동시에 공격할 수 있는 것은 셋 정도다. 그 셋도 일반 파티 사냥처럼 포지션대로 행동할 수 없다. 놈의 속도와 도약력이라면 포위는 무의미하다.

"탱커와 딜러의 구분을 하지 않고."

무의미하다. 로테이션, 전략, 포지션, 전부 다.

"집단전이 아닌 개인전이라고 생각합시다. 최대한 붙잡는 것을 목적으로 두고, 죽음을…."

조금 머뭇거렸다. 내가 이 말을 해도 되는 것일까. 안토니가 머리를 끄덕거렸다. 그의 시선에 우현은 크게 숨을 삼켰다.

"…죽음을 각오하고. 죽을 생각으로."

대답하는 이는 아무도 없었다. 조용한 결의가 이루어졌다. 시헌은 떨리는 손을 꽉 쥐었다. 쪽팔리게. 시헌은 입술을 잘근 씹었다. 나는 무섭지 않아. 그는 어떻게든 그렇게 생각했다. 죽고 싶지 않아. 그러면 죽지 않으면 돼. 검을 휘둘러서, 휘둘러서.

민아는 떨리는 가슴에 손을 얹었다. 무서운 것은 똑같아. 나도 무섭고, 오빠도 무서울 거야. 민아는 우현을 바라보았다. 그의 어깨가 가늘게 떨리는 것을 보았다. 다가가서 손을 얹어주고 싶었지만, 그 역할은 민아의 것이 아니었다. 우현의 곁에 선 선하가 우현의 어깨에 손을 얹었다. 우현이 웃으며 선하를 보았고, 민아는 그 웃음을 마주보지 못했다. 시선을 옆으로 돌렸다. 나는 괜찮아.

"사형대에 오르는 기분이야."

세르게이가 중얼거렸다. 철창 안에 계속 갇히는 것과, 던전에서 몬스터와 싸워 죽는 것. 어느 쪽이 나을까? 나로서는 후자야. 평생 철창 안에 갇혀서 사는 것보다는 마음 편히 싸워 죽는 것이 편해. 하지만 그것은 세르게이의 입장일 뿐이다. 세르게이는 발레리아 쪽을 힐긋 보았다.

"싸우다가, 정 안될 것 같으면. 그냥 도망쳐라."

세르게이가 낮은 목소리로 소곤거렸다. 우현 쪽을 멍하니 보던 발레리아가 시선을 돌렸다.

"미쳤어?"

발레리아가 미간을 찡그리며 쏘아붙였다. 그 말에 세르게이는 낄낄거리면서 웃었다.

"뒈지는 것보다는 감옥살이가 나아. 혹시 알아? 얌전히 오랫동안 하는 말 잘 듣고 있으면, 한 2, 30년 후에 사면될 지도 모르지."

"헛소리하지 마. 차라리 죽는 게 나으니까."

발레리아가 내뱉었다. 그 말에 세르게이는 손을 뻗어 발레리아의 머리카락을 헤집었다.

"미련한 년."

세르게이는 진심으로 그렇게 중얼거렸다. 하나 뿐인 동생. 또 하나 뿐인 가족. 작은 죄책감이 세르게이의 가슴에 얹어졌다. 만약 내가 죄를 저지르지 않았다면, 발레리아는 이렇게 되지 않았겠지.

"마음대로 해라."

세르게이는 그렇게 내뱉었다. 결국 선택하는 것은 발레리아다. 싸우다 죽을지, 도망칠지. 죽게 하고 싶지는 않은데. 그런 생각을 할 뿐. 세르게이는 우현을 보았다. 모두가 제각각의 결의를 품었다. 마지막으로 우현이 입을 열었다.

"들어가고 싶지 않은 분은 돌아가도 좋습니다."

우현은 발을 뻗었다. 그는 게이트를 향해 성큼 다가갔다.

"죽으라고 강요하지는 않을 테니까."

그것이 마지막이었다. 우현은 더 이상 아무 말도 하지

않았다. 선택의 분기점을 주었고, 어느 선택도 강요하지 않는다. 그는 이미 선택을 내렸다. 뻗은 발이 게이트를 통과했다.

몇 개나 되는 마석을 더 흡수했다. 비축해둔 마석을 모조리 풀어 공격대에게 제공했다. 이주 전에 비해서 공격대의 질을 압도적으로 끌어 올렸다고 자부할 수 있다. 하지만 그럼에도 회의적이다. 회의적일 수밖에 없다.

"왔군."

쇳소리와 낮은 소리. 울리는 소리. 흑기사의 목소리가 다가왔다. 우현은 머리를 들어 앞을 보았다. 가장 먼저 느낀 것은 코가 썩어 들어갈 정도의 악취였다. 순간적이나마 어지러움을 느낄 정도로 고약한 악취였다. 우현은 손을 들어 코를 틀어쥐었다. 시체의 산. 죽은 시체가 싸지른 오물과, 썩어들어가는 악취. 그 모든 것이 뒤섞여 있었다.

이곳은 지옥이다. 그리고 흑기사는 그 지옥의 건너편에 사신과 같은 모습으로 서있었다. 그의 시커먼 갑옷은 여전히 마모되어 있었고, 투구 안쪽에서 타오르는 시퍼런 안광은 도깨비 불처럼 불길하게 일렁거렸다.

"다시는 오지 않으리라 생각했는데."

흑기사는 우현을 기억하고 있었다. 제법 강한 인간이

었으니까.

"동료의 시체를 찾으러 왔나?"

흑기사가 물었다. 그는 주변을 쭉 돌아보았다. 그가 썰어버린 시체가 가득하다. 그는 잠깐 머리를 갸웃거렸다.

"너무 많아서, 나도 어디에 있는지 모르겠군. 아마 저 근처일 것 같은데."

흑기사가 손을 뻗었다. 시체가 그득히 쌓인 곳 중 하나였다.

"아마 아래에 깔려 있을 거야. 아마."

우현은 대답하지 않았다. 이건 도발인가? 내가 분노하여 먼저 달려드는 것을 기다리는 것인가. 우현은 머리를 흔들었다.

"상관없어."

분노를 감춘다. 상대는 나보다 압도적으로 강하다. 정면 승부로는 조금의 승산도 없다. 냉정해라. 이성을 잃고 덤빈다면 나보다 약한 놈에게도 허를 찔릴 수 있다. 상대가 나보다 강하다면 상황을 가정할 것도 없다. 나는 죽는다.

"많이도 데려왔군. 아니, 오히려 저것이 적은 축인가."

게이트를 통과하는 인원을 보면서 흑기사가 중얼거렸다. 오십 정도 되는군. 적어. 흑기사가 머리를 끄덕거렸다. 근 이주일 동안 그를 쓰러트리기 위해 많은 헌터들이 도전했다. 그들의 집단은 대부분이 백을 넘었으니, 오십은 오히려 적은 축이다.

'지난 번과는 다르군.'

흑기사는 일렁거리는 힘을 느꼈다. 한 명 한 명이 가진 힘이 다르다. 인원은 적지만 오히려 강해졌군. 특히 정면의 저 놈. 지난번보다 족히 두 배는 힘이 커졌다. 데루가 마키나, 그 괴물의 안배.

"너는 더 내버려 두면 위험하겠군."

흑기사가 중얼거렸다. 끼긱거리는 쇳소리, 검이 뽑혔다. 흑기사가 앞으로 걸었다. 우현은 눈을 부릅 뜨고 흑기사를 노려 보았다.

"내가 감당할 수 있는 수준일 때 죽여놔야겠어."

진심으로 하는 말이었다. 이주일 만에 저렇게까지 성장했다면 놈은 너무 위험하다. 아니, 놈 뿐만이 아니야. 놈을 중심으로 모인 인간들은 폭발적으로 성장하고 있었다. 고작해야 이주일인데, 흑기사가 조금이나마 위협을 느낄 정도로.

"널 죽이지 않으면 위험할 거야."

아직은 내가 감당할 수 있다. 그러니 지금 죽인다. 무슨 일이 있더라도 지금 죽여놓는다. 아니, 몰살이다. 전부 죽여야 한다. 불안요소를 남길 수는 없다.

"…그나마 다행이네."

우현이 중얼거렸다. 이주 전에 흑기사를 처음 보았을 때와 다르다. 놈의 대응이, 하는 말이 다르다. 어느 정도 위협을 느꼈다는 것일까? 우현은 나겔링을 쥐었다. 검을 쥔 순간 거짓말처럼 떨림이 멎었다.

흑기사가 발을 뻗었고,

우현이 앞으로 나아갔다.

쩌어엉!

흑기사가 휘두른 검과 우현의 나겔링이 부딪혔다. 손목에 전해진 저항감, 고통, 모든 것을 누른다. 그나마 버틸만하군. 지난번에는 손목이 부러질 것 같았고, 검을 놓칠 뻔 했는데. 이번에는 그 정도는 아니다.

하지만 여전히 빨라. 우현의 허리가 뒤로 크게 젖혀졌다. 조금 잘린 머리카락이 허공에 흩날리는 것이 보였다. 우현은 발을 뒤로 끌면서 조금 거리를 두었다. 그 거리를 흑기사가 매섭게 좁혀왔다. 짧은 거리에서 끊어 휘두르는 검이 허리를 노렸다. 우혀는 나겔링을 빙글 돌려서 바닥에 내리 찍었다.

콰앙!

바닥에 박힌 나겔링이 부러질 듯 흔들리며 흑기사의 검을 받아냈다.

"후욱!"

숨소리가 다가왔다. 세르게이였다. 놈은 우현의 옆을

스치며 흑기사를 덮쳤다. 두 개의 검이 입을 쩍 벌린 뱀이 먹이를 무는 것처럼 흑기사를 죄여왔다.

"음."

낮은 신음이 들렸다.

파각, 하는 소리.

흑기사의 흉갑이 조금 긁혔다.

비틀거리는 걸음이 뒤로 끌린다. 흑기사는 조금 놀란 기색이었다. 푸른 안광이 아래로 내려와 자신의 가슴을 내려 본다. X자로 긁힌 상처가 보였다. 갑옷이 뚫리지는 않았지만, 조금만 거리가 가까웠다면 어땠을까.

'얕았나.'

세르게이가 혀를 찼다. 너무 성급했어. 호흡을 하나, 아니 반만 더 끌었어도 조금 더 파고들 수 있었을 텐데. 뭐, 첫 술에 배부를 수는 없는 법이니까. 일단은 '공격이 닿았다.' 라는 것에 만족하도록 할까. 세르게이는 발을 튕겨 거리를 벌렸다.

'닿았다.'

모두가 동시에 같은 생각을 했다. 이주 전에는 닿지도 못했는데, 지금은 닿는다. 세르게이가 뛰어난 것도 있기는 하겠지만, 이주 전에 저 세르게이조차 제대로 공격을 하지도 못하고 당했던 것을 생각하면 장족의 발전이라 할 수 있다. 우현의 호흡이 멈췄다.

뚜둑하는 소리. 근육이 당긴다. 허리가 비틀렸다. 뻗은 발이 땅을 강하게 눌렀다. 삼킨 호흡이 속에서 끓었다. 검이 부딪혔다. 나겔링이 흑기사의 검을 후려 쳤다. 커다란 굉음이 터졌다. 흑기사의 몸이 휘청거리며 뒤로 밀려났다. 다시 한 번 더, 뒤에 두었던 발이 앞으로. 휘두른 팔을 당기며 다시 허리를 비튼다.

콰드득!

끔찍한 소리가 몸 안에서 울렸다. 전력으로 휘두른 검이 공간을 찢었다. 흑기사의 몸이 뒤로 날아 올랐다.

"커윽!"

그의 입에서 신음이 터졌다. 심장이 터질 것 같았다. 우현은 거친 숨을 몰아 내뱉었다. 검이 부러지지 않을까 걱정하였는데, 다행히도 나겔링은 부러지지 않았다. 가열된 검신이 지옥불같은 열기를 뿜어낼 뿐. 흑기사는 비틀거리며 몸을 일으켰다.

검을 놓쳤다. 순간 밀어닥치는 힘에 손아귀가 버티지 못했다. 흑기사는 자신의 양 손을 내려 보았다. 건틀릿의 안쪽이 뭉개져 있었다. 그는 혀를 차면서 주먹을 쥐었다.

"대체…."

고작해야 이주일. 이 년도 아니고, 두 달도 아니다. 이주일 사이에 무슨 일이 있었단 말인가. 그가 말을 채 끝내기도 전이다. 그는 등 뒤에서 예리한 살의를 느꼈다.

덮치는 예기는 무시할 수 없는 진짜배기였다. 흑기사는 망설임없이 몸을 날렸다.

콰득!

내리 찍은 검이 땅을 두부처럼 꿰뚫었다.

"쯧…!"

민아가 혀를 찼다. 저 여자는 기억하고 있다. 분명 텔레포트를 쓰던… 생각을 이어갈 틈이 없다. 텔레포트를 사용해 근접거리로 붙은 민아가 방패를 들어 올렸다.

콰득!

짧게 올려 친 방패가 흑기사의 흉갑을 갈겼다.

여자의 힘이라고는 믿을 수 없을 괴력이었다. 채 중심을 잡지 못했던 흑기사의 몸이 비틀거리며 밀려났다. 공격은 멈추지 않는다. 흑기사에게 살의를 품고 필사적인 이들은 얼마든지 있었다. 시헌이 고함을 지르며 달려들었다. 위험한 예감이 흑기사를 덮쳤다.

그리고 폭발. 급히 방어를 하기는 했지만 폭발은 흑기사의 몸을 덮쳤다. 폭발에 휘말린 왼 팔이 넝마처럼 흔들렸다. 붕 떠오른 흑기사를 향해 안토니가 손을 뻗었다. 투명한 은색 실이 흑기사에게 뿜어졌다. 전신을 옭아 죄는 실이 흑기사의 몸을 압박했다. 안토니는 이를 갈면서 팔을 당겼다.

콰당!

흑기사의 몸이 땅으로 곤두박칠 쳤다.

"덮쳐!"

누군가가 고함을 질렀다. 능력을 갖추지 못했다고 해도 무기는 휘두를 수 있다. 그들이 흡수한 마석이, 몬스터와 싸우며 단련한 투기가 전신에 힘을 북돋았다. 굶주린 들개가 먹잇감을 덮치듯 사방에서 검이 떨어졌다. 흑기사는 떨어지는 검을 보며 작게 혀를 찼다. 반사적으로 검을 휘두르려고 했으나 그의 손에 검은 없었다.

떨어지는 검격의 사이로 불쑥하고 흑기사의 손이 뻗어졌다.

"커헉!"

무기가 없다고 해도 풀 아머라면 그 자체로도 둔기고 흉기다. 흑기사의 손이 헌터의 흉갑과 늑골을 부수고 가슴을 꿰뚫었다. 그는 손에 잡히는 척추를 단단히 붙잡고서 자신의 품으로 끌어 당겼다.

그것은 훌륭한 고기 방패가 되었다. 내리 찍히는 검이 같은 헌터의 등짝을 베어냈다.

"씨발…!"

끔찍한 광경이다. 가슴이 뚫리고 척추가 붙잡힌 헌터가 시뻘건 피를 쏟아내며 절명했다. 그의 등을 베어낸 헌터들이 욕설을 뱉으며 뒤로 물러섰다. 흑기사는 팔을 타고 흐르는 피를 무시하며 몸을 일으켰다. 그는 아무런 동요도 보이지 않고 자신의 왼 팔을 힐긋 보았다. 폭발에 휘말린 손은 사용할 수 없을 정도로 망가져 있었다.

그렇다면 수복하면 될 뿐이다. 갑옷의 틈 사이에서 시커먼 연기가 흘러나왔다. 그것은 꿰뚫린 헌터의 상처로 스며들어갔고, 그곳에서 붉은 구체가 떠올랐다. 뽑아낸 구체는 곧바로 흑기사에게 삼켜졌다. 너덜거리던 왼 팔 갑옷이 아무 일도 없었다는 냥 원래대로 돌아왔다.

"허허."

세르게이가 그 모습을 보면서 머리를 흔들었다.

"괴물같은 새끼."

우현이 중얼거렸다. 흑기사는 수복한 왼 팔을 흔들어 감각을 점검했다. 아무런 이상도 없다. 그는 죽은 헌터가 쓰던 무기를 들어 올렸다.

"메이스로군."

무덤덤한 목소리로 말하며 메이스를 휘둘러 본다. 부웅, 하는 소리와 손아귀에 감기는 묵직한 맛이 제법 마음에 들었다. 철컥하는 쇳소리와 함께 흑기사가 발을 뻗었다.

정적은 짧았다. 다시 악다구니가 시작되었다. 어차피 누군가가 죽고, 어쩌면 자신이 죽을지도 모른다는 것은 각오했던 바다. 죽음을 각오하고 저 괴물을 잡기 위해 이곳에 들어왔다. 목숨을 도외시한 공격이었다. 자신의 부상과 고통에 지레 겁을 먹지 않고 적극적으로 덤벼드는 꼴이, 흑기사에게는 불꽃에 달려드는 날벌레처럼 보였다.

콰득!

휘두른 메이스가 덤비던 헌터의 왼 팔을 으스러트렸다. 고통에 눈이 부릅 뜨여지는 것이 보였다. 하지만 그뿐, 물러서지 않는다. 뻗은 손이 흑기사의 팔을 붙잡았다. 그대로 몸을 당겨 맨 몸으로 육탄 돌격을 감행한다.

콰앙!

어깨를 곧추 세워 부딪힌 돌진에 흑기사의 몸이 비틀거렸다.

"죽여!"

뒤를 돌아보며 외쳤다. 이름이 뭐였지? 들어본 적 없다. 그냥, 같은 공격대 소속의 헌터. 누군가에게는 그렇게 기억되는 이였다. 죽이라는 말. 무슨 뜻인지 모르는 이는 없었다. 가장 가까운 곳에 서있던 것은 발레리아였다.

망설이지 않았다. 눈이 마주친 순간 흑기사의 몸을 붙잡은 헌터는 씩 웃었다. 발레리아는 웃어주지 못했다. 그녀는 오른손으로 검을 쥐고, 왼손으로 칼자루를 받쳤다. 다리를 크게 뻗으며 체중을 실었다. 문제없다. 몬스터와 싸우는 것도 익숙했지만 사람과 싸우는 것도 익숙하다. 사람의 몸을 찌를 때, 어느 곳을 어떻게 찔러야 뼈에 걸리지 않고 깔끔하게 꿰뚫을 수 있는지 잘 알고 있다.

기왕이면 고통 없이 죽여주고 싶지만.

내지른 검이 갑옷의 틈으로 깔끔하게 들어갔다. 발레리아의 검은 헌터의 몸을 꿰뚫고, 흑기사의 가슴을 꿰뚫었다. 흑기사의 몸이 덜컥 흔들렸다. 감촉은 확실했지만… 발레리아는 마음을 놓지 않고 대신에 검을 놓았다. 그녀는 급히 발을 뒤로 끌어 거리를 벌렸다.

물러선 그녀 대신에 다른 헌터들이 달려들었다. 검에 꿰인 헌터가 울컥거리며 피를 토했다. 비명과 같은 고함이 뒤섞였다. 그것은 사람의 목소리라기보다는 날뛰는 짐승의 울음 같았다. 막무가내로 휘두른 검, 도끼, 찌르는 창. 온갖 무기가 흑기사를 덮쳤다.

뭐라 웅얼거리는 소리가 들렸다. 흑기사가 발하는 소리였다. 콰드득! 그가 입은 갑옷 위로 무기들이 내리 찍혔다. 떨어진 도끼가 흑기사의 왼 팔을 끊어냈다. 찌른 창이 옆구리에 박혔고, 검이 투구를 내리 찍는다.

하지만 주저앉지는 않았다. 박힌 무기를 뽑아내니 그 사이에서 시커먼 안개가 흘러나올 뿐. 애초에 그는 육체를 갖고 있지 않다. 단순히 움직이는 갑옷일 뿐이다. 비틀거리며 흑기사는 머리를 뒤로 젖혔다. 바로 앞에 있는 죽어가는 헌터의 머리를 투구로 박아버렸다. 두 개골이 박살나고 허연 뇌수가 튄다. 동시에 흘러나오던 검은 안개가 죽은 헌터에게서 정수를 뽑아냈다.

그것으로 박살난 갑옷을 수복한다. 하지만 조금 부족

했다. 당장은 왼 발은 수복할 수 없겠군. 하는 수 없지. 흑기사는 오른 손으로 다른 무기를 쥐었다. 메이스는 역시 성미에 맞지 않아. 그는 묵직한 대검을 붕 휘둘렀다.

"괴물."

맞는 말이다. 그래서 몬스터라고 부르는 것이니까. 텔레포트로 흑기사의 등에 붙은 민아가 흑기사의 뒤를 덮쳤다. 즉각적으로 반응이 튀어나왔다. 허리를 뒤로 빼며 검을 휘둘렀다. 묵직한 검이 민아에게 날아왔다. 짧은 틈에 민아는 곧바로 판단을 내렸다. 마주 휘둘러 막아내기에는 공격의 무게가 달라. 휘말리면 손해는 내 쪽이다. 막는 것은? 아니, 방패가 버티지 못해.

쐐액!

흑기사의 검은 허공만 베어냈다. 흑기사는 혀를 찼다. 텔레포트 능력을 잡는 것은 당장은 포기한다.

다행스럽게도, 민아 말고도 흑기사가 잡을 만한 먹잇감은 아주 많았다. 문제는 하나하나가 거슬릴 정도로 위험하다는 것. 특히 위험한 것은,

이 여자. 허리를 파고드는 날카로운 검격. 리치가 길다. 이건 내줘야 하나. 아니, 이 여자에게 내주는 것은 위험하다. 최대한 몸을 뒤로 빼내기는 했지만, 허리를 긁는 검은 얕게나마 흑기사의 갑옷을 파고들었다.

살짝 긁힌 정도지만 축적되면 치명적이다. 치익거리

는 소리. 갑옷이 녹아내리고 있었다. 선하였다. 방어벽이 없는 상대라면 그녀의 독은 절대적인 공격력을 보인다. 흑기사는 독에 노출된 갑옷을 스스로 뜯어냈다. 그만큼 손해가 있기는 하지만 독을 계속해서 내버려 두는 편보다는 낫다.

'너는 뒤로 빠져.'

던전에 돌입하기 전, 우현이 선하에게 했던 말이다. 여러 가지 경우와 변수를 생각해 보았지만, 흑기사에게 치명적인 위력을 보이는 것은 우현이나 세르게이보다는 선하와 시헌 쪽이다. 민아의 텔레포트도 매섭기는 하지만, 민아의 공격으로는 흑기사에게 치명상을 줄 수 없다.

그러니 마무리는 시헌과 민아에게. 틈이 보인다면 둘이 과감하게 공격하는 것으로, 나머지 헌터들은 목숨을 도외시하고 흑기사를 붙잡고 체력을 소진시킨다.

'저런 능력이 있을 것이라고는 생각하지 못했는데.'

예상치 못한 변수다. 흑기사의 능력이 저런 것일 줄이야. 이쪽의 피해가 생기는 만큼 흑기사는 상처를 수복한다. 그렇다면 최대한 피해를 줄이면서… 머리가 복잡해. 잡념을 버려. 단순히 놈을 쓰러트리는 것만 생각해라.

안개가 덮쳤다. 붉은 안개였다. 흑기사는 붉은 안개를 사방으로 뿜어내며 덤벼드는 우현을 보면서 미간을 찡그렸다.

'오래 끌어서 좋을 것이 없는데.'

단기간에 이렇게까지 성장할 것이라고는 생각하지 못했다. 검을 받아냈고, 흑기사의 무릎이 굽혀졌다. 그 위로 우현의 안개가 떨어졌다. 흑기사의 무릎이 땅에 닿았다. 똑, 딱. 스위치가 바뀌었다. 공격의 전환. 움직임의 변화. 손에 쥔 검이 빙글 돌았다. 양 팔이 좌측 아래로, 허리를 옆으로 뉘이고, 마치 배트를 휘두르는 것처럼.

크게 휘두른 검이 흑기사의 몸을 날려 버렸다. 붕 떠오른 허공에서 흑기사는 하늘을 보았다. 아픔을 느끼지 못하는 것이 새삼 다행이라고 생각했다.

'머리를 먼저 자를까.'

그런 생각을 할 여유도 없군. 허리에 실이 감기는 것을 느끼며 흑기사는 혀를 찼다.

그의 몸이 땅에 처박혔다.

의외였다.

이렇게까지 빠르게 성장하리라고는 생각하지 못했다. 고작해야 이주일이었으니까. 변함이 있어봐야 멘탈적인 것이 고작이었으리라 생각했고, 멘탈이 아무리 좋아져 봐야 멘탈에 각오가 어렸다고 해도 육체적 한계를 크게 넘을 수는 없을 텐데.

'그렇다면 단순히 멘탈적 요인이 아니라는 것인데.'

삐걱거리는 팔을 들어 본다. 무겁다. 가느다란 무언가가 그의 팔을 단단히 붙잡고 있었다. 끼릭거리는 소리, 실이 끌리는 소리. 흑기사는 머리를 들어 실이 이어진 방향을 바라보았다. 안토니가 새빨개진 얼굴로 실을 잡아 지탱하고 있었다.

"흠."

동요는 감추고. 몸을 다시 움직여본다. 무겁다. 하지만 떨쳐내지 못할 정도는 아니군. 문제는 실이 아닌, 머리 위에서 떨어지는 공격인가. 흑기사는 내리 찍히는 공격을 보면서 담담히 생각했다.

몸을 최대한 비틀었다. 일단 피할 수 있는 공격은 피해낸다. 그러면서 교묘히 몸을 움직였다. 전신을 옭아죈 실의 위로 공격을 유도했다. 실은 질겼다. 그것은 훌륭한 방패가 되 주었고, 몇 번이가 공격을 받아낸 다음에 끊어졌다.

'멘탈이 아니라… 뭐가 있을까. 육체적으로 강인해질 요인이 무엇이 있을까.'

이주일 전에 전력이 아니었다거나? 아니, 그럴리는 없다. 그때에 전력이 아니었다면 자신의 꼬리를 잘라내고 도망칠 이유가 없지. 그렇다면 고작해야 이주일만에 무언가 변화가 있었다는 것이다. 급격한 성장이 일어날 정도의 큰 변화.

'그게 뭐지?'

정확한 이유는 모른다. 하지만 어느 정도의 짐작은 가능하다. 몸을 묶은 실은 어느 정도 끊어냈다. 공격을 제법 받아내기는 했지만… 이 몸은 튼튼하다. 애초에 육신도 없이 혼만 담겨 움직이는 갑옷. 갑옷이 조금 찌그러진 것이니 큰 문제는 없다.

'머리. 머리를 잘라야 돼.'

그것을 지상과제로 둔다.

카각!

내리 찍히는 검이 흑기사의 손에 붙잡혔다. 흑기사는 손에 힘을 주어 검을 뺏어 들었다.

'데루가 마키나로군. 그 괴물의 수작이야.'

단기간의 빠른 성장. 이것이 지속되었던 것인지, 아니면 이번만인지. 그것까지 확신을 내릴 수는 없다. 정보가 제한적이다. 하지만 이 불이해에 데루가 마키나, 그 괴물의 간섭이 있음은 확실했다. 흑기사의 눈이 우현을 찾았다.

우현과 흑기사의 눈이 마주쳤다.

"뒤로 빠져!"

자그마한 불안감. 예지에 가까운 감. 정답이었다. 크게 휘두른 검이 피 보라를 일으켰다. 몇몇 움직임이 굼뜬 헌터들이 불행히도 그 궤적에 걸렸다. 또, 반복이로군. 우현은 허탈한 웃음을 흘렸다. 시체에서 뽑혀진 구체가 흑기사의 몸으로 스며들고, 갑옷의 피해가 복구되었다.

"너지?"

흑기사가 물었다. 그의 안광은 우현을 향했지만 우현은 그의 말에 대답하지 않았다. 애초에 무엇을 묻는 것인지도 몰랐고, 안다고 해도 흑기사의 질문에 대답할 마음은 없었다.

"전투 시작한지 얼마나 됐지?"

"20분 정도."

선하가 대답했다. 20분이라. 지난번보다는 오래 버텼군. 외줄을 타는 기분이었다. 건널 수 있을 것 같으면서도, 떨어질 것 같은… 희망과 불안이 뒤섞인 더러운 감각. 차라리 패색이 짙었다면 후퇴라도 했을 텐데.

피해는 열 명. 아직 남은 숫자가 더 많다. 수복되었다고는 하나, 흑기사 쪽에 피해도 주었다. 대답하지 않는 우현을 보면서 흑기사가 움직였다. 긴장과 적막, 거기서 철컥거리는 쇳소리. 꿀꺽하고 침을 삼키는 소리.

그리고 다시 격돌. 다섯 명의 헌터가 달려들었다. 흑기사는 그들의 움직임에 주시하면서 몸을 살짝 뒤로 뺐다. 공격적으로 나오던 첫 날과는 달리 그는 경계와 방어를 중점으로 두었다.

'어째서?'

그것이 우현에게는 조금 의아하게 느껴졌다. 놈에게 있어서 피해는 무의미하다. 몸이 박살나고 잘려나가봐야 다른 누군가를 죽이는 것으로 수복할 수 있으니까. 공격이 최선의 방어라는 말은 흑기사에게 가장 어울리는 말일 것이다.

그런 놈이 왜 굳이 방어 중심으로 나오지? 그럴 필요가 없을 텐데. 피해를 입어도…

'한계가 있는 거야!'

확신. 세상에 무한한 것이 있을 리가 없다. 끝없이 마력을 뿜어대던 유빈투스도, 쓰러질 것 같지 않던 벨로크도. 모두가 다 결국에는 한계를 맞았고, 그렇게 쓰러져 죽었다. 흑기사 역시 그런 것이다. 놈이 아무리 박살난 몸을 수복할 수 있다고 해도, 그것에 한계가 없을 리가 없다.

'제 몸을 수복하는 것은 놈 스스로에게 부담이 돼. 그러니까 방어로 태세를 바꾼다.'

어쩌면 이 생각 자체를 놈이 의도한 것이라면? 순간 드는 불안감. 하지만 그런 식으로 가정한다면 끝이 없다. 놈이 방어적으로 나올 때 기세를 확실히 잡아야 한다.

태세가 바뀌었다. 어느 정도 거리를 두며 견제하는 식으로 흑기사의 체력을 소진시키려 했지만, 놈이 먼저 거북이마냥 머리를 안으로 집어넣었다면 이쪽이 방어적으로 나가봐야 얻을 것이 없다. 시선이 오갔고, 무언에서 결정이 내려졌다.

먼저 치고나간 것은 세르게이였다. 그는 민첩한 육식 짐승처럼 인파를 꿰뚫고 흑기사를 덮쳤다. 역수로 쥔 쌍검이 가위처럼 교차하며 흑기사를 죄여왔다. 흑기사는 맞서는 대신에 뒤로 물러섰다.

'반응이 느려.'

세르게이의 눈썹이 씰룩거렸다. 정말 지쳤나? 가슴 아래가 훤히 열려있잖아. 마치 이곳으로 들어오라는 것처럼.

'너무 노골적이야.'

아니면 그런 생각도 하지 못할만큼 지쳤거나. 세르게이가 선택한 것은 무시였다. 그는 공격하지 않고 뒤로 빠졌다. 깊이 파고들었는데 반격을 먹는다면 이쪽이 손해다.

그리고 세르게이가 빠진 즉시, 우현이 거리를 메운다. 따로 손발을 맞춘 적은 없었으나 세르게이와 우현의 호흡은 나무랄 곳이 없을 정도로 딱 맞았다. 애초에 쓰는 기술이 똑같다. 호흡, 스위치, 전부. 어느 타이밍에 들어가고 빠져야 하는가. 그 빠진 틈을 어떻게 메워야 하는가.

조심스러운 추측은 시간이 흐를수록 확신에 가까워졌

다. 흑기사는 계속해서 뒤로 밀렸고, 우현은 자신의 공격에 자신을 얻었다. 카각! 휘두른 검이 흑기사의 왼 팔을 날려버렸을 때, 흑기사는 아무런 말도 하지 않았다. 다만 놈의 움직임이 조금 굳은 것이 보였다.

비틀거리며 물러선 흑기사의 등을 민아의 방패가 찍는다. 놈의 몸이 앞으로 휘청거릴 때에 다른 헌터가 놈의 가슴을 창으로 꿰뚫었다. 구멍 난 흉갑에서 시커먼 연기가 뿜어졌다.

"조금만 더!"

그런 확신. 여태까지 던전을 돌파하고, 네임드 몬스터와 보스 몬스터를 레이드하면서 느꼈던 확신. 조금만 더 하면 쓰러트릴 수 있다. 여기서부터는 지구력과 의지의 싸움이다. 지쳐도 티를 내지 않고, 힘들어도 버티고. 단숨을 삼키고 갈라진 목을 피로 축이고.

조금만 더.

우현이 발을 뻗었다. 확실한 기회였다. 여기서 이 방향으로 검을 휘두른다면 놈의 목에 닿는다. 머리를 베어내도 놈은 살아 있을까? 모르겠다. 이제까지의 공방에서 놈은 필사적으로 자신의 머리만은 지켜왔다. 머리가 베어지고 나서도 움직인다면 그 일은 그때 생각하자. 땀에 젖은 손이 미끄러지지 않도록. 막힌 숨이 끊어지지 않도록.

끝이다. 그런 확신과 함께 발을 뻗었고, 허리를 비틀었다. 삐걱거리는 세계가 또렷해졌다. 확실한 승리가 눈앞에 다가왔다. 우현의 검이 휘둘러졌다.

등 뒤에서 어떤 비명.

놈의 움직임이 변한 것은 우현의 검이 끝에 닿았을 때였다.

카각!

그런 불쾌한 마찰음과 함께 우현의 검이 흑기사의 목을 스쳤다. 인간이었다면 스친 것만으로 죽었겠지. 하지만 놈은 인간이 아니었다. 갈라진 갑옷의 틈바구니에서 검은 연기가 조금 흘렀을 뿐. 우현의 얼굴이 창백하게 질렸다. 흑기사의 안광이 진해졌다. 놈의 어깨가 조금 뒤로 빠졌다.

생각해라.

지금의 상황에서, 내가 취할 수 있는 행동을. 거리가 너무 가까워. 스위치를 바꿔 봐야 빠져나갈 수 없다. 피하는 것은 불가능해. 방어는? 검은 이미 휘둘렀다. 되돌리기에는 늦었어.

아주 짧은 찰나. 온갖 생각이 들었다. 빠르게 가속된 정신은 지금의 위기에서 대처할 방안을 몇 개, 몇 십개를 내놓았다. 검을 놓았다. 방해다. 그대로 몸을 뒤로 뺀다. 아니, 뺄 수 없다. 쭉 뻗은 흑기사의 발이 순간 접혀졌다. 거리가 줄어든다. 가볍게 밀친 무릎이 우현의 균형을 무너트렸다. 뒤로 넘어간다. 몸이 나자빠지는 와중에 방어나 회피가 가능할 리가. 그리고 아래로 검이 떨어진다. 피할 수 있을까? 떠오르는 방법을 그것을 검토, 내린 결론은 모조리 실패. 최선이라고 해 봐야 팔 하나를 내주는 것 정도. 그조차도 운이 좋을 경우. 놈의 발이 미끄러진다거나.

그렇다면 배가 갈라지겠군. 내장이 쏟아질 거야. 목숨은 건질 수 있을까? 아니, 나는 죽어. 결국 우현은 그 사실을 인정했다. 나는 죽을 것이다. 저 검에 맞아, 배가 갈라져서. 비린내 풍기는 내장을 쏟아내며 죽겠지. 결국 나는 실패하는 거야.

차갑게 식은 이성이 끔찍한 절망으로 변할 즈음, 검이 휘둘러져 궤적을 그리고, 그 끝에 닿는 찰나에.

어떤 목소리. 누군가가 몸을 밀쳤다. 우현의 몸이 비틀거리며 옆으로 넘어갔다. 그 순간 떠오르는 것은, 이전까지의 로테이션이었다. 분명, 내 다음이.

아.

"안…."

이건 아니야.

아득해지는 정신. 떠올리고 싶지 않은 불안. 냉혹하고 비정한 현실. 말도 안 된다고, 아니, 그래서는 안 된다고. 그런 말은 목소리가 되지 못했다. 넘어가는 몸이 본 것은 흑기사가 휘두르는 시커먼 칼날과, 그에 겹쳐지는,

겹쳐지는.

새카만 머리카락이 흩날렸다. 우현이 몇 번이나 보았던 머리카락이었다. 지난 밤, 우현은 그녀를 품에 안았다. 떨리는 그녀를 끌어안고서, 그녀의 목소리와, 숨소리와, 촉촉이 젖은 눈동자를 내려보고. '무서워.' 그 소곤거림에 그녀의 손을 꽉 잡아 주었다. 그녀의 머리를 가슴에 묻고 힘을 주어 대답해주었다. 무서워할 것 없다고. 아무런 불행도 일어나지 않을 것이라고. 나는 죽지 않을 것이고, 너도 죽지 않을 것이라고. 그렇게 몇 번이고 말하고 맹세하고 다짐하고 약속하고 속삭이고.

"아."

콰당, 우현의 등이 바닥에 닿았다. 통증은 얕았다. 하지만 그것과는 전혀 다른 종류의 통증이 우현을 꿰뚫었다. 안 돼, 라고 외쳤다. 하지만 그 외침은 늦었다. 그의 입술이 벌어졌을 때에는, 이미 돌이킬 수 없었다.

피가 뿜어졌다. 휘청거리는 다리에 힘이 풀렸다. 선하가 주저앉았다. 크게 베인 등에서는 왈칵하고 피가 뿜어졌다. 우현의 얼굴이 창백하게 질렸다. 지옥같은 자기혐오가 밀어닥쳤다.

얼간이 등신새끼야. 뭐? 지쳐? 기회, 개지랄하지 마,

너는 결국 네 독단을 믿었을 뿐이야. 네 멋대로 앞으로 튀어나갔을 뿐이라고! 뒤로 빠질 타이밍은 얼마든지 있었어. 네가 욕심을 부려서 이 꼴이 났지, 이, 빌어, 먹을 병신 새끼야. 세상을 구한다고?

"아아아!"

아니야.

선하가 아니었다. 쓰러진 것은, 보인 얼굴은, 흩날리는 머리는. 선하의 것이 아니었다. 짧게 자른 머리카락. 곱슬거리는 머리카락. 피에 젖은 입술로 어떻게든 웃으면서, 칭찬을 바라는 강아지처럼.

"민아…."

대처가 불가능한 상황이었다. 뒤로 빠지는 것도 무리였고, 방어도 무리였어. 살을 주고 뼈를 취하는 것이 아니라 그냥 이쪽이 뒈질 판이었다.

선하가 아무리 빠르다고 해도 그 타이밍에 끼어들 수 없었어. 그렇다면 누가 가능할까. 누가, 거리를 무시하고 끼어들어 방패의 역할을 해 줄 수 있었을까. 우현의 얼굴이 하얗게 질렸다.

"…괜찮아요?"

민아가 입술을 열었다. 울컥거리는 핏물이 그녀의 입술 사이에서 넘쳤다. 우현은 입을 틀어막았다. 넌 역겨운 새끼야. 자기혐오가 들끓었다.

아주, 잠깐이나마.

그는 선하가 아닌 민아인 것에 안심했다.

"으아아아!"

성난 짐승처럼 시헌이 포효했다. 앞 뒤 가리지 않고 한 돌격이 흑기사를 덮쳤다. 마무리를 위해 다시 검을 들던 흑기사는, 정면에서 덮쳐오는 시헌을 보며 일단 뒤로 물러섰다. '폭발' 이라는 능력은 대처가 난감했으니까.

"누나, 누나를!"

시헌의 외침이 우현의 정신을 뒤흔들었다. 그는 후들거리는 손을 뻗어 민아에게 다가갔다. 머릿속이 엉망이었다. 머릿속 뿐만이 아니라, 감정도. 민아는 창백하게 질린 얼굴로 다가오는 우현의 손을 바라보았다. 떨리는 손끝이 민아의 뺨에 닿았다.

"…헤헤."

민아가 작은 목소리로 웃었다. 그녀의 입술이 벌어질 때마다 핏물이 왈칵거리며 흘러내렸다. 흑기사가 휘두른 검은 정확하고 예리하게 민아의 등허리를 갈라놓았다. 피부가 베이고, 척추가 끊어지고.

치명상이다.

"오빠는 안 다쳤어요?"

그런 상처를 입었으면서, 민아의 목소리는 평온했다. 우현은 아무런 말도 하지 못하고 민아의 뺨을 어루만지기만 했다. 나는 쓰레기야. 그런 지독한 자기혐오가 그의 정신을 뒤덮었다.

처음에는 선하라고 생각했다. 로테이션 상 우현의 바로 뒤에 있었던 것이 선하니까. 원래라면 우현이 뒤로 빠지고, 선하가 그 자리를 대신 메워서 공격했을 것이다. 거기서 우현이 조금 더 욕심을 부려 흑기사의 거리로 파고들었고.

흑기사가 의도했던 것이 그것이다. 굳이 지친 기색을 보이면서 우현을 끌어들였다. 확실한 상황을 만들기 위해서. 그리고 우현은 보기 좋게 흑기사의 노림수에 걸려들었다.

"…왜?"

간신히 토해 묻는 것은 그런 질문이었다. 왜 민아가. 왜 그녀가 대신해서 공격을 받아냈는지. 누구에게나 중요한 것은 있을 테고, 그것은 대부분 자기 목숨일 것이다. 민아는 그럴 필요가 없었다. 그녀의 능력인 텔레포트라면 남들 다 죽는 상황에서도 그 위기를 빠져나갈 수 있다. 당장 그녀가 이곳에서 게이트 쪽으로 텔레포트를 하고, 그렇게 게이트를 빠져나간다면. 흑기사가 그녀를 잡을 수 있을까.

없다.

민아의 능력은 그 누구보다 도망에 특화되어 있었다. 굳이 판데모니엄 안 뿐만이 아니라 현실에서도. 그녀의 능력이라면 그 어떤 위기 상황에서도 벗어날 수 있다, 하지만 민아는 그러지 않았다. 도망치지 않고, 오히려 위험 속으로 몸을 날렸다.

대체 왜. 우현은 이해할 수 없는 눈으로 민아를 바라보았다. 역겨운 새끼. 자기 자신에게 거친 욕을 토해내면서.

사실 너는 답을 알고 있으면서, 왜 모르는 척을 하는 거야?

너는 선하가 아닌 민아인 것에 안심했어. 네가 마음을 준, 그리고 네가 품은 그 여자가 아니라 전혀 다른 여자가 너를 대신해서 죽은 것에 안심했지.

아, 하긴. 너는 아무런 잘못도 없지. 멋대로 끼어들어서 죽은 것은 저 여자니까 말이야. 네가 부탁하지는 않았잖아? 저 여자에게, 나 좀 살려달라고. 나 대신해서 죽어달라고. 나 대신 칼을 맞아달라고.

멋대로 튀어나와서 칼을 맞은 것은 저 여자야. 다시 말하지만, 너는 아무런 잘못도 없어. 제 무덤으로 몸을 던진 것은 저 여자라고. 왜?

그야, 저 여자는 너를…….

'입 닥쳐.'

머릿속에 소곤대는 목소리를 끊어낸다. 누구지? 데루가 마키나? 아니, 이 목소리는… 내 목소리야. 우현은 부들거리며 떨리는 입술을 꽉 물었다. 시헌의 고함이 계속해서 들렸다. 그는 필사적으로 칼을 휘두르며 흑기사를 뒤로 밀어내고 있었다.

그것이 시헌이 할 수 있는 유일한 일이었다. 어떻게든 시간을 벌어주는 것. 이 개같은 괴물을 저기에서 떼어 놓는 것.

적어도 마지막 대화를 나눌 수 있도록, 시간을 만드는 것.

"…헤헤."

민아가 웃는다. 솔직히 말해서, 별다른 아픔은 느껴지지 않았다. 상처가 너무 깊기 때문일까. 조금 정신이 몽롱하고, 말하는 것이 어려울 뿐. 민아는 흐릿한 눈을 깜박거렸다. 우현의 얼굴이 흐리게 보였다. 그것이 조금 불만이었다.

"몰라서 물어요?"

왜, 냐는 질문. 왜 나 대신에 칼을 맞았느냐고. 되묻기는 했지만 민아 스스로도 답을 잘 알수가 없었다. 그냥… 갑작스럽게. 나도 모르게 그렇게 움직여 버렸다. 누군가가 등을 떠미는 것처럼. 가만히 있어서는 안 된다고 생각했을 뿐.

가끔, 드라마나 영화에 나오는 장면. 자동차가 달려오고, 누군가가 자동차에 치일 위기에서… 다른 누군가는 안 돼! 라거나, 위험해! 이런 틀에 박힌 대사를 외치며 위험한 누군가를 밀어내고, 대신 불행을 겪지.

그것을 이해하지 못했다. 뻔하고 흔한 촌극이라고 생각했다. 억지성 비극으로 호소하는 각본가의 질 낮은 연출이라고 생각했다.

"그런데, 나도 모르게. 진짜 그렇게 되더라구요."

민아가 대답했다. 콜록거리는 기침. 피가 잔뜩 흘렀다. 조금 가슴이 시큰했다. 정면으로 보고 싶지 않아 외면했다.

나는 죽는다는 것을.

"…미안해."

눈물이 흘렀다. 우현은 민아의 손을 꽉 잡으면서 중얼거렸다. 미안하다는 말 외에 무슨 말을 할 수 있을까. 민아는 그런 우현을 보면서 키득거리며 웃었다. 그녀는 천천히 머리를 끄덕거렸다.

"응. 오빠는 나한테 미안하다고… 그렇게 생각해야 돼요."

힘이 잘 들어가지 않는 손가락에 힘을 주었다. 그녀는 간신히 우현의 손을 잡았다.

"평생, 죽을 때까지. 나한테 미안하다는 생각을 가져야 돼요. 내가 오빠를 구했으니까. 죽을 뻔 한 오빠를 대신해서, 내가 죽었으니까. 그러니까…."

순간 말문이 막혔다. 하지만 억지로 뚫어.

"그렇게… 나를 기억해야 돼."

흐린 웃음.

"잊지 말고. 알았죠? 나한테 미안하다고… 계속 생각하면서… 응. 나를 기억해 줘요. 유민아가 오빠를 대신해서 죽었다고. 그렇게 생각하면서."

그렇게라도 기억되고 싶다. 아픈 기억, 그렇게 평생을. 소주 몇 병에 털어내는 가벼운 기억으로 남고 싶지 않아. 트라우마라도 평생 기억되고 싶어.

"…아. 그래도."

민아는 쓰게 웃었다. 민아는 우현의 등 뒤에 선 선하를 바라보았다. 양 손으로 입을 틀어막고 울고 있는 선하를 보면서, 민아는 머리를 흔들었다.

"…오빠와 선하 언니의 관계는, 응원하니까. 둘이 잘됐으면 좋겠어요. 그냥… 나를 잊지 말아달라는 것뿐이니까…."

"…잊지 않아."

간신히 대답했다. 그 대답에 민아는 활짝 웃었다.

"나, 오빠 좋아해요."

가슴에 묻었던 말. 어떻게든 알리기 위해서 행동으로 보였지만, 끝내 말로는 하지 않았던 말. 우현의 곁에 선 것이 선하라는 것을 알게 되고서 평생 하지 않도록 결심한 말. 그래도 마지막이니까.

"좋아했고… 지금도 좋아하고…."

"…알아."

거짓말을 하고 싶지 않았다. 우현은 작은 목소리로 대답했다. 그 말에 민아가 쿡쿡 웃었다.

"알고 있었구나. …너무하네요. 내색이라도 해주지."

민아는 그렇게 중얼거리면서 눈을 깜박거렸다.

"…나름대로 내색은 했어."

"하긴, 내 장난에… 오빠가 거절했던 적은 없었지."

장난스럽게 손을 잡아도. 소파에 앉았을 때, 노골적으로 곁에 붙어도. 밀쳐진 적은 한 번도 없다.

"미안해."

우현이 중얼거렸다. 그 말에 민아는 머리를 흔들었다.

"미안하다고 하지 마요."

민아는 선하를 올려 보았다.

"언니가 나보다 멋진 사람이니까."

솔직히 이런 말을 하고 싶지 않았는데, 담담히 인정했다. 선하가 울음을 터트렸다. 우현은 아무런 말도 하지 않고 민아의 손을 잡았다. 민아의 눈빛이 흐려지는 것이 보였다. 피가 너무 많이 흘렀다.

그녀는 곧.

"…기억할게."

틀에 박힌 대사.

"잊지 않아. 계속, 기억할게. 네 이름이랑, 네가 어떤 여자였는지… 네가 나를 구한 것."

"조금 더, 욕심 부려도 돼요?"

민아가 소곤거렸다. 선하가 말없이 머리를 끄덕거리며 몸을 돌렸다.

"괜찮아."

등 뒤에서 중얼거리는 말에 우현은 입술을 잘근 씹었다. 민아가 창백한 얼굴로 웃었다.

"억지부려서 미안해요."

그다지 억지라고 생각하지는 않았다. 우현은 조심스레 손을 뻗었다. 민아의 몸은 작았고, 조금 차갑게 느껴졌다. 그런 민아의 몸을 끌어 안았다. 품 안에 들어오는 민아의 몸은 살짝 떨리고 있었다. 진한 피의 냄새가 났다. 평소 그녀의 체취는 조금도 느껴지지 않았다.

그것이 가슴을 찢는 것처럼 아팠다.

"조금만 더."

우현의 어깨에 턱을 걸친 민아가 소곤거렸다. 우현은 살짝 몸을 떼어내고 민아의 얼굴을 바라보았다. 민아가 간절한 얼굴로 우현을 바라보았다. 우현은 잠깐 머뭇거리다가, 그냥 웃었다. 민아가 안심할 수 있도록.

언제나 그래왔다는 듯, 자연스럽게. 우현의 입술이 민아의 입술을 포갰다. 민아의 입술이 가늘게 떨렸다. 잠시 뒤에 입술이 떨어졌을 때, 민아은 평온한 얼굴이었다. 창백하고 평온한 얼굴.

"고마워요."

새근거리는 작은 숨소리. 민아는 만족한 얼굴이었다. 우현은 아무런 말도 하지 않고 민아의 얼굴을 내려 보았다.

"…미안해, 엄마."

작은 중얼거림. 그것이 마지막이었다. 민아는 더 이상 아무런 말도 하지 않았다. 힘이 빠진 민아의 몸을 받치면서 우현은 머리를 푹 숙였다. 철컥거리는 쇳소리가 가까워졌다.

"…씨발…."

우현은 조심스레 민아의 몸을 내려놓았다. 한 쪽에 나자빠진 시헌은 욕설을 흘리면서 버둥거렸다. 그가 다루던 펄션은 날부터 부러져 있었고, 골절 된 팔이 몸짓에 따라 흔들렸다.

우현은 몸을 일으켰다. 그는 땅에 내려놓은 나겔링을 붙잡았다. 우현의 눈이 독기와 살의를 담았다. 그는 시헌을 끝내기 위해 다가가는 흑기사를 노려보았다.

"…우현아."

선하가 간신히 말을 토해냈다.

"지켜줘."

우현이 내뱉었다.

"민아가 다치지 않도록."

그 말을 끝으로, 우현은 선하에게 아무런 말도 하지 않았다. 대신 발을 뻗었다. 머리를 가득 채우는 것은 저 빌어먹을 괴물을 처 죽여 버리고 싶다는 생각뿐이었다. 그 외에는 아무 것도 없었다.

전신을 덮쳐온 오싹한 살의에 흑기사의 머리가 뒤로 돌아갔다. 그는 반사적으로 검을 치켜들었다.

콰직!

흑기사의 검이 일격에 박살났다.

"이…."

휘청거리며 뒤로 젖혀진 흑기사의 눈이 크게 뜨여졌다. 악귀처럼 얼굴을 일그러트린 우현은 휘둘렀던 기세 그대로 허리를 비틀었다.

"개."

말을 채 끝까지 뱉지 못했다. 부들거리는 입을 대신하여 검이 말을 전했다. 커다란 굉음과 함께 흑기사의 몸이 뒤로 날아올랐다.

"혀, 형?"

땅에 엎어진 시헌이 우현을 보았다. 우현은 대답하지 않고 거친 숨을 내뱉었다. 그는 멀찍이서 쓰러진 흑기사를 향해 달려들었다. 비틀거리며 몸을 일으키던 흑기사는, 위에서 떨어지는 검을 피해 땅을 뒹굴었다.

"너."

땅에 박힌 검을 뽑으면서 우현이 내뱉었다.

"죽여 버린다."

간단하고 확실한 살의를 담아서.

〈7권에서 계속〉